소중한 사람의 마음은 알고 싶은 것.
하지만 알게 되면 대가가 따른답니다.

大切な人の心は知りたいもの
でも知ったからには代償がある

東野圭吾

녹나무의 여신

THE
CAMPHORWOOD
GODDESS

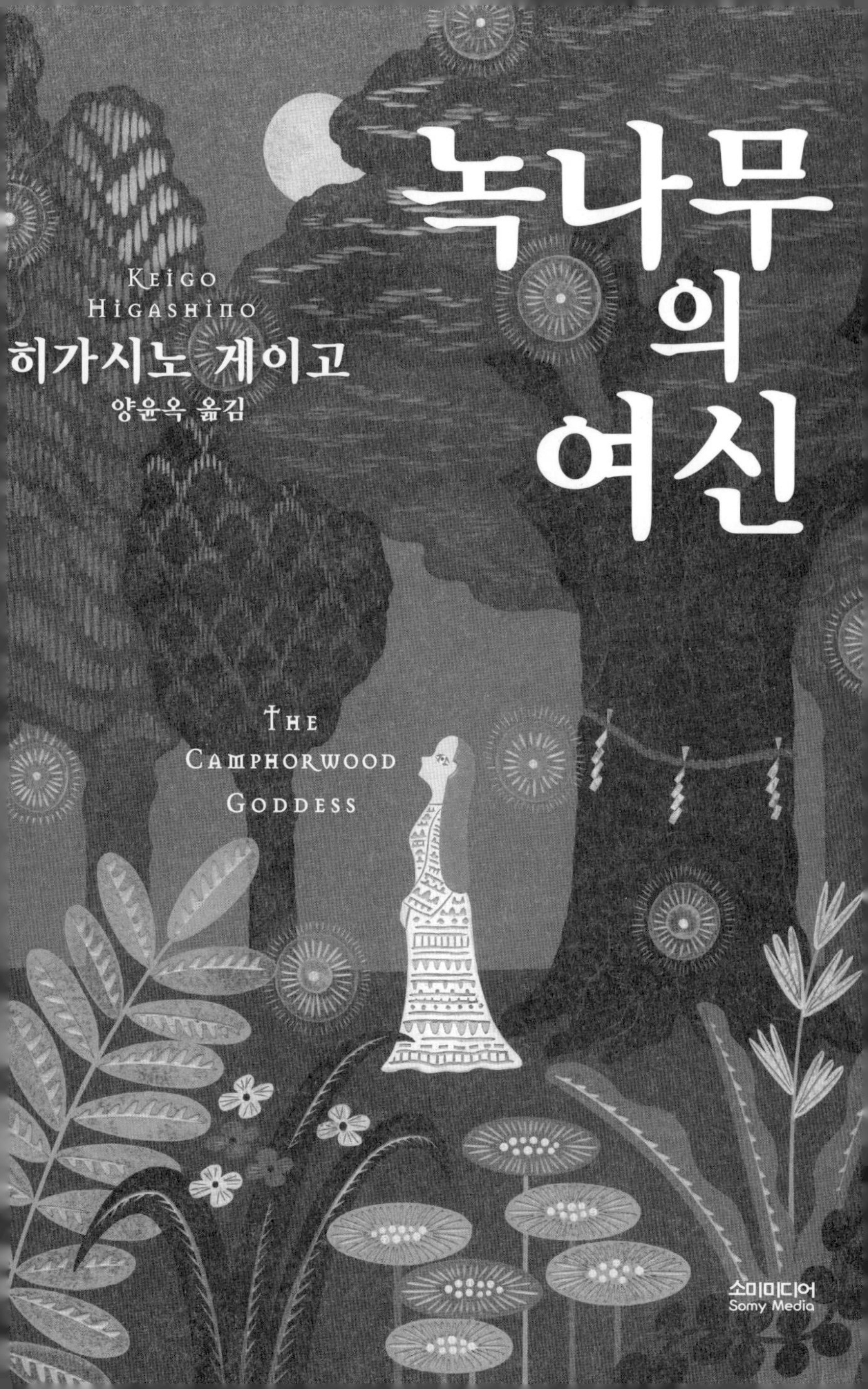
녹나무의 여신
KEIGO HIGASHINO
히가시노 게이고
양윤옥 옮김
THE CAMPHORWOOD GODDESS
소미미디어
Somy Media

목차

녹나무의 여신   7

옮긴이의 말   394

The Camphorwood Goddess

1

도리이* 주변을 한바탕 대빗자루로 쓸어 냈더니 땀이 송송 맺혔다. 아직 5월인데도 볕이 드는 곳은 무덥게 느껴질 정도여서 지구온난화를 새삼 실감했다. 잠시 일손을 멈추고 이제 슬슬 작무의도 여름용으로 갈아입어야 하나, 생각하는 참에 저 아래 계단으로 아이들 세 명이 올라오는 게 눈에 들어왔다.

같은 아이들이라고는 해도 제법 나이 차가 나는 것 같다. 가장 큰 아이는 근처 고등학교 교복을 입은 여학생이다. 그 곁의 남자아이는 초등학교 고학년인가. 또 한 명의 여자아

---

* 신사 입구를 표하는 기둥 문.

7

이는 그보다 한참 어려 보였다. 각자 손에 종이봉투를 하나 씩 들고 있었다.

"안녕하세요?" 여고생이 인사를 건네 왔다.

얼굴이 자그마하고 눈이 크다. 아이돌 오디션을 보면 분명 2차 심사까지 무난히 통과하겠다고 재빨리 평가하면서 "응, 안녕?"이라고 레이토는 대답했다.

"여기서 일하시는 분이지요?" 여고생이 물었다.

"그래. 무슨 일이지?"

"실은 부탁드릴 게 있어서요. 이 절에 시집을 비치해 주실 수 있을까요?"

"시집?"

레이토의 머릿속에 우선 떠오른 건 꽃무늬 자수*였다. 그걸 비치해 달라니 무슨 얘기인가.

그러자 여고생은 들고 있던 종이봉투에서 얇은 책 한 권을 꺼내 들었다. "이거예요."

레이토는 대빗자루를 기둥 문에 기대 세워 놓고 그 책을 받아 들었다. 책이라기보다 종이 묶음이라고 해야 할까. 게다가 직접 만들었는지, 프린터로 인쇄한 A4 용지 여러 장을

---

* 일본어에서 '시집(詩集)'과 '자수(刺繡)'는 똑같이 '시슈(ししゅう)'로 발음하는 동음이의어다.

스테이플러로 박아 뒀을 뿐이다. 표지에는 큼직한 나무 일 러스트가 그려져 있었다. 제목이 《헤이, 녹나무》인 걸 보니 아마 녹나무 그림인 모양이다. 지은이 이름은 '하야카와 유 키나'라고 적혀 있었다.

몇 장 넘겨 보고는 딱 감이 왔다. 자수가 아니라 시집이었다.

"하야카와 유키나라는 사람이 너야?"

"네." 여고생이 대답했다. "제 프로필은 맨 뒷장에 적혀 있어요."

레이토는 마지막 장을 펼쳤다. 이름과 생년월일이 적혀 있었다. 그에 따르면 현재 열일곱 살이다. 표지 그림도 이 여고생이 직접 그린 모양이다.

"이걸 어디에 비치해 달라고?"

"어디든 괜찮아요. 가능하면 눈에 잘 띄는 곳에. 부적이나 봉납 봉투 옆에 놔 주시면 더 좋고요."

그 말에 레이토는 드디어 그들의 목적이 무엇인지 알았다.

"그러니까 이 시집을 여기서 팔고 싶다는 얘기야?"

네, 라고 유키나가 고개를 끄덕였다. 곁에서 남자아이와 여자아이도 눈빛을 반짝이며 레이토를 올려다보았다.

"이걸 누가 파는데? 설마 나한테 팔아 달라는 거?"

유키나는 고개를 가로저었다.

"그냥 놔두기만 하면 돼요. 옆에 책값 상자를 같이 두면 시집을 사 가는 사람이 거기에 돈을 넣어 줄 테니까요."

남자아이가 종이봉투에서 상자를 꺼내 보였다. 작은 종이 상자에 뚫려 있는 길쭉한 구멍이 아마 동전 투입구인 모양이다. 매직으로 '책값'이라고 적혀 있었다.

레이토는 시집 뒤표지를 살펴보았다. 조그맣게 '200엔'이라고 찍혀 있었다. 이런 허술한 책자를 누가 200엔씩이나 내고 살까, 라고 생각하면서도 일단 물어보았다.

"돈은 누가 언제 회수해 가지?"

"제가 오거나 아니면 남동생이 올 거예요. 날마다 오지는 못하겠지만."

부탁드립니다, 라면서 남자아이가 손을 번쩍 들었다. 굵은 눈썹이 강한 의지를 보여 주는 듯한 얼굴이다.

그 옆에서 어린 여자아이가 유키나의 치맛자락을 잡아당겼다. 그제야 생각났다는 듯이 유키나는 여자아이가 손에 든 종이봉투에서 작은 노트를 꺼냈다.

"이것도 함께 비치해 주셨으면 해요."

"그건 또 뭐지?" 레이토가 받아 들고 표지를 들여다보니 '독후감 노트'라고 적혀 있었다.

"시집을 읽은 사람이 독후감을 적어 주시면 좋을 것 같아서요."

"흠……." 레이토는 오른손에 시집을, 왼손에 독후감 노트를 들고 어정쩡한 표정을 지었다.

"해 주실 거죠?" 유키나가 물었다. "이 신사는 녹나무로 유명하니까 선물로 딱 좋을 거 같은데."

"선물……." 레이토는 생각을 굴리다가 아이들을 보았다. "설명해 줄 게 있어. 잠깐 따라올래?"

"뭔데요?"

"가 보면 알아."

세 사람을 데리고 레이토는 종무소로 돌아왔다. 종무소라고 해 봤자 너절한 창고 같은 곳이다. 출입구와 창문은 있지만, 상품 진열대 같은 건 없다.

"이 신사에서는 부적도 안 팔고 봉납 봉투도 내놓지 않아. 신전 앞을 봤으면 알겠지만 새전함도 없는 곳이야. 그래서 미안하지만 시집을 팔아 주고 싶어도 그럴 자리가 없어."

유키나는 예쁘장한 눈썹을 찌푸렸다. "역시 그렇구나."

"그러니까 내가 말했잖아." 남자아이가 누나를 올려다보며 입을 비죽거렸다. "이런 허름한 신사는 안 된다고 했지? 뭔가 팔고 있는 걸 본 적이 없다니까."

"어이구, 허름한 곳이라서 미안하네." 레이토는 남자아이를 쏘아보며 말했다.

"어떻게 좀 안 될까요? 그냥 놔두기만 하면 되는데. 부탁 드릴게요."

레이토를 향해 유키나가 머리를 숙였다. 남자아이도 그녀를 따라 고개를 숙였다. 여동생인 듯한 어린 소녀는 따라 하지는 않고 그 대신 애처로운 눈빛으로 레이토를 빤히 올려다보았다.

"이것 참, 미치겠네." 레이토는 혼자 중얼거리며 눈썹 위를 긁적였다. "몇 권이나 가져왔는데?"

유키나가 고개를 번쩍 들고 방실방실 웃었다. "해 주실 거예요?"

"많이는 안 돼. 내가 관리할 수가 없어."

"50권은?"

"너무 많아. 스무 권으로, 얘기 끝."

"고맙습니다." 유키나는 종이봉투에 손을 넣어 시집을 뭉텅이로 꺼냈다.

레이토가 시집과 독후감 노트를 받아 들자, 이번에는 남자아이가 책값 상자를 쓱 내밀었다.

"미안한데 그건 그냥 가져가." 레이토는 말했다. "시집을 슬쩍해 갈 사람은 없겠지만, 돈이 든 상자라면 얘기가 달라져. 책값 넣는 통은 내가 한번 만들어 볼게."

"그런 것까지 부탁해도 될까요?" 유키나가 미안하다는 얼굴로 말했다.

"별수 없지, 이미 한배를 타기로 했으니."

고맙습니다, 라고 말하며 유키나는 다시금 머리를 숙였다. 이번에는 어린 여동생까지 따라 했다. 하지만 자신이 만든 책값 상자가 채택되지 않은 탓인지 남동생은 약간 부루퉁한 표정이었다.

레이토는 연락처를 물었다. 아이들의 집은 그리 멀지 않은 곳이었다. 유키나는 고등학생이라서 스마트폰도 갖고 있었다.

그들이 떠난 뒤, 레이토는 종무소 창고를 뒤져 망가진 테이블과 의자를 꺼냈다. 그걸 얼기설기 이어 맞춰 허리 높이쯤의 작은 계산대를 만들었다. 엉성한 게 모양새가 별로여서 종무소 앞에 내놓고 싶지는 않았지만 어쩔 수 없었다.

내친김에 책값 통도 만들기로 했다. 폭 30센티미터쯤의 덮개 달린 아크릴 케이스가 있어서 거기에 자물쇠만 채우기로 했다. 덮개에 동전 투입구만 뚫어 주면 완성이다. 하지만 이대로는 통째로 들고 갈 우려가 있다. 한참을 궁리한 끝에 작은 경첩을 달아 통을 계산대에 고정하기로 했다. 설마 계산대까지 들고 갈 놈은 없을 것이다.

시집을 책값 통 옆에 쌓아 둔 뒤, 한 권을 집어 들었다. 그대로 종무소로 들어가려다 퍼뜩 생각나서 지갑을 꺼내 100엔짜리 동전 두 개를 책값 통에 넣었다.

2

헤이, 녹나무

멀고 먼 곳에서 너를 보러 왔어

산을 넘고 강을 건너고 사막을 걸어 너를 만나러 왔어

그랬더니 뭐야, 너는 아주 거만하게 서 있구나

왜 그렇게 거만한 거야?

굵직해서?

키가 커서?

그럼 나는 훨씬 더 굵직해질 거야

몸은 작아도 꿈은 크거든

뭉게뭉게 꿈을 크게 키워 구름을 만들 거야

그 꿈의 구름으로 너를 비추는 해님을 감춰 버릴 수도 있어

그 구름으로 은혜로운 비를 내리게 할 수도 있어

그래, 난 뭐든 할 수 있어

헤이, 녹나무

그런 얘기를 하고 싶어 멀고 먼 곳에서 너를 보러 왔어

헤이, 녹나무

내 얘기를 듣고 싶어?

듣고 싶다면 얘기해 줄게

시집에서 얼굴을 든 치후네의 한쪽 눈썹이 꿈틀 움직였다.

"그래요, 그런 일이 있었군요."

"죄송해요, 제 마음대로 결정해서. 먼저 치후네 씨와 상의하는 게 좋겠다고 생각은 했는데……." 젓가락을 손에 든 채 레이토는 목을 움츠렸다.

치후네는 시집을 테이블에 내려놓고 고개를 저었다.

"그럴 필요는 없습니다. 그 종무소의 관리인은 레이토예요. 레이토가 괜찮겠다고 판단한 일이라면 그걸로 좋아요."

"고맙습니다. 마음이 놓이네요." 레이토는 젓가락을 내려놓고 시집을 집어 들었다. "어떻게 생각하세요, 이 시집?"

"시가 좋은지 어떤지, 나는 그런 건 모르지요. 하지만 젊은 사람이 생각나는 대로 써 내려간 글을 읽는 건 아주 재미있군요. 내일, 나한테도 한 권 가져다주세요."

"그러시면 이거 드릴게요." 레이토는 시집을 치후네에게 내밀었다. "나는 이제 다 읽었거든요."

치후네는 시집과 레이토의 얼굴을 번갈아 보았다. "그래도 괜찮겠어요?"

"물론 괜찮죠."

"그렇군요. 그럼 감사히."

치후네는 받아 든 시집을 곁에 내려놓더니 옆에 있던 노란색 표지의 수첩과 볼펜을 들고 뭔가 가만가만 쓰기 시작했다. 레이토에게 시집을 받았다고 적어 두는지도 모른다.

치후네는 경도 인지장애를 앓고 있다. 일상생활에 딱히 지장은 없지만, 이따금 기억이 뭉텅 빠져나가곤 한다. 자신의 장애를 잘 아는 그녀는 소소한 일상도 최대한 꼼꼼히 기록해 두려고 했다. 그래서 행동 기록장인 노란 수첩은 몸에서 한시도 떼어 놓지 않고 지니고 다녔다.

레이토는 젓가락을 들고 다시 식사를 시작했다. 오늘 저녁은 생선구이와 달콤하게 조린 채소였다. 치후네는 요리를 잘해서 그녀가 만든 음식은 하나같이 맛있다. 이전에는

17

편의점 도시락이나 식당의 뻔한 메뉴를 먹는 게 고작이어서 이렇게 손수 요리해 준 한 끼 한 끼는 눈물이 핑 돌 만큼 고마웠다.

두 달 전까지 레이토는 월향신사 종무소에서 숙식을 해결했다. 하지만 치후네의 경도 인지장애가 느리지만 조금씩 진행되고 있어서 언제 어떤 일이 일어나든 대응할 수 있게 야나기사와 저택에 들어와 살게 되었다. 여기서는 매 끼니를 고민하지 않아도 되고 목욕도 매일 할 수 있다. 레이토로서는 모든 게 다 좋았다. 하지만 한 달 중 며칠은 밤늦게 돌아오거나 종무소에서 잘 때도 있었다. 말할 것도 없이 녹나무 파수꾼이라는 업무가 있기 때문이다.

3

유키나와 그 동생들이 다녀간 뒤로 한 달여가 지났다. 요즘 매일같이 찜통더위가 이어졌다. 종무소의 에어컨은 구식이나마 연일 대활약을 하고 있었다.

처음에 예상했던 대로 시집은 전혀 팔리지 않았다. 종무소 앞 계산대에 쌓인 책자는 언제 헤아려 봐도 열아홉 권 그대로였다. 즉 팔린 책은 레이토가 치후네에게 내준 한 권뿐이다. 이삼일에 한 번씩 교대로 찾아오던 유키나와 남동생도 현실을 자각했는지 요즘은 모습을 통 드러내지 않았다.

하긴 팔릴 리가 없지, 라고 레이토도 생각했다. 애초에 이곳에 참배하러 오는 사람이 적었다. 인근 주민들은 경내를 편리한 공터 정도쯤으로 여겼고, 어쩌다 명물로 알려진 녹나무를 보겠다고 찾아오는 사람이 있어도 아마추어가 쓴 허름한 시집을 선물로 사 갈 생각은 없는 것이다.

그런데 어느 날, 레이토가 경내 한쪽에서 풀을 뽑고 있는데 알로하셔츠 차림의 한 중년 남자가 시집을 집어 드는 게 눈에 띄었다. 처음 보는 얼굴이지만 관광객은 아닌 것 같았다. 남자는 계산대 옆에 선 채 움직이지 않았다. 거리가 멀어서 잘 보이지 않지만 시집을 읽고 있는 것 같았다.

이윽고 남자가 계산대 옆을 떠났다. 손에 시집을 들고 있었다. 반으로 접어 뒷주머니에 쑤셔 넣는 모습이 보였다.

레이토는 몸을 일으켰다. 그자가 통에 책값을 넣었는지 아닌지 알 수 없었다. 가서 확인해 봐야겠다고 생각했다.

빠른 걸음으로 종무소로 돌아와 계산대의 책값 통을 들여다보았다. 투명한 아크릴 케이스라서 굳이 열지 않아도 안이 훤히 보인다. 아니나 다를까 텅 비어 있었다.

혹시나 해서 시집을 헤아리니 분명 열여덟 권으로 한 권이 빈다.

레이토는 급히 뛰어갔다. 서두르면 따라잡을 수 있을 터였다.

남자는 돌계단을 내려가는 참이었다. 뒷주머니에 반으로

접힌 시집이 삐죽이 드러났다.

"이봐요!" 레이토는 남자의 어깨를 잡아챘다.

남자는 흠칫 놀란 기색으로 돌아보았다. 덥수룩한 수염에 둘러싸인 입이 반쯤 헤벌어졌다.

"시집 가져갔죠? 그럼 돈을 내셔야지."

엇, 하면서 남자는 멋쩍은 표정을 지었다. 다 보고 있었나, 하는 얼굴이다.

레이토는 남자의 바지 뒷주머니에서 시집을 쑥 빼냈다. 그 참에 남자를 돌계단에 주저앉혔다.

"이거요, 이거." 시집을 남자의 얼굴 앞에 들이댔다. "이 책값을 내라는 겁니다."

"아니, 실은 내가 지금 가진 돈이 없어서……." 남자가 횡설수설 변명을 했다.

"지금 나하고 장난쳐요? 멀쩡한 어른이 단돈 200엔이 없다는 게 말이 됩니까? 지갑 내놔 봐요!"

레이토는 남자의 바지 뒤로 손을 뻗었다. 호주머니에서 지갑의 감촉이 느껴져 그걸 잽싸게 빼냈다. 검은 지갑은 오래 썼는지 모서리가 너덜너덜 닳아 있었다.

안을 보니 지폐는 한 장도 없고 동전 칸에 600엔 정도가 있을 뿐이었다.

"거봐." 남자가 자조하는 느낌으로 피식 웃었다. "내 말이 맞잖아."

"그래도 200엔은 있잖아요. 이거, 가져갑니다."

"아니, 아니, 좀 봐줘." 남자가 지갑을 움켜쥐었다. "오늘 내일 이걸로 어떻게든 때워야 한다니까. 남은 400엔으로는 너무 빠듯해서 안 돼."

"그건 댁의 사정이죠. 돈도 없으면서 왜 시집을 가져가냐고요."

"시집 돌려줄게. 돌려주면 되지?"

"말도 안 돼. 이거 봐요, 아저씨가 반으로 접어서 여기 이렇게 자국이 생겼잖아요." 레이토는 시집을 다시 남자의 코앞에 들이댔다. "이걸 누구한테 팔겠어요? 변상하세요."

"허 참, 어이가 없네." 남자가 레이토의 팔을 거칠게 뿌리쳤다.

그 기세에 레이토가 들고 있던 시집이 돌계단으로 떨어져 나뒹굴었다.

"뭐야, 이 사람이 진짜!" 레이토는 목소리를 높이며 시집이 떨어진 쪽을 쳐다보다가 흠칫했다. 아래쪽에서 유키나가 올라오는 참이었다.

유키나는 시집을 집어 들고 레이토에게 다가왔다. "무슨 일이에요?"

"마침 잘됐네. 이 아저씨가 시집을 갖고 그냥 내빼려고 했어. 그래서 지금 책값을 내라고 하던 참이야. ……이봐요, 아저씨. 이 학생이 시집을 만든 친구예요. 우선 사과부터 하세요."

"오, 그렇구나. 미안해, 학생. 내가 잠깐 욕심이 나서……. 시집은 돌려줄 테니까 좀 봐줄래? 창피한 얘기지만, 지금 돈이 별로 없어서 200엔은 내기가 힘들어." 남자가 얼굴을 불쌍하게 우그러뜨리고 두 손을 맞대며 사과했다.

"그건 아니죠, 책값은 이 학생과는 관계없어요. 일단 돈은 내세요."

"왜……." 유키나가 입을 열었다. "왜 이 시집을 가져가려고 하셨어요?"

남자는 잠시 당혹스러워하다가 입가가 삐뚜름해졌다.

"아니, 그게, 요즘 일거리가 통 안 들어와서 말이지, 내가 걸신이 들렸나 봐. 정말 미안하다."

그러자 유키나는 고개를 저었다.

"아뇨, 돈을 못 낸 이유가 아니라 왜 이 시집을 가져가려고 하셨는지 묻는 거예요."

"그건 그러니까, 갖고 싶어서 그랬지. 무심코 읽어 봤는데 뭐랄까, 좀 더 읽어 보고 싶더라고. 그래서 슬쩍 가져가려고…….."

"뭐야, 역시 애초에 돈을 낼 마음이 없었던 거잖아!" 레이토는 남자의 멱살을 잡으며 소리쳤다.

"아니, 돈이 있으면 내려고 했어. 당연히 냈다고. 근데 없으니 어쩔 수 없잖아."

"돈이 없다니, 600엔이나 있으면서."

"글쎄, 400엔으로는 도저히 이틀을 버틸 수가 없다니까."

"왜 못 버려요? 콩나물 사 먹으면 되죠, 100엔이면 산더미처럼 살 수 있는데."

"콩나물만 먹고 살라고? 그건 너무하지."

"닥쳐요, 도둑질을 한 주제에 이것저것 가릴 땝니까?"

"저기요." 유키나가 중간에 끼어들었다. "놔주세요."

"뭐?" 레이토는 유키나를 올려다보았다. "그거, 나한테 하는 얘기?"

"네, 그만 풀어 주세요."

"왜?"

"됐어요, 풀어 주세요."

"진짜 괜찮아?"

네, 라고 유키나는 고개를 끄덕였다. 전혀 납득할 수 없었지만 일단 레이토는 남자에게서 떨어졌다.

"정말 미안하게 됐다." 남자가 몸을 일으키고 엉덩이에 묻은 먼지를 손으로 툭툭 털며 말했다.

유키나가 남자에게 다가가 시집을 내밀었다. "이거 가져가세요."

"응?" 남자가 당황한 듯 눈이 휘둥그레졌다.

"책값은 나중에 생각나면 주세요."

"정말?"

"네, 읽고 싶은 분들에게 드리려는 거니까요."

"그래? 아, 고맙네." 남자는 시집을 받아 들었다.

"그 대신 독후감을 써 주실래요? 짧게라도 좋으니까요."

"응, 써야지. 내가 꼭 써 줄게."

"아니, 아니, 그건 안 된다니까." 레이토가 끼어들었다. "이 아저씨가 나중에 돈을 낼 거 같아? 입 싹 씻고 모른 척할 게 뻔하잖아."

"낼 거야, 여유가 생기는 대로 낸다고. 약속할게."

남자가 단언했지만 레이토는 그 말을 믿을 수 없었다. 겨우 200엔에 여유가 있고 말고 할 게 뭔가.

"지갑에 운전면허증 아까 내가 얼핏 봤거든요? 그거 꺼내 보세요."

"운전면허증? 그걸 왜?"

"아무튼 내놔요." 레이토가 쏘아붙이면서 품속에서 스마트폰을 꺼냈다.

마지못해 남자가 운전면허증을 꺼냈다. 레이토는 재빨리 뺏어서 스마트폰으로 사진을 찍었다.

"뭐 하는 거야?"

"신원 파악이에요. 나중에 모른 척하면 안 봐줍니다."

"모른 척 안 한다니까. 이 형씨도 참 빡빡하네." 남자는 잔뜩 찌푸린 얼굴로 운전면허증을 돌려받더니 지갑을 주머니에 쑤셔 넣고 서둘러 돌계단을 내려갔다.

남자의 뒷모습을 지켜보며 레이토는 유키나에게 물었다. "진짜 그냥 줘도 돼?"

"물론 돈도 필요하지만, 그보다는 읽고 싶은 분에게 드리는 게 더 중요해요." 유키나가 빙긋이 웃으며 말했다.

천사의 웃음이라는 게 이런 거구나, 라고 레이토는 생각했다.

저녁때, 밥을 먹으면서 이 이야기를 치후네에게 들려주었다.

"시집을 슬쩍 가져가다니, 그런 쩨쩨한 짓을 하는 사람이 다 있나요? 어디 사는 누군가요?"

"누구냐니, 이름을 들어도 모르실 텐데요." 레이토는 낮에 찍어 둔 운전면허증 사진을 스마트폰 화면에 불러냈다. "이름은 구메다 고사쿠. 주소가 이 근처는 아닌 거 같아요. 아다치구예요."

"고사쿠? 어디, 잠깐 볼까요."

치후네는 돋보기안경을 쓰고 레이토가 내민 스마트폰을 받아 들었다. 화면을 찬찬히 보더니 아하, 하고 목소리를 높였다.

"역시 그렇군요. 마쓰코 씨의 아들이에요, 이 사람."

"마쓰코 씨요?"

"구메다 마쓰코 씨, 내 초등학교 동창이에요."

"헉, 초등학교? 치후네 씨가?" 저도 모르게 큰 목소리가 튀어나왔다.

"그게 그렇게 놀랄 일인가요? 나한테도 초등학생 시절은 있었어요."

치후네의 말에 따르면, 구메다 마쓰코의 집이 통학로 중간에 있어서 같은 반이던 어린 시절에 매일같이 함께 등교했다고 한다.

"그나저나 마쓰코 씨의 아들이 그 꼴이 되다니. 소문으로는 들었지만, 역시 사실이었군요."

"어떤 소문인데요?"

"들을 것도 없어요. 그리 재미있는 얘기가 아닙니다." 치후네가 스마트폰을 돌려주며 고개를 저었다.

"괜찮아요, 얘기해 주세요."

치후네는 어쩔 수 없다는 듯이 한숨을 쉬며 따뜻한 찻잔을 손에 감싸 들었다.

"구메다 집안은 이 근처에서 아주 유명한 목재상이었어요. 마쓰코 씨가 외동딸이라서 데릴사위를 들였습니다. 그런데 그 남편이 세상을 떠난 무렵부터 사업이 영 안 풀리더니 결국 폐업을 하게 됐어요. 지금부터 10여 년 전이었나. 직원들에게 퇴직금도 챙겨 주고 모든 게 잘 정리됐나 싶었는데, 단 한 가지 문제가 있었어요. 외아들 고사쿠였습니다. 부사장이라는 그럴싸한 직함으로 높은 자리에 앉아 있다가 갑작스럽게 평범한 사람이 된 것이지요. 마쓰코 씨가 인맥을 활용해 관련 업계에 채용을 부탁했지만, 변변히 실무를 해 본 적이 없으니 전혀 제 역할을 못 했던 모양이에요. 그래도 본인이 일할 의욕만 있다면 이야기가 조금은 달라졌을 텐데, 끈기가 없는 성품이라 번번이 때려치워요. 그런 일이 몇 번 거듭되고 보니 마쓰코 씨도 그만 화가 나서 고사쿠를 집에서 쫓아냈겠지요. 그 뒤로 어떻게 지냈는지는 모르지만, 반년쯤 전에 마쓰코 씨가 집으로 다시 불러들였다더군요. 사는 꼴이 너무도 한심해서 차마 보다 못해 그렇게 결정한 모양이에요. 지금도 직장 없이 빈둥빈둥 놀고 있다더니만, 그렇군요, 그 지경까지 무너지다니. 마쓰코 씨가 걱정이 이만저만이 아니겠네."

"그 마쓰코 씨와는 최근에 만나신 적이 없습니까?"

"한참 못 만났어요. 마지막으로 얼굴을 마주한 게…… 글쎄, 언제였는지 모르겠네."

치후네가 고개를 갸웃거리는 걸 보고 레이토는 후회했다. 이런 질문은 경도 인지장애를 겪는 그녀에게는 가혹했는지도 모른다.

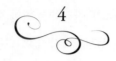

4

　레이토가 근처에서 일어난 강도치상 사건을 알게 된 건 초승달이 뜨는 날 오후였다. 날씨를 알아보려고 스마트폰으로 인터넷에 들어갔다가 우연히 그 기사를 발견한 것이다.

　기사에 따르면 사건이 일어난 것은 어제였다. 피해자는 모리베 도시히코라는 이 지역 사업가였다. 사건 현장인 하루카와초는 이 근처에서 손꼽히는 고급 주택가다. 저녁나절, 모리베의 아내가 귀가해 보니 1층 거실에 남편이 머리에서 피를 흘리며 쓰러져 있어서 급히 구급대와 경찰에 신고했다. 집 안에 보관해 둔 현금이 사라져서 경찰은 강도치상 사건으로 보고 수사를 시작했다. 다행히 모리베는 생명에는 지장이 없다는 모양이다.

이런 시골에서도 그런 험한 사건이 일어나다니, 하고 레이토는 뜻밖이라는 생각이 들었다.

원래 찾아보려던 날씨 예보는, 오전에는 맑지만 점차 구름이 많아져 밤에는 비가 내릴 것이라고 한다. 본격적인 장마철로 접어들었는지 요즘 이런 날이 많았다.

심하게 쏟아지지만 않으면 좋겠는데, 라고 레이토는 촛대를 닦으면서 생각했다. 음력 초하루인 오늘 밤은 사카가미라는 사람이 기념을 예약했다. 녹나무 안에 들어가 있어도 폭우가 내리면 빗물이 들이친다. 당연히 바닥도 질퍽거린다.

톡톡, 유리창을 두드리는 소리가 들렸다. 고개를 돌리자 티셔츠 차림의 남자아이가 안을 들여다보고 있었다. 유키나의 남동생 쇼타였다.

레이토는 문을 열었다.

"책값 통을 봤으면 알겠지만 안타깝게도 한 권도 안 팔렸어."

"그런 거 같네요." 쇼타는 아크릴 케이스를 흘끗 쳐다보며 말했다. 그 말투가 의외로 침울한 느낌이 아니었다. "이런 신사는 애초에 틀려먹었어요."

"흥, 애초에 틀려먹은 데라서 미안하네. 시집이 안 팔리는 걸 장소 탓으로 돌려?"

"실제로 그렇잖아요."

"가끔 집어 들고 넘겨 보는 사람이 있거든? 근데 하나같이 다시 내려놓지. 그럴 만도 하잖아. 이런 말까지 하고 싶지는 않지만, 그 시집을 200엔에 살 사람은 없을걸. 시가 별로라는 얘기는 아니야. 한 편 한 편 다 괜찮은 시야. 하지만 너무……."

쇼타가 지그시 노려보았다. "싸구려 같다?"

"그래, 좀 그렇지. 프린터로 뽑아서 스테이플러로 꾹꾹 박기만 했잖아."

"그래도 어떻게 파느냐에 따라 사 주는 사람이 있거든요?"

"어떻게 파는데?"

"요즘 누나가 역 앞에 사람 많은 데서 팔았어요. 사 줄 만한 사람한테 얘기해서. 하루에 열 권쯤은 나가요. 스무 권씩 나간 적도 있고."

"에이, 설마." 말을 하고서야 레이토는 생각을 바꿔 고개를 끄덕였다. "하긴 그럴 수도 있겠다. 그런 예쁜 여학생이 사 달라고 하면 거절하기가 힘들지. 흠, 들고 다니면서 판다고? 그런 방법이 있었군."

그렇다면 200엔이라는 가격도 타당한지 모른다고 레이토는 생각했다. 한마디로 모금 활동 같은 것이다.

"그래서 왔어요." 쇼타가 계산대에 쌓인 시집을 가리키며 말했다. "여기 남은 거, 전부 가져갈 거예요. 만들어 둔 게 거의 다 팔렸거든요."

"원래 몇 권을 만들었는데?"

"300권."

레이토는 저절로 몸이 뒤로 젖혀졌다.

"그걸 거의 다 팔았다고? 와아, 대단하네. 그렇다면 얼른 가져가야지."

"계산대와 책값 통까지 만들어 줬는데 미안해요."

"아냐, 그런 건 신경 쓸 거 없어. 원래 창고에 묵혀 둔 잡동사니였어."

쇼타는 계산대에 놓인 시집을 품에 안았다. 모두 합해 열여덟 권이다.

"종이봉투 하나 줄게. 잠깐 안으로 들어와."

종무소 안으로 들어온 쇼타는 흥미롭다는 듯이 실내를 둘러보더니 책상 위를 가리키며 물었다. "이건 뭐예요?"

"촛대야. 초를 꽂아 세우는 거." 레이토는 종이봉투를 찾아 쇼타에게 건네면서 말했다.

"이런 걸 어디에 써요?"

"기념……이라고 해도 너는 모르겠네. 녹나무 안에서 기원을 올릴 때 쓰는 거야."

"아, 그거! 누나가 얘기해 줬어요. 월향신사의 녹나무에 기원을 올리면 소원이 이루어진다고. 근데 그거, 미신이죠?"

대답하기 어려운 질문이었다.

"그런 말이 설화처럼 전해져 온 건 사실이야."

"설화라는 건 신점이나 제비뽑기 비슷한 거라고 우리 선생님이 가르쳐 줬어요. 자기한테 유리한 쪽으로만 믿으면 된대요. 근데 진짜로 소원이 이뤄지면 좋겠어요. 녹나무가 됐든 뭐가 됐든 나는 진짜 온 정성을 다해 기원할 텐데." 시집을 종이봉투에 넣으면서 쇼타는 말했다.

"뭘 기원할 건데?"

"이것저것 많아요. 우선 엄마가 건강해지는 거."

"어머니가 어디 아프셔?"

"뇌척수액 감소증이에요."

"뇌……뭐라고?"

뇌척수액 감소증, 이라고 쇼타가 다시 한번 알려 주었다.

레이토는 그 말을 스마트폰으로 검색했다. 뇌척수액 감소증이라는 병에 대해 상세히 나와 있었다.

"두통과 현기증이 주요 증상이야?"

"맞아요. 항상 머리가 아프대요. 오래 서 있으면 비틀비틀하고. 그래서 일도 못 하게 됐어요. 간호사였는데."

"저런, 힘들겠다. 아버지는?"

"6년 전에 일하다가 사고로 돌아가셨어요. 건설 현장에서 발 받침대가 무너지는 바람에. 하긴 나도 말만 들었지 잘 기억도 안 나요."

"그럼 집안 살림은 어떻게 꾸려 나가?"

"회사에서 나온 보상금하고 아버지의 연금과 보험금, 그리고 구청에서 이것저것 나오는 게 있어서 그럭저럭 먹고 살아요. 근데 솔직히 좀 힘들죠. 엄마 치료비도 많이 들고. 그래서 이걸 만들어 팔기로 했던 거예요." 쇼타는 종이봉투를 탁 치면서 말했다. "정식 업자한테 찾아가면 돈이 드니까 전부 누나가 손수 만들었어요. 우리 집 근처 문방구 아저씨가 진짜 친절해서 종이는 싸게 주셨죠. 싸구려 같다는 건 알지만, 그래도 최선을 다해 만든 책이에요."

쇼타의 얘기를 듣다 보니 레이토는 가슴이 먹먹해졌다. 자신도 고생하며 살아왔다고 생각했는데 이 아이들에 비하면 그나마 풍족한 편이었다.

"그럼 난 이만 갈게요." 쇼타가 종이봉투를 품에 안았다.

"잠깐만." 레이토는 지갑에서 1000엔 지폐 한 장을 꺼내 내밀었다. "다섯 권, 놓고 가."

쇼타는 몇 번 눈을 깜작거리더니 씨익 웃었다.

"매번 감사합니다. 근데 동정은 사양할게요. 그런 건 필요 없으니까." 그렇게 말하면서도 종이봉투에서 시집을 꺼냈다.

"동정하는 거 아냐. 응원을 하지. 열심히 해 봐."

고맙습니다, 라면서 쇼타는 1000엔 지폐를 받아 들었다.

오후 10시가 되자 종무소를 나와 양 손바닥을 위로 향했다. 하지만 손바닥보다 이마에 먼저 빗방울이 떨어지는 게 느껴졌다. 요즘 날씨 예보는 정확하다. 심하게 쏟아지는 건 아니지만 아침까지 계속 내린다고 한다.

위를 올려다보니 하늘은 두툼한 구름에 뒤덮여 별이 하나도 보이지 않았다.

다시 처마 밑으로 들어와 컴컴한 경내를 가만히 지켜보고 있었더니 이윽고 빛이 흔들흔들 다가오는 게 보였다. 비닐우산을 든 사람 그림자가 이쪽으로 걸어왔다. 자그마한 몸집의 남자가 손전등을 들고 있었다. 양복 차림이지만 넥타이는 매지 않았다.

"안녕하쇼?" 남자가 다가와 손전등을 껐다. 나이는 60대 정도인가.

"사카가미 씨이십니까." 레이토가 물었다.

"맞아요."

"기다리고 있었습니다. 잠시만 기다려 주십시오."

레이토는 종무소에 들어가 책상에 올려 둔 종이봉투를 들고 사카가미에게 돌아갔다.

"밀초는 두 시간용을 신청하셨던데, 맞으십니까."

"응, 그거면 돼요."

"그러면 여기 준비해 두었습니다. 안에 성냥도 들어 있어요. 불을 다루실 때는 부디 주의해 주십시오." 레이토는 사카가미에게 종이봉투를 내밀었다.

사카가미는 다시 손전등을 켜고 종이봉투의 손잡이와 함께 움켜잡았다.

"녹나무 장소와 기념 절차는 알고 계십니까?"

"야나기사와 치후네 씨한테 설명 들었어요."

"알겠습니다. 그러면 잘 다녀오십시오. 사카가미 님의 염원이 녹나무에 전해지기를 진심으로 기원합니다."

"고마워요."

사카가미는 고개를 끄덕이고는 걸음을 뗐다. 그 발걸음
은 망설임 없이 가뿐해 보였다. 레이토는 안심하고 발길을
돌렸다.

녹나무의 기념에는 두 종류가 있다. 예념과 수념이다. 예
념은 초승달이 뜨는 초하루 무렵에 행한다. 녹나무 안에 들
어가 밀초에 불을 켜고 자신이 전하고자 하는 것을 염원하
는 것이다. 그러면 그 염원이 녹나무에 새겨진다. 염원을 받
는 것을 수념이라고 하는데, 보름달이 뜨는 날 밤에 행한다.
예념한 이와 혈연관계인 사람이 녹나무 안에서 밀초에 불
을 켜고 예념자에 대해 깊이 생각하면 그 염원이 전해져 온
다. 기적과도 같은 이 현상은 함부로 발설해서는 안 되기에
오랫동안 야나기사와 가문에 의해 엄중히 관리되었다. 그
리고 현재 실질적인 관리자가 레이토였다.

종무소로 돌아오자 노트북 앞에 앉아 중단했던 작업을 재
개했다. 지금 하고 있는 작업은 리포트 작성이다. 경영공학
과제는 어렵다. 조금 쓰다가 수정하고 그래도 잘 써지지 않
아 결국 삭제, 내내 그런 짓을 반복하고 있었다.

큰일이네, 기한이 바짝 다가왔는데……. 레이토는 달력
을 곁눈질해 보았다.

제출할 곳은 다이호대학 통신교육부다. 레이토는 그곳 경제학부에 다니고 있다. 틀림없이 도움이 될 거라고 치후네가 강력히 추천하는 바람에 입학을 결심했던 것이다.

얼굴을 찌푸리며 다시 키보드에 손끝을 얹었을 때 스마트폰 벨 소리가 울렸다. 누군가 전화를 건 모양이다. 화면을 확인하자 치후네의 이름이 떴다. 서둘러 집어 들고 전화를 받았다.

"네, 저예요. 무슨 일이세요?"

"레이토, 지금 바로 녹나무 쪽에 가 보도록 하세요."

"예? 왜요, 무슨 일인데요?"

"사카가미 씨한테서 전화가 왔어요."

"사카가미 씨라니, 지금 기념을 하는 분 말이에요?"

"그렇죠, 무슨 일이냐고 물어봐도 대답이 없고 뭔가 신음 소리가 들리는 것 같아요."

"신음 소리?"

"아무래도 심상치 않아요. 무슨 일인지, 얼른 가서 상황을 살펴보도록 하세요."

"알았어요. 큰일 났네."

전화를 끊자마자 작무의 품속에 스마트폰을 찔러 넣고 손전등과 우산을 챙겨 종무소를 뛰쳐나왔다.

경내의 오른편 귀퉁이 덤불숲으로 종종걸음을 치며 달려갔다. '녹나무 기념 출입구'라고 적힌 입간판 앞에서부터 덤불숲 안쪽으로 좁은 길이 이어져 있다. 그곳으로 뛰어들었다.

그러자 도중에 누군가 쓰러져 있는 게 보였다. 사카가미인 것 같았다.

"사카가미 씨!" 이름을 부르면서 그쪽으로 달려갔다.

혹시 죽은 건가, 하고 가슴이 덜컥했지만 그렇지는 않았다. 껴안아 일으켜 보니 사카가미는 얼굴을 찌푸리며 이마에 진땀을 흘리고 있었다. 이거, 심상치 않네, 라고 레이토는 생각했다. 주머니에서 스마트폰을 꺼냈다.

그로부터 십여 분 뒤에 구급대원들이 달려왔다. 그사이에 계속 신음하는 사카가미를 어떻게 해 줄 방법이 없어서 몸이 젖지 않게 우산을 받쳐 준 게 고작이었다.

대원들이 사카가미를 들것으로 돌계단 아래까지 옮길 때 레이토도 거들었다. 대기 중인 구급차에 동승해 달라고 해서 함께 올라탔다. 구급차를 타는 건 난생처음이라 이러면 안 된다고 생각하면서도 은근히 마음이 설렜다.

구급대원 두 명이 사카가미를 반듯하게 눕히고 재빠른 손놀림으로 심전도 모니터를 세팅했다. 혈압과 맥박, 체온 등을 측정했다. 심근경색이야, 라고 한 사람이 중얼거렸다. 그러고는 응급처치를 시작했지만 뭘 하는지 레이토는 하나도 아는 게 없었다. 하지만 사카가미의 상태가 조금씩 안정되는 것처럼 보였다.

병원으로 향하는 도중에 평소와는 다르게 경찰차 여러 대가 지나가는 게 보였다. 두 명의 구급대원도 무슨 일이냐며 두런거리고 있었다.

이윽고 구급차가 병원에 도착했다. 병원 앞 도로에도 경찰차 두 대가 서 있었다.

사카가미가 응급실 입구로 실려 가는 것을 지켜본 뒤, 레이토는 응급실 대기실로 갔다. 하지만 휴대전화 사용 금지 구역인 걸 보고 밖으로 다시 나와 치후네에게 전화를 걸었다.

"웬일인가요, 이런 밤늦은 시간에. 무슨 일 있었나요?"

치후네는 언짢은 목소리로 응했다. 방금 잠에서 깨어난 듯한 느낌이었다.

레이토는 잠시 뒤 깨달았다. 치후네는 자신이 그에게 연락해 사카가미의 상태를 살펴보라고 지시했던 일을 까맣게 잊어버린 것이다. 최근에 부쩍 이런 일이 잦아졌다.

"치후네 씨, 수첩을 보세요."

그 행동 기록장 얘기다.

잠시 뒤, 그녀가 다시 전화를 손에 드는 기척이 있었다.

"이제 알겠네. 그런 일이 있었군요. 그래서 사카가미 씨는 어떻게 됐지요?"

아무래도 수첩에는 그녀가 레이토에게 전화한 것을 기록해 둔 모양이다.

레이토는 간단하게 경위를 설명하고 사카가미의 가족에게 연락해야 한다고 전했다.

"알겠어요. 잠시만 기다리세요."

전화 너머로 다시 아무 소리도 들려오지 않자 레이토는 불안해졌다. 치후네가 뭔가를 찾을 때 지금 뭘 찾고 있는지 잊어버리고, 이윽고 뭘 찾고 있다는 자각조차 잊어버리는 일이 이따금 있었기 때문이다.

하지만 잠시 뒤에 치후네의 목소리가 돌아왔다.

"자택 전화번호를 찾았어요. 사카가미 씨의 부인과 아드님 연락처가 있군요. 지금 알려 줄 테니 메모하세요."

잠깐만요, 라고 말하고 병원 유리벽으로 다가갔다. 옅은 먼지가 낀 표면을 손끝으로 문질러 보니 자국이 생겼다. 이 정도면 숫자를 받아쓸 수 있을 것 같다. "네, 말씀하세요."

치후네가 전화번호를 말했다. 고정 전화 같았다.

"고맙습니다. 연락해 볼게요."

"응, 수고해요." 치후네가 전화를 끊었다. 방금 나눈 대화도 수첩에 메모해 둘 것이다.

유리벽에 적은 숫자를 보면서 레이토는 사카가미의 자택에 전화를 걸었다. 시간은 막 자정을 지났다. 한밤중에 전화하는 건 실례지만 지금 그런 예의를 차릴 상황이 아니다.

전화가 연결되고 호출음이 들렸다. 그런데 곧바로 음성사서함으로 넘어가는 바람에 레이토는 당황스러웠다.

"아, 저는 월향신사 관리인 나오이 레이토라고 합니다. 사카가미 씨가 월향신사에서 쓰러지셨습니다. 심근경색인 것 같은데, 우선 구급차를 타고 병원으로 왔습니다."

병원 이름과 자신의 휴대전화 번호를 덧붙여 말하고는 전화를 끊었다. 이 정도로 해 두면 될지, 레이토도 잘 알 수 없었다. 음성 메시지를 남기는 일은 꽤 오랫동안 해 본 적이 없었다.

응급실 대기실로 가자 베테랑의 풍격이 감도는 간호사가 이쪽으로 뛰어왔다.

"조금 전에 심근경색으로 실려 오신 환자의 가족이세요?"

"아뇨, 가족은 아니고……."

레이토는 짧게 사정을 설명하고 자신은 환자를 처음 발견한 사람이라고 밝혔다.

"그분 집 전화에 메시지를 남겼어요. 그걸 듣는 대로 연락해 주실 거예요."

그렇습니까, 라고 간호사는 대답했지만 떨떠름한 얼굴이었다. 되도록 빨리 가족이 왔으면 하는 것이다.

그때 바로 옆으로 제복을 입은 경찰과 양복 차림의 남자 몇 명이 지나갔다. 뭔가 급하게 서두르는 기색이었다.

"무슨 일이에요? 근처에 경찰차도 서 있던데." 레이토는 간호사에게 물었다.

"아, 그게……." 중년 간호사는 말끝을 흐리다가 주위를 한 차례 둘러보고 슬쩍 얼굴을 가까이 대며 말했다. "어제 강도 사건이 일어났던 거, 알아요?"

헉, 하고 레이토는 놀란 소리를 흘렸다. "하루카와초에서 일어난 사건 말이죠? 인터넷 기사로 봤어요."

"실은 그 사건의 피해자가 여기에 입원 중이에요."

"아, 기사에도 머리에 피를 흘렸다고 하더니."

간호사는 진지한 얼굴로 고개를 끄덕였다.

"심하게 맞았나 봐요. 다행히 목숨은 건졌지만, 오늘 아침까지 집중치료실에 있어서 경찰 조사를 받을 수 없었거든요. 이제야 가까스로 회복해서 짧은 면회는 가능한 모양이에요. 그러니 저녁때부터 계속 경찰이 들락날락하고 있죠."

"이렇게 밤늦은 시간에⋯⋯."

"그러게 말이에요. 아마 수사에 진전이 있었던 모양이죠?"

입이 근질근질하던 게 풀렸는지 간호사는 레이토에게 끄덕 목례를 건네고 자리를 떴다.

병원도 경찰도 힘들겠구나, 라고 레이토는 생각했다. 응급 환자나 사건 사고는 때와 장소를 가리지 않고 발생하니까.

불빛이 꺼진 로비에 가 보니 이곳은 휴대전화 사용이 가능한 것 같았다. 맨 끝 의자에 앉아 사카가미 가족에게 전화가 오기를 기다렸다.

그나저나 큰일이었다. 사카가미를 구조하는 데만 정신이 팔려 종무소 문단속도 못 하고 나왔다. 그런 곳에 몰래 숨어들 사람은 없겠지만, 이쪽 일이 일단락되면 서둘러 신사로 돌아가는 게 좋을 듯하다. 리포트를 작성하던 노트북도 그대로 놔두고 왔다.

멍하니 그런 생각을 더듬는 사이에 아무래도 깜빡 잠이 든 모양이다. 매너 모드로 바꿔 놓은 스마트폰이 부르르 울리는 감촉에 레이토는 화들짝 놀랐다. 서둘러 전화를 받으려다가 하마터면 스마트폰을 떨어뜨릴 뻔했다.

"네, 나오이 레이토입니다."

"사카가미의 아내인데요." 숨을 헐떡이는 듯한 목소리가 들렸다.

"아, 다행이다. 지금 어디 계십니까?"

"저희 집이에요. 지금 나가려는 참입니다. 병원 어디로 가면 돼요?"

"응급실 입구가 있어요. 제가 그곳 대기실에서 기다리겠습니다."

"알겠어요, 곧 뵐게요."

전화를 끊고 시간을 확인하니 오전 3시가 지나 있었다. 이런 시간에 용케도 그 음성 사서함을 확인했구나, 하고 생각했다.

그리고 삼십 분쯤 지나 사카가미 부인이 달려왔다. 작은 몸집의 여성이었다. 얼굴이 굳어 있었다. 부인의 설명에 따르면 전화가 왔을 때는 깊이 잠들어서 몰랐지만, 2시쯤 우연히 화장실에 가다가 음성 메시지 표시가 깜빡거리는 걸 봤다고 한다. 긴급한 연락이라면 당연히 자신의 핸드폰으로 걸려 올 터라서 평소에 집 전화기 착신음을 작게 줄여 설정해 두었다고 한다.

마침 조금 전의 베테랑 간호사가 보여서 부인을 소개했다. 간호사는 안도한 기색으로 그녀를 어딘가로 데려갔다.

나는 이제 어떻게 해야 하나, 하고 레이토는 일단 대기실 의자에 앉았다. 힘든 일에서 겨우 풀려났지만, 그렇다고 쌩하니 돌아가기도 어렵다. 이 시간에는 모든 교통수단이 끊긴다. 택시를 부르는 건 사치였다.

이윽고 부인이 돌아왔다. 표정이 부드럽게 바뀌어 있었다.

"덕분에 큰일은 피했다고 하네요. 남편은 지금 자고 있지만, 의사 선생님이 이제 걱정 없을 거라고 하셨어요. 정말 고마워요." 공손히 몇 번이나 머리를 숙였다.

"다행입니다. 이제야 마음이 놓이네요."

"약소하지만 감사 표시예요. 너무 번거롭게 해서 미안해요." 그렇게 말하며 봉투를 내밀었다.

"아뇨, 괜찮습니다. 이건 받을 수 없어요."

"어서 넣어 두세요. 나중에 남편이 알면 내가 혼이 납니다."

"그렇습니까……. 그럼 감사히." 레이토는 머리를 긁적이면서 다른 한 손으로 봉투를 받았다.

"그런데……." 부인이 입을 열었다. "어젯밤에 남편은 지인과 회식이 있다고 했어요. 근데 왜 그 신사에 가 있었지

요?"

아무래도 사카가미는 기념에 관한 이야기를 아내에게는 비밀로 했던 모양이다. 어쩌면 유언장에 남겨 둘 예정이었는지도 모른다.

"그건 남편분께 물어보시는 게 좋겠습니다. 제가 말씀드릴 일이 아니라서요."

"그렇군요……."

죄송합니다, 라고 레이토는 말했다.

로비로 가 다시 맨 끝의 의자에 앉았다. 시계를 보니 오전 4시를 지난 참이었다. 버스 첫차가 나올 때까지 잠시 눈을 붙이려고 의자에 몸을 기댔다. 하지만 잠들기 전에 조금 전 받은 봉투를 확인했다. 1만 엔짜리 지폐 한 장이 들어 있었다. 정확히 기념에 드는 비용, 이른바 밀초 값이다.

쓸모없는 밤은 아니었구나, 라고 혼자 빙긋이 웃었다.

잠깐 선잠을 잔 뒤, 병원 앞 정류소에서 새벽 첫차를 타고 돌아왔다. 월향신사에 도착하자 오전 7시였다. 비는 완전히 걷혔다. 종무소로 가려다가 녹나무 쪽의 기념 뒷정리를 하지 않은 게 생각났다.

녹나무는 간밤의 비에 젖은 잎들이 아침 햇살을 받아 반들반들 빛이 났다. 레이토는 거대한 나무 기둥 안으로 들어

갔다. 제단의 촛대를 보고는 흠칫 놀랐다. 밀초가 다 타고 밑동만 남아 있었기 때문이다.

어젯밤의 일을 되짚어 보았다. 사카가미가 여기서 머문 건 채 삼십 분이 안 된다. 밀초는 두 시간용을 가져갔다. 그렇다면 약 한 시간 반 동안 아무도 없는 상태에서 촛불만 타고 있었던 셈이다. 그 사이에 돌풍이 들이쳐 촛대에서 불이 붙은 초가 떨어지기라도 했다면…….

등에 오싹 식은땀이 났다. 구급차를 기다리는 사이에 녹나무 안을 살펴봤어야 했다. 그랬다면 촛불이 켜진 걸 알아챘을 터였다.

이런 일을 치후네에게 보고했다가는 호되게 꾸지람을 들을 것이다. 이건 입을 꾹 다물자, 라고 생각했다.

초하룻날 밤에 그런 소동이 벌어진 뒤, 이틀이 지났다. 오
전에 종무소에서 컵라면을 먹고 있는데 스마트폰이 착신을
알렸다. 치후네에게서 온 전화였다. 통화 버튼을 누르고
"안녕히 주무셨습니까?"라고 아침 인사를 했다. 간밤에도
기념하러 온 사람이 있어서 그대로 종무소에서 잤다. 다행
히 간밤에는 날씨도 좋았고 기념하던 이가 병으로 쓰러지
는 일도 없었다.

"이 시간에 안녕히 주무셨습니까, 라는 인사는 적절하지
않아요. 그보다 용건을 말하지요. 잠시 뒤에 그쪽으로 경찰
이 갈 거예요. 녹나무를 보겠다고 하시니 안내해 드리세

요." 치후네는 막힘없이 말했다.

"경찰이 녹나무를? 왜요?"

"수사 때문이라고 하더군요."

"어떤 수사요? 나는 나쁜 짓 한 적 없어요."

"그건 알아요. 레이토 때문이 아닙니다. 자세한 얘기는 이따가 직접 물어보도록 하세요. 그럼 나는 지시했으니, 잘 알아서 처리하세요."

에, 하고 레이토가 어중간한 대답을 하는 참에 전화가 끊겼다. 스마트폰을 멍하니 들여다보며 고개를 갸우뚱했다.

그리고 한 삼십 분 뒤, 경내 청소를 하는데 양복 차림의 40대 남자가 돌계단을 올라왔다. 햇볕에 그을린 얼굴이 어딘지 험상궂은 인상이다. 게다가 눈매도 날카롭다. 그 뒤로 똑같은 옷과 모자를 쓴 사람들이 따라왔다. 텔레비전 드라마에서 본 적이 있다. 분명 감식반일 터였다.

남자는 손수건으로 이마의 땀을 닦으며 곧장 이쪽으로 다가왔다. 형식적인 미소를 짓고 있지만 어쩐지 음흉하게 보일 뿐이었다.

"당신, 이 신사에서 일하는 사람?" 남자가 오만한 말투로 물었다.

"그렇습니다."

"책임자는?"

"제가 책임자인데요."

"당신이?" 남자는 얼굴에서 웃음이 사라지고 미심쩍다는 시선을 던졌다.

레이토는 불끈해서 상대를 노려보았다. "무슨 일이시죠?"

"정말 당신이 책임자야? 다른 사람은 없고?"

태도가 불량한 꼰대 아저씨다. 공손히 말하는 방법을 모르는 건가.

"저밖에 없습니다." 레이토는 지갑에서 명함을 꺼냈다. 그곳에 '월향신사 종무소 관리주임 나오이 레이토'라고 찍혀 있다.

명함을 보고 남자는 그제야 알겠다는 듯이 고개를 끄덕였다.

"그렇군. 아니, 야나기사와 치후네 씨에게서 얘기는 들었지. 근데 신사 관리인이라면 당연히 나이 지긋한 영감님일 줄 알았어."

남자는 양복 안주머니에서 뭔가를 꺼내 레이토 앞에 내밀었다. 경찰수첩이었다. 일부러 찬찬히 들여다보며 이름을 확인했다.

"나카자토 씨?"

잘 부탁해, 라면서 나카자토는 잽싸게 수첩을 챙겨 넣었다.

"녹나무를 보겠다고 하시던데요."

"맞아. 안내 좀 해 줄 수 있지?"

"그건 괜찮지만, 이유를 말씀해 주시죠."

레이토의 말에 나카자토는 끄응 하고 신음 소리를 냈다.

"그건 때가 되면 밝히기로 하는 건 어떨까. 설명하자면 얘기가 길어지고, 우리는 되도록 빨리 작업을 시작했으면 좋겠거든."

"작업?"

"감식 작업. 이 신사의 녹나무가 어떤 사건과 관련되었을 가능성이 있어."

"어떤 사건이라니, 그게 뭐예요?"

"일단 설명은 여기까지만 하자, 응?" 나카자토가 으스스해지는 웃음을 건네며 말했다.

레이토는 한숨을 내쉬었다. 설명이라고 할 수 없었지만, 지금은 무슨 말을 해도 소용없을 것이다.

"알았어요. 따라오세요."

"고마워. 미안하네." 나카자토는 전혀 미안하지 않은 얼굴로 말했다.

레이토는 나카자토 일행을 데리고 녹나무 쪽으로 향했다. 기념 입구에 도착하자 나카자토는 감식반 경찰들을 대기시키고 혼자 레이토를 뒤따라왔다. 갑작스럽게 여럿이 우르르 들어가 현장이 어지러워지는 상황을 피하려는지도 모른다.

덤불숲으로 둘러싸인 좁은 길을 빠져나가면 그 끝에 녹나무가 있다. 나카자토는 오오, 하는 감탄사를 내뱉었다.

"이거, 굉장하네. 난 처음 봤는데 상상했던 것보다 더 굉장해."

놀라는 것도 당연하다. 가지는 사방으로 넓게 뻗어 나갔고 나무 기둥 둘레는 5미터가 넘는다. 게다가 큰 뱀처럼 굵고 구불구불한 뿌리가 땅바닥을 기어가고 있다. 처음 마주했을 때, 레이토는 그 장엄함과 박력에 압도되어 몸이 부르르 떨렸다.

"이 녹나무가 어떤 사건과 관계가 있다는 거예요?"

나카자토는 잠시 망설이는 표정으로 오른쪽 귓구멍을 후비고 그 손가락에 후, 하고 입바람을 불었다.

"사흘 전에 소소한 사건이 하나 있었어. 어제 그 용의자를 체포했는데 아무래도 도주 중에 이 녹나무 안에 숨어 있었던 거 같아."

"그게 언젠데요?"

"그저께 밤, 자정 무렵이야."

사카가미가 병원에 실려 갔던 날 밤이다.

"자정 무렵? 그렇다면 정말 여기 숨었을 수도 있겠네요."

"무슨 얘기야?"

레이토는 그날 밤 일을 간단히 설명했다.

나카자토는 생각에 잠긴 표정으로 이마에 손을 짚었다.

"그러면 자네가 구급차에 함께 타고 이곳을 떠난 게 오후 11시쯤이었고, 돌아온 건 다음 날 오전 7시쯤이었군. 그 사이에 이 신사에는 아무도 없었다는 얘기야. 누군가 몰래 들어온 흔적은 없었어?"

"그런 게 있었나······. 나는 딱히 모르겠던데요. 못 보던 물건이라도 떨어져 있었다면 알아봤을 텐데 그런 건 없었어요."

"용의자는 오전 6시경에 이곳을 떠났다고 하니까 시간상으로는 딱 맞아. 알았어, 이제 감식 작업을 해도 되겠지?"

"그건 괜찮은데, 한 가지만 물어볼게요. 그 사건, 혹시 피해자가 머리를 크게 다쳤다는 강도 사건이에요?"

나카자토의 눈가에 험상궂은 그늘이 쓱 스쳐 갔다. 하지만 곧바로 으스스해지는 웃음을 짓더니 검지를 입에 댔다.

"함부로 입 밖에 내면 안 돼. 알았지?"

입 밖에 안 냅니다, 라고 레이토는 말했다.

"나카자토 씨는 감식 작업은 같이 안 하세요?"

레이토는 페트병 우롱차를 유리잔에 따라 의자에 앉은 나카자토 앞에 내주었다. 두 사람은 종무소 안에 와 있었다. 감식반은 녹나무와 그 주변을 한창 조사하는 중이다.

"오, 고마워. 마침 목이 말랐는데." 나카자토는 우롱차를 시원하게 꿀꺽꿀꺽 마셨다. "떡은 떡집에 맡기라는 말도 있잖아. 감식 작업은 전문가에게 맡겨야지. 나 같은 아마추어가 괜히 참견했다가는 잔소리나 듣기 십상이야."

"형사님이 왜 아마추어예요?"

"감식에 관한 지식이야 어느 정도는 있지. 하지만 실무에 들어가면 나도 아마추어야. 감식반이 작업하는 동안에는 경찰청장이라도 현장 근처에 얼씬도 하지 않아."

"드라마하고는 다르네요."

"드라마 속 형사는 아주 폼 나지. 뭐든 원하는 대로 다 되고." 그러더니 나카자토는 사진 한 장을 내밀었다. "이 사람, 혹시 본 적 있어?"

사진을 얼핏 보고 가슴이 철렁했다. 바로 얼마 전에 만난 인물이었기 때문이다.

"이 사람, 제가 알아요."

나카자토의 눈빛이 갑자기 험악해졌다. "이름은?"

"구메다. 성은 구메다였는데 이름이 뭐였더라……."

"친한 사이야?"

"그런 건 아니고요. 굳이 말하자면 범행의 목격자라고나 할까. 근데 피해를 본 건 내가 아니에요."

"범행이라니, 그냥 흘려들을 수 없는 얘기네. 무슨 일이 있었는데?"

"아니, 그렇게 큰일은 아니었고요."

레이토는 구메다와 티격태격했던 일을 나카자토에게 말했다. 사소한 일이라서 실망하려나 했는데 나카자토는 나름대로 흥미롭다는 얼굴이었다.

"그런 일이 있었어? 그렇다면 구메다는 우연히 이 신사로 도망친 게 아니라 미리 이곳을 비상시의 은신처로 머릿속에 담아 뒀을 가능성이 있어."

"어휴, 강도 사건으로 체포된 사람이 그 아저씨였다니."

역시 정상적인 인간이 아니었구나, 라고 레이토는 생각했다. 지난번 그 200엔도 결국 가져오지 않았다.

나카자토는 어깨를 움츠렸다. "아니, 현재까지 체포 용의는 주거침입이야."

"강도가 아니고요? 피해자 머리를 내리쳤다면서요."

"그건 그렇지만……." 나카자토는 뭔가 석연치 않은 말투로 얼버무리더니 새삼 종무소 안을 둘러보았다. "그날, 여기 문단속은 어떻게 했어?"

"예?"

"녹나무에 기원하러 온 사람이 쓰러져서 자네가 함께 병원에 갔을 때 말이야."

"그게, 종무소 문단속을 못 했어요. 아무튼 그때 너무 다급한 상황이라서……."

"자네가 다시 돌아왔을 때, 별다른 이상은 없었어?"

"없었던 거 같은데요."

흐음, 하고 고개를 끄덕이면서 나카자토는 다시 주변을 둘러보았다.

"녹나무 쪽이 끝나면 여기도 살펴보는 게 좋겠군."

"여기도?" 레이토는 놀라서 목소리 톤을 높였다. "왜요?"

"구메다가 몰래 들어왔을 수도 있기 때문이야."

"그 아저씨가 여기에 왜 들어오겠어요?"

나카자토는 씁쓸한 표정으로 머리 뒤쪽을 긁적였다.

"구메다가 피해자의 집에 침입한 것까지는 인정했는데 범행은 부인하고 있어. 그래서 우리로서는 뭐든 물증을 확보했으면 하는 거야."

무슨 얘기인지 알 수 없어서 레이토는 미간을 좁혔다. "그게 무슨 말이죠?"

"뭐, 자네한테는 설명해 주는 게 좋을지도 모르겠네."

나카자토는 답답한 기색으로 털어놓기 시작했다. 그에 따르면 다음과 같은 상황이었다.

피해자 모리베 도시히코의 아내에게 신고를 받고 경찰은 급히 현장으로 출동했다. 모리베가 쓰러져 있던 거실에는 혈흔이 있었지만, 난투가 벌어진 듯한 흔적은 없었다. 그리고 거실장 서랍에 들어 있어야 할 현금이 사라지고 없었다.

거실 옆에 골동품을 보관해 두는 방이 있었는데, 그 방의 창문 고리가 열려 있어서 범인은 그곳을 통해 도주한 것으로 보였다. 나아가 좀 더 자세히 조사해 보니, 2층 욕실 창문으로 침입한 흔적도 확인되었다. 모리베의 아내가 말하기를, 환기를 위해 자주 열어 두는 곳이라 문단속을 못 했는지도 모른다고 했다.

수사관이 모리베의 진술을 들은 건 어제 아침이었다. 그에 따르면 업무용 자료가 필요해서 차를 타고 잠깐 집에 들렸다고 한다. 차고에 주차한 뒤, 비상구를 통해 집으로 들어갔다. 거실에서 서랍 안의 자료를 찾는 참에 등 뒤에서 인기척이 들렸다. 돌아보니 복면을 쓴 큼직한 남자가 서 있었다. 순간적으로 도망치려 했지만 그 직후, 뒤에서 그자가 머리를 내리쳤다. 그리고 범인으로 짐작되는 사람은 없다는 것이었다.

수사진은 부근 일대의 탐문과 방범 카메라 확인에 나섰다. 그 결과, 당일 오후 4시경에 수상쩍은 남자가 모리베의 집을 엿보고 있었다는 증언이 나왔다. 나아가 몇 집 건너 이웃의 현관에 설치된 방범 카메라에도 체격이나 옷차림이 동일한 남자가 찍혀 있었다. 모리베에게 영상을 보여 주자, 전부터 알고 지내던 구메다 고사쿠가 틀림없다고 단언했다.

곧바로 수사관들이 구메다 고사쿠의 집에 찾아갔지만 늙은 어머니만 있을 뿐 그의 모습은 보이지 않았다. 어디에 갔는지는 모친도 알지 못했다. 수사관들은 밤새 그 집 근처에서 잠복하며 지켜봤지만 구메다는 돌아오지 않았다.

그런데 오전 8시경, 근처 파출소에 구메다 고사쿠가 자진 출두했다는 연락이 경찰서로 들어왔다. 구메다의 집 근처에 나가 있던 수사관들이 즉각 파출소로 가 그를 체포했다. 조사를 받으며 구메다는 모리베의 집에 침입한 사실은 인정했다. 그가 노린 건 모리베가 각별히 아끼던 골동품이었다. 거실 옆 컬렉션 룸을 살펴보던 중에 누군가 들어오는 듯한 소리가 들렸다. 문 틈새로 내다보니 모리베였다. 큰일이다 싶어서 소음이 나지 않도록 조심스레 창문을 열고 도주했다. 아무것도 훔치지 못했고 그럴 여유도 없었다는 것이었다.

"그럴 리 없다, 모리베 씨의 머리를 내리치고 현금을 훔쳐간 거 아니냐, 라고 추궁을 해도 계속 그런 짓을 한 적이 없다, 가져온 것도 없다, 라는 주장만 하고 있어. 소지품 검사를 했는데 아닌 게 아니라 아무것도 없더라고. 자진 출두 전에는 어디 있었느냐는 질문에는 여기저기 돌아다녀서 확실하게 기억나지 않는다느니 뭐니 늘어놓고 말이지. 그래서 스마트폰 위치 정보를 조사한 끝에 겨우 이 신사에 숨어 있었다는 걸 알아냈어. 구메다는 스마트폰에 그런 기록이 남는다는 걸 몰랐던 거 같더라고."

이야기가 일단락되자 나카자토는 갈증이 났는지 컵을 들고 우롱차를 들이켰다.

"그러면 지금 감식반에서 조사하는 건……."

"정확히 말하면 조사가 아니라 찾는 거야, 구메다가 훔쳐낸 물건을. 최소한 현금은 어딘가에 감춰 뒀겠지."

"녹나무 안에는 없을 텐데요. 어제도 그렇고 오늘도 내가 청소를 했거든요."

"그야 그렇겠지. 그자도 그리 쉽게 들킬 만한 곳에 감추지는 않았을 거야. 아무튼 그런 상황이니까 이 종무소도 조사해 봐야 돼. 구메다가 스마트폰은 녹나무 안에 놔두고 이쪽에 슬쩍 다녀갔을 가능성도 있으니까."

"알았어요."

스마트폰으로 연락이 왔는지 나카자토가 전화를 받았다. 두세 마디 하더니 전화를 끊고 레이토에게 말했다.

"미안하지만 잠깐 나하고 같이 가자. 자네가 봐 줄 게 있어."

"뭔데요?"

"나도 모르겠어. 아무튼 가서 좀 보자고."

"그야 뭐, 가시죠."

나카자토와 함께 종무소를 나와 녹나무 쪽으로 갔다. 그러자 녹나무에서 조금 떨어진 덤불숲에 감식반이 모여 있었다. 옆에 느티나무가 서 있는 곳이다.

반장으로 보이는 경찰이 비닐봉지에 든 검은 천 같은 것을 나카자토에게 보여 주면서 뭔가 얘기하고 있었다.

이봐, 하고 나카자토가 레이토를 손짓으로 불렀다. "이

거, 본 적 있어?"

레이토는 옆으로 다가가 비닐봉지를 보았다. 안에 든 건 검은 복면이었다. 한눈에 봐도 표범을 모티프로 한 데다가 예전에 텔레비전 방송에서 봤던 것이다.

"재규어 마스크!" 퍼뜩 생각났다. "유명한 프로레슬러가 썼던 그 복면이잖아요."

"그건 우리도 알아. 어린 시절의 히어로였으니까. 그런데 이게 저 느티나무 아래 흙 속에 묻혀 있었어. 흙을 밟아 다진 걸 보면 최근에 파묻은 것처럼 보인다는데 뭔가 짐작 가는 거 없어?"

레이토는 고개를 가로젓고 손도 내저었다. "전혀요. 내가 파묻은 거 아니에요."

"그래?" 나카자토는 고개를 끄덕이더니 다시 감식반 반장과 뭔가 숙덕거리기 시작했다. 레이토는 다시 한번 재규어 마스크의 복면을 살펴보았다. 아까 듣기로는 피해자가 복면을 쓴 남자에게 머리를 맞았다고 했다.

구메다 고사쿠가 이 복면을 쓰고 범행을 저지르는 모습을 상상하니 저절로 웃음이 터지려고 해서 레이토는 꾹꾹 눌러 참았다.

그날 밤에는 기념 예약이 없어서 오후 6시에 야나기사와 저택에 돌아왔다. 웬일로 거실에 손님이 와 있었다. 연보랏빛 카디건을 걸친 자그마한 70대 노부인이 테이블을 사이에 두고 치후네와 마주 앉아 있었다. 레이토를 보자마자 목례를 건네길래 그도 안녕하십니까, 라고 인사했다.

"마침 잘됐군요. 레이토에게 소개해 줄 분이 있어요."

치후네의 말에 레이토는 그녀 옆에 가서 앉았다.

"이쪽은 구메다 마쓰코 씨예요. 내 초등학교 동창."

엇, 하고 레이토는 눈이 둥그레졌다. "그러면 구메다 고사쿠의 어머님?"

"저런, 그 말투는 뭔가요. 남의 이름을 호칭도 없이 부르다니." 치후네가 미간을 찌푸렸다.

"괜찮아, 그럴 만도 하지." 마쓰코가 달래듯이 말하고, 다시 레이토를 보았다. "미안해요. 오늘 그쪽에도 경찰이 갔었지요? 큰 폐를 끼쳤군요. 미안합니다." 그러고는 백발의 머리를 숙였다.

"어떻게 두 분이?" 레이토는 치후네와 마쓰코를 번갈아 바라보았다.

"레이토도 들었겠지만, 고사쿠가 경찰에 체포됐어요. 마쓰코 씨도 오늘 가택 수색을 당했다는군요. 경찰이 월향신사도 수색한다는 말을 듣고 큰 폐를 끼쳐서 미안하다고 사과하러 오신 거예요." 거기까지 설명하다가 치후네는 노란 수첩을 펼치며 마쓰코를 향해 물었다. "내가 제대로 얘기했지? 뭔가 빠뜨린 건 없는지 모르겠네."

"괜찮아. 잘 얘기했어." 마쓰코는 그렇게 말하고 레이토를 보았다. "신사에 뭔가 특이한 점은 없었어요?"

"실은 경찰이 이상한 걸 찾아냈어요."

레이토는 녹나무 근처에서 프로레슬러의 복면을 발견한 것을 얘기했다. 마쓰코는 어리둥절한 듯 고개를 갸웃거렸다. 역시 전혀 짐작 가는 게 없는 눈치였다.

"그리고 신전과 종무소도 수색했어요. 근데 결국 현금은 못 찾았습니다. 내일 다시 조사해 보겠다고 하더라고요."

"그렇군요. 실은 우리 집에서도 돈 같은 건 나오지 않았어요. 아들 방뿐만 아니라 다른 방도 샅샅이 찾아보셨죠. 그야 현금은 다소 있었지만 별반 큰돈도 아니고, 훔친 돈인지 아닌지는 경찰이 곧바로 알아보는 것 같더군요."

도둑맞은 지폐의 번호를 알고 있기 때문인가, 라고 레이토는 생각했다.

"형사가 말하기로는 구메다 씨가 그 집에 몰래 들어간 건 인정했는데 아무것도 훔치지 않았고 모리베 씨를 내리친 적도 없다고 주장했답니다."

레이토의 말을 듣고 마쓰코는 얼굴을 찌푸렸다.

"아휴, 그 아이는 그런 변명이 통할 줄 아는 건가. 역시 어 렸을 때 좀 더 힘든 일을 시켰어야 했어. 외동이라고 우리 그 이가 항상 어리광을 받아 주는 바람에 도무지 답이 없는 반 편이가 되어 버렸지 뭐야. 이제는 내 아들이 대체 무슨 생각 을 하는지도 모르겠어. 하긴 그냥 아무 생각도 없는 게지."

중년 남자를 '그 아이'라고 지칭하는 말을 듣자 어머니에 게 아들이란 언제까지나 그런 존재구나, 라고 레이토는 생 각했다.

"그래서 앞으로 어떻게 할 거니?" 치후네가 물었다.

"어떻게 하고 말 게 뭐 있어? 흘러가는 대로 지켜볼 수밖 에 없지. 이렇게 된 마당에 교도소에 들어가 따끔한 일도 겪 어 보는 게 그 아이에게는 좋을지도 모르겠다." 마쓰코의 말투는 비관적이기보다 오히려 씩씩한 느낌이었다. 상당히 대범하고 배짱도 있는 사람이다.

"네 심정이야 잘 알지만, 이대로 손 놓고 있어서는 안 되 지. 고사쿠가 그런 적이 없다고 주장한다면 그 말도 귀담아 들어 보는 게 좋지 않겠어?"

"그러면 좋겠지만 아이를 만날 수도 없으니, 원."

"마쓰코 씨는 당분간 만날 수 없겠지. 하지만 접견이 가능한 사람이 있어. 변호사야."

"변호사?"

"지인 중에 그런 분이 있어? 힘이 되어 줄 만한 변호사."

"변호사라……." 마쓰코는 마뜩잖은 표정이었다. 어쩌면 주위에 그럴 만한 사람이 없는지도 모른다.

"치후네 씨." 레이토가 옆에서 끼어들었다. "이와모토 선생님은요?"

"이와모토?" 치후네의 미간에 주름이 졌다.

"저를 경찰서 유치장에서 꺼내 주신 변호사님이 있었잖아요. 치후네 씨의 대학 시절 친구분이라고 하셨는데."

치후네는 의아한 표정인 채로 노란 수첩을 집어 들더니 뒤쪽을 펼쳤다. 그곳에 그녀와 알고 지내는 사람들의 목록을 적어 둔 것이다.

이윽고 치후네가 수첩에서 얼굴을 들고 레이토를 보며 고개를 끄덕였다.

"아, 이와모토 변호사 말이군요. 고마워라, 딱 맞는 사람을 생각나게 해 주었군요."

"저한테 큰 도움을 주신 은인이잖아요." 레이토는 어깨를 으쓱하며 말했다.

6

이와모토 요시노리가 월향신사에 찾아온 건 레이토가 치후네의 기억 속에서 그의 이름을 꺼내 준 뒤 나흘째 되는 날이었다. 사전에 치후네의 연락을 받았기 때문에 놀라지는 않았지만, 경내에서 맞이할 때는 꽤나 긴장하고 말았다.

"오랜만이야."

이와모토가 오른손을 내밀며 말했다. 악수를 청하는 거라고 깨닫기까지 몇 초쯤 걸리는 바람에 레이토는 허둥지둥 응했다. "네, 오랜만에 뵙습니다."

"무엇보다 건강해 보여서 좋군." 이와모토는 작무의를 입은 레이토를 흥미로운 듯 훑어보았다. "자네가 이 신사의 관리를 맡게 될 줄이야. 야나기사와 여사가 생각하는 건 예나 지금이나 변함없이 참 대담해."

"아직 제 몫은 못 하고 있습니다."

"야나기사와 여사에게서 얘기 들었어. 대학에도 다닌다던데?"

"통신대학이에요. 시험 보고 합격한 건 아닙니다."

"그런 건 아무 상관없어. 중요한 건 자신의 길을 찾는 것이지. 동전 던지기 따위에 기대지 말고." 이와모토는 동전을 위로 던지는 시늉을 하며 말했다.

"그때는 정말 감사했습니다. 선생님 덕분에 살았어요." 레이토는 다시금 깊숙이 머리를 숙였다.

"나는 의뢰받은 일을 했을 뿐이야. 감사 인사라면 자네 이모님께 해야지."

"그건 매일같이 하고 있죠. 마음속으로만 전해 드리는 것이지만."

하하하, 하고 이와모토가 웃었다. 갸름한 얼굴에 검은 테 안경과 멋진 백발은 처음 만났을 때 그대로 변함이 없었다. 레이토가 예전에 다니던 공장에 몰래 들어갔다가 절도와 주거침입 혐의로 체포되었을 때, 이 변호사 선생님이 구해 줬었다.

"구메다 고사쿠 씨의 변호를 맡아 주시기로 했다고 들었습니다. 잘 해결될까요?"

레이토의 물음에 이와모토는 입가를 풀며 빙긋이 웃을 뿐이었다. 그 대신 전혀 다른 질문을 던졌다. "녹나무를 잠깐 봐도 될까?"

"물론입니다. 제가 안내하겠습니다."

가시죠, 라고 말하고 레이토는 걸음을 뗐다.

"어제, 피의자로 재체포됐어. 이번에는 절도죄야."

"훔친 현금이 발견됐습니까?"

"아니, 현금이 아니야. 도난품은 자네도 본 물건일 거야."

"도난품? 제가요?" 퍼뜩 생각나는 게 있어서 레이토는 발을 멈췄다.

"설마 그 복면 말씀입니까, 프로레슬러의?"

이와모토는 쓴웃음을 지으며 고개를 끄덕였다. "그래, 재규어 마스크의 복면."

"구메다 씨는 왜 그런 걸 훔쳤을까요?"

"본인의 말에 따르면 되찾아 온 것뿐이라던데."

"무슨 말씀인지 모르겠어요."

"뭐, 걸으면서 얘기하지. 실은 이런 걸 발설하면 안 되는데, 자네라면 어디 가서 섣불리 얘기하지는 않을 테니까."

"그건 약속드립니다."

녹나무 기념 입구를 향해 두 사람은 나란히 걸었다.

"구메다 고사쿠의 지인 중에 예전에 프로레슬러 재규어 마스크의 매니저로 일했던 자가 있었어." 이와모토가 느긋한 어조로 말하기 시작했다. "그자가 복면 관리도 했었는데 매니저를 그만두고 한참 지난 뒤에야 한 장을 따로 보관해 둔 걸 알았어. 아마 예비로 둔 복면이 몇 장 있었던 모양이지. 재규어 마스크 본인에게 연락했더니 디자인을 새로 바꿔서 그건 이제 필요 없다고 해서 그대로 보관해 뒀어. 그런데 매니저가 나중에 구메다에게 그 복면을 줬다는 거야."

"그건 뭐, 있을 법한 얘기네요."

"석 달쯤 전에 구메다가 마작 친구였던 모리베 씨에게 우연히 그 얘기를 했던 모양이야. 그러자 골동품 수집가인 모리베 씨가 당장 실물을 보고 싶다고 했어. 며칠 뒤 구메다가 복면을 보여 주자 모리베 씨는 2만 엔에 사겠다고 제안했어. 그 말을 듣고 구메다는 분명 좀 더 가치가 있을 거라고 짐작하고 10만 엔이면 팔겠다고 했어. 그건 너무 비싸다, 최고 3만 엔, 그러면 7만 엔은 어떠냐, 라는 식으로 흥정을 한 끝에 결국 5만 엔으로 거래가 성사된 거야."

"그럼 구메다 씨가 5만 엔에 복면을 팔았던 거네요."

그런 걸 5만 엔씩이나, 라고 레이토는 지난번에 본 복면을 머릿속에 떠올렸다. 자신이라면 500엔에도 안 샀을 것이다. 수집가들의 심리란 참으로 불가사의하다.

"그런데 최근에 구메다가 텔레비전의 골동품 감정 프로그램을 보다가 깜짝 놀랐어. 프로레슬러 재규어 마스크가 실제로 사용한 복면이라면 100만 엔 이상은 나간다는 감정 평가가 나왔거든. 구메다는 당연히 속았다고 생각했겠지."

아하, 하고 레이토는 저절로 맞장구를 쳤다. 슬슬 사건의 전모가 보이기 시작했다.

"그 복면을 다시 찾아오려고 모리베 씨의 집에 몰래 들어갔군요."

그렇지, 라고 이와모토가 웃음소리를 내며 말했다.

"정식으로 항의해 봤자 돌려주지 않을 것 같아서 그랬다는 게 구메다의 주장이야. 그 집에 몰래 들어가 되찾아 온 뒤에 그걸 다른 데 팔아서 5만 엔을 모리베 씨에게 돌려줄 생각이었대."

"그 주장의 뒷부분은 거짓말일걸요. 5만 엔을 돌려줄 생각이었다는 거."

"그렇겠지. 나중에 돈을 돌려준다면 복면을 훔쳐 간 게 자기라고 실토하는 거나 마찬가지니까. 하지만 지금 이 시점에서 본인의 진술은 그렇다는 얘기야."

"한마디로, 깜빡 속아서 빼앗긴 물건을 되찾으려 했군요. 그건 이해할 만하네요."

문득 이와모토는 발을 멈추고 의미심장한 눈빛을 던졌다.

"구메다 고사쿠에게 어쩐지 공감하는 표정인데?"

레이토는 머리를 긁적였다.

"눈치채셨어요? 역시 이와모토 선생님께는 다 들킨다니까요. 솔직히 말하면 약간은 그 심정이 이해돼요. 원래 정당하게 받아야 할 것을 못 받았다면 당연히 화가 나죠."

레이토가 예전에 다니던 공장에 몰래 들어가 기계를 훔치려고 했던 것도 부당하게 해고된 데다 퇴직금조차 받지 못했기 때문에 그만큼을 회사 물건으로 가져오려고 했던 것이다.

"하지만 구메다 고사쿠는 재규어 마스크의 복면을 깜빡 속아서 내준 게 아니었어. 설령 금액이 타당하지 않았더라도 그건 판매자와 구매자가 합의한 결과니까 정당한 매매였지. 어떻게 해명하든 절도는 절도, 변명의 여지가 전혀 없어."

"그렇긴 하네요."

두 사람은 다시 걸음을 옮겼다. 기념 입구에서 덤불숲을

지나 녹나무 앞으로 나갔다.

이와모토는 검은 테 안경을 손끝으로 잡고 오호, 하고 탄성을 올렸다.

"오랜만에 봤지만 역시 대단하군. 엄청난 위압감이 느껴져. 성스러운 힘이 있다는 설화가 생길 만도 해."

"선생님은 녹나무의 기념에 대해 알고 계세요?"

"예전에 누군가 얘기해 준 적이 있지. 선조 대대로 물려받은 가훈을 후대에 전해 주는 의식이라고 했던가. 그게 어째서 염원을 들어준다는 설화로 바뀌었는지 모르겠어."

아무래도 기념에 대해 정확한 것까지는 모르는 것 같다. 하지만 레이토는 입을 다물었다. 아무리 친밀한 상대라도 함부로 발설해서는 안 된다고 치후네가 항상 주의를 주었기 때문이다.

이와모토는 녹나무 기둥의 동굴 안으로 들어갔다.

"예상보다 훨씬 넓은 곳이군. 이 정도면 밤새 머무는 것도 어렵지 않겠어."

"이곳에 다녀간 일에 대해 구메다 씨는 뭐라고 말했습니까?"

"목적은 두 가지라고 했어." 이와모토가 손가락 두 개를 들어 보이며 녹나무 동굴에서 나왔다. "첫째는 훔친 물건을

74   녹나무의 여신

감추기 위해서야. 구메다는 범행 다음 날, 곧바로 복면을 팔려고 시내 상점가로 나갔어. 그런데 미리 검색해 둔 가게는 디즈니나 인기 애니메이션 캐릭터 굿즈는 취급하지만 프로레슬링 관련 물품은 대상이 아니라면서 거절했어. 그래서 다른 골동품점이며 전당포 같은 데를 찾아다녔는데 다들 똑같은 이유로 거절하는 바람에 결국 팔지 못했어. 그런 쪽의 물품은 다양한 카테고리로 나뉘어 있어서 취급하는 물품이 아니면 상대해 주지 않는 모양이야."

"저런, 옥션에 올리면 되는데."

"그것도 생각했더군. 하지만 모리베 씨에게 들킬 우려가 있어서 포기했어. 결국 밤중까지 이 가게 저 가게 찾아다니다 결국 팔지도 못하고 돌아왔는데, 자기 집에 낯선 사람들이 드나드는 걸 우연히 보게 된 거지. 다들 제복 차림은 아니었지만, 직감적으로 경찰이라는 걸 알았어. 재규어 마스크의 복면을 소지한 걸 들켰다가는 큰일이니까 감춰둘 장소로 이곳을 택했다는 얘기야."

"그런 거였군요." 레이토는 느티나무 아래로 다가갔다. "여기에 파묻었더라고요."

이와모토는 나무를 올려다보더니 고개를 끄덕였다.

"구메다가 얘기했던 그대로야. 나중에 어디에 파묻었는

지 모르면 곤란하니까 눈에 띄는 나무 밑에 묻었다고 했
어."

"구메다 씨가 이곳에 온 목적이 두 가지라고 하셨죠. 나머
지 하나는 뭐였어요?"

"앞으로 어떻게 해야 할지, 생각을 정리하려고 온 거야.
모리베 씨의 집에 몰래 들어간 걸 경찰이 알았다면 나는 이
제 곧 잡혀갈 것이다, 일찌감치 포기하고 자진 출두하자, 라
고 결심은 했는데 어떤 식으로 해명해야 죄가 가벼워질지
찬찬히 생각해 보고 싶었다는 거야. 그런데 그날 밤은 날이
궂어서 비를 피할 수 있는 장소가 아니면 안 되었어."

"녹나무 동굴에서 찬찬히 생각해 낸 변명이 모리베 씨 집
에는 몰래 들어갔지만 아무것도 훔치지 않았다, 모리베 씨
를 내리친 적도 없다, 라는 것이었군요."

"그렇지. 다만 재규어 마스크의 복면을 경찰이 찾아냈으
니 아무것도 훔치지 않았다는 말은 거짓이라는 게 증명이
되어 버린 셈이야."

"현금은 찾았나요? 여기도 이틀 연달아 경찰이 수색하고
갔는데요."

"아니, 현금은 못 찾았어. 이미 들었겠지만, 구메다의 자
택도 수색했는데 결과는 마찬가지였어."

"도둑맞은 현금에 다른 특징이 있었던 건가요? 구메다 씨 어머님도 얼핏 그런 얘기를 하셨어요. 저는 경찰이 지폐 번호를 알고 있다고 생각했는데요."

"만일 지폐 번호를 알고 있다면 조회하기 위해 집 안의 1만 엔짜리 지폐는 모조리 압수해 갔겠지. 그러지 않았다는 건 도둑맞은 현금에는 한눈에 봐도 알 수 있는 또 다른 특징이 있었기 때문이야. 그리고 구메다의 집에는 그런 특징을 가진 지폐가 없었어."

"한눈에 봐도 알 수 있는 또 다른 특징?" 이윽고 딱 감이 왔다. "아, 알겠네요, 신권이었군요."

"바로 그거야. 자산가가 자택에 현금을 보관할 경우, 띠지도 풀지 않은 신권인 경우가 많아. 도둑맞은 게 그런 돈이었을 거야."

"그런데 그게 구메다 씨 집에서 나오지 않았다고요?"

"그렇지. 그 바람에 얘기가 복잡해지게 됐어."

"어째서요?"

"구메다는 그 집에 몰래 들어가 복면을 훔친 건 자백했지만, 돈에는 손을 대지 않았다, 모리베 씨를 내리친 적도 없다고 주장하고 있어. 절대로 거짓말이 아니다, 믿어 달라고 나한테도 강조했어. 그렇게 되면 얘기가 크게 달라져. 모리베 씨의 머리를 내리쳤다면 강도치상죄로 6년 이상의 실형에 처해지지만, 폭력을 쓴 적이 없다면 주거침입죄와 절도죄뿐이야. 자네 사건 때처럼 합의가 성립되면 불기소되는 길도 열리는 거야. 하지만 아무래도 믿어 주기 어려운 해명이기는 하지."

"피해자 얘기로는 범인이 복면을 쓰고 있었다면서요. 구메다 씨가 재규어 마스크의 복면을 훔치자마자 그걸 얼굴에 썼다는 건가요?"

"상황을 고려해 보면 구메다가 진범일 경우, 그 복면을 바로 썼다는 얘기가 되겠지. 하지만 구메다 본인은 결단코 아니라고 주장했어. 그 복면은 쓴 적이 없다, 어렵게 손에 넣은 보물이 자칫 더러워질까 봐 비닐봉지에서 꺼내지도 않았다고 말했어."

"그걸 판매할 생각이었다면 당연히 그랬겠네요. 근데 피해자는 범인을 목격했잖아요. 어떤 복면이었는지, 기억하지 않을까요?"

"아무래도 피해자가 그걸 명확히 기억하지 못하는 것 같아. 만일 재규어 마스크의 복면이었다면 처음부터 그렇다고 밝혔을 것이고, 그 진술을 바탕으로 경찰이 취조할 때 구메다를 추궁하지 않았을 리가 없으니까."

"하지만 구메다 씨의 얘기가 사실이라면, 한 집에 두 명의 절도범과 강도범이 연달아 침입했다는 거잖아요. 그건 아무래도 말이 안 되는데요."

"그런 황당무계한 이야기를 무기로 나는 법정에서 싸워야 해. 생각하면 실로 골치가 아파. 하지만……." 이와모토가 빙그레 웃었다. "완전히 거짓이라고 할 수는 없어. 현금이 발견되지 않은 데다가 경찰 측은 그가 피해자의 머리를 내리쳤다는 걸 입증하지 못하고 있거든."

레이토는 눈을 깜작거리며 노령의 변호사를 보았다. "증거가 없어요?"

"수사 관계자가 확실하게 말하지는 않았지만, 나는 분명 결정적인 증거는 찾지 못했다고 보고 있어. 이를테면 자네는 형사에게 범인이 피해자의 머리를 내리치는 데 사용한 흉기가 어떤 것이었는지, 얘기를 들은 적이 있나?"

"흉기? 그리고 보니 그런 얘기는 못 들었습니다."

"그렇지? 나도 못 들었어. 물론 경찰에서 일부러 발표하지 않는 걸 수도 있어. 비밀로 해 두면 구메다가 흉기에 대해 자백했을 때, 범인이 아니고서는 알 수 없는 정보가 되니까 그걸 증거로 내세울 계획인 거야. 그런 걸 비밀의 폭로라고 하지. 경찰이 정보를 감추는 건 대부분 그런 이유 때문이야."

"그렇군요."

"하지만 이번 사건의 경우, 그건 범인이 아니고서는 알 수 없는 정보라고 할 수 없어. 피해자를 이송했던 구급 대원을 내가 직접 만나 얘기를 들어 봤거든. 그에 따르면 사건 현장에는 피투성이의 재떨이가 떨어져 있었어. 큼직한 크리스털 재떨이야. 아마 원래 그 집 거실에 있었던 물건이겠지."

"부잣집이라면 으레 있는 그 재떨이로군요."

"맞아. 그런데 구메다는 범행 때 장갑을 꼈다고 했어. 미끄럼 방지 고무가 붙은 장갑이야. 그걸 끼고 2층 욕실 창문으로 침입했고, 1층 컬렉션 룸에서 재규어 마스크의 복면을 훔쳤어. 도주할 때까지 장갑은 한 번도 벗지 않았다는데, 실제로 경찰은 지문에 관해 한마디도 언급한 적이 없어. 구메다의 침입을 보여 주는 물증은 실내에서 발견된 머리카락 몇 가닥뿐이야. 그게 구메다의 것과 일치했어. 그리고 컬렉션 룸의 선반과 서랍에 장갑으로 만진 흔적이 있었어. 그런 걸 장갑흔이라고 하지. 자, 여기서 문제의 재떨이가 등장해. 만일 재떨이에서도 똑같은 장갑흔이 나왔다면 경찰은 당연히 그걸 증거로 구메다를 추궁했겠지. 그런데 그러지 않았어. 어째서일까?"

깊이 생각해 볼 것도 없이 답이 나왔다.

"재떨이에 장갑흔이 없었던 거네요."

"아마 그렇겠지? 게다가 범인이 쓴 복면도 다른 것이었을 수 있어."

"복면이 다른 것이라면?"

"경찰은 이 신사에서 찾아낸 재규어 마스크의 복면을 상세히 분석했을 거야. 만일 구메다가 그 복면을 얼굴에 썼다면 반드시 그 흔적이 남았을 테니까. 현재의 과학수사 기술로는 극소량의 피지에서도 DNA를 검출할 수 있어. 복면을 썼다는 걸 증명할 수 있다면 중요한 물증이 되지. 그런데 경찰은 그 복면 건으로도 구메다를 추궁한 적이 없어. 다시 말해 재규어 마스크의 복면을 썼던 흔적이 전혀 없었다는 얘기야."

"혹시 구메다 씨가 다른 복면을 미리 준비했던 건 아닐까요?"

"그다음으로 경찰이 의심한다면 바로 그런 가능성이겠지. 하지만 그런 복면도 현재까지는 찾지 못한 모양이야. 구메다에 의하면, 날마다 취조실에서 수사관이 똑같은 질문만 되풀이하면서 사실대로 털어놓는 게 좋다고 설득하고 있다는 거야. 즉 경찰은 구메다의 진술 내용에서 어떤 모순점도 찾지 못해 어쩔 줄 모르는 상황이다, 나는 그렇게 보고 있어. 그래서 구메다에게 실제로 머리를 내리친 적이 없다면 취조관의 말에 절대 넘어가서는 안 된다고 못을 박아 뒀어."

그곳은 독특한 분위기가 감도는 공간이었지, 라고 레이토는 자신이 취조받았던 때를 떠올렸다. 어서 빨리 풀려나고 싶은 마음에 취조관이 원하는 대로 줄줄 대답했었다. 만일 다른 죄가 있었다면 그것까지 줄줄 불어 버렸을지도 모른다.

이와모토가 손목시계를 보았다.

"이제 그만 가 볼까. 안내해 줘서 고맙네."

"선생님은 구메다 고사쿠 씨의 말을 믿으세요?"

이와모토는 어깨를 으쓱 올렸다.

"변호인이니까 믿어야지. 피의자의 진술은 사실이다, 라는 전제 하에 움직여야 하니까."

"실제로 믿는지 아닌지를 여쭤본 거예요."

"구메다가 내게 들려주는 말은 믿어야 한다고 생각해. 하지만 그가 모든 걸 다 말했다는 보증은 유감스럽게도 하나도 없어." 이와모토의 말에서는 뭔가 숨은 뜻이 느껴졌다.

"구메다 씨가 뭔가 숨기는 게 있다는 건가요?"

"의뢰인이 모든 걸 털어놓기만 한다면야 이만큼 편한 일도 없겠지. 가능하면 그 머릿속을 들여다보고 싶을 때가 있다니까."

그럼 이만, 이라면서 이와모토는 등을 돌렸다.

머릿속을 들여다보고 싶다…….

그 순간, 레이토의 머릿속에도 퍼뜩 떠오르는 게 있었다. 몸을 돌려 녹나무를 올려다보았다.

식사하던 손을 멈추고 치후네는 레이토에게 엄격한 눈빛을 던졌다. "방금 뭐라고 했지요?"

"그게, 그러니까…….." 레이토는 이모님의 눈을 지그시 바라보았다. "마쓰코 씨에게 수념을 권해 보자는 거예요."

치후네의 미간에 깊은 주름이 졌다. "그걸로 어떻게 만사가 해결되지요?"

"아니, 만사가 해결된다는 건 좀 과장된 말이겠죠. 하지만 최소한 구메다 고사쿠 씨의 해명이 사실인지 아닌지는 확인할 수 있어요."

"어째서 그렇지요?"

"방금 말했다시피 구메다 씨는 녹나무 안에서 밤새 이런저런 대책을 강구했어요. 사카가미 씨가 쓰러졌던 날에요. 그게 초하룻날 밤이었고 녹나무 안에는 밀초가 그대로 남아 있었어요. 구메다 씨도 분명 거기에 불을 붙였겠죠. 그 상황에서 이래저래 깊은 생각을 했다, 그러면 어떻게 될까요?"

치후네는 젓가락을 내려놓고 작게 한숨을 내쉬었다.

"녹나무가 구메다 고사쿠의 염원을 받았을 것이다……?"

"그렇죠, 무엇이든 받아 주는 게 녹나무니까요. 자, 여기서 마쓰코 씨가 등장합니다. 어머님이 직접 수념을 해 주신다면 그날 밤 아들이 어떤 생각을 했는지, 다 알게 되겠죠. 실제로 재규어 마스크의 복면을 훔친 것뿐인지, 아니면 모리베 씨의 머리를 내리치고 현금까지 강탈했는지, 분명하게 밝혀지는 거예요."

치후네는 코끝을 쓱 치켜들고 냉철한 눈빛으로 레이토를 보았다.

"하지만 그건 기념이 아니에요. 정식 절차를 밟지도 않았고, 애초에 구메다 고사쿠 본인이 염원을 한다는 자각도 없었어요. 그런데도 무단으로 남의 머릿속을 들여다보다니, 결코 허락할 수 없습니다. 그건 사도예요. 그런 삿된 생각은 녹나무 파수꾼의 도리에 어긋난다는 뜻입니다."

"그래도 구메다 씨를 위한 일이 될 수 있어요. 그의 말이 사실이라면 어떻게든 도와줘야죠. 누명을 쓰게 되잖아요."

어라, 하고 치후네는 한층 표정을 차가워졌다.

"웬일로 모범생 같은 발언이군요. 도와준다니, 갑자기 구메다 고사쿠 편을 드는 건가요? 그토록 무시하는 소리만 하더니. 솔직히 말하세요. 그런 마음이 아니지요? 레이토가 노리는 건 고사쿠의 거짓말을 파헤치는 것, 단순히 호기심을 채우려는 것뿐이에요. 어때요, 내 말이 틀렸나요?"

날카로운 지적에 레이토는 말문이 턱 막혔다.

치후네는 어이없다는 듯이 한마디를 덧붙였다. "역시 그렇군요."

"그래도 그게 그거죠. 진상을 알아내면 이와모토 선생님에게도 도움이 되잖아요."

"어리석은 소리를 하는군요. 녹나무의 염원이 재판에서 증거가 될 수 있다고 생각하나요? 그 전에 이와모토 변호사에게는 어떻게 설명할 건가요? 녹나무의 염원으로 진상을 알아냈습니다, 구메다 고사쿠의 말은 사실입니다……. 그걸 이와모토 변호사가 납득해 주실 것 같아요?"

레이토는 어깨를 툭 떨궜다. "절대 안 돼요?"

"안 됩니다. 이 얘기는 끝났어요. 식사나 합시다."

레이토는 한숨을 내쉬고 젓가락을 들었다. 오늘 저녁의 주메뉴는 병어조림이다. 하지만 그 접시에 젓가락을 내밀기 전에 다시 고개를 들었다.

"이건요, 마쓰코 씨를 위한 일이기도 해요."

"끈질기군요. 그 얘기는 이미 끝났다니까요." 치후네는 얼굴도 들지 않고 내뱉듯이 말했다.

레이토는 고개를 떨군 채 조림을 입에 넣었다. 평소와 똑같이 맛있었다. 하지만 그 맛을 온전히 느끼지 못했다.

그러자 치후네가 물었다. "어째서 그게 마쓰코 씨를 위한 일이지요?"

레이토는 젓가락을 내려놓고 등을 꼿꼿이 세웠다. "이해할 수 있는 좋은 기회니까요."

"이해라니, 무엇을?"

"마쓰코 씨가 지난번에 이런 말을 하셨어요. 내 아들이 무슨 생각을 하는지도 모르겠다, 라고. 이와모토 선생님 말씀으로는 만일 강도치상으로 기소되어 유죄 판결이 나오면 최소 6년은 교도소에서 살아야 한대요. 그동안 면회는 가능하겠지만 분명 이런저런 제약이 많겠죠. 정해진 짧은 시간에만 만나서 대화한다면 아들을 이해하는 일은 더욱더 어려워져요. 게다가 형기가 6년 이상이 나올 수도 있고요. 이런 말은 죄송하지만, 마쓰코 씨가 그리 젊은 나이도 아니니까 이제 남은 시간은……."

"그만!"

치후네의 날카로운 목소리가 날아와서 레이토는 움찔 고개를 움츠렸다.

"가만히 두고 보자니 참으로 무신경하게 떠들어대는군요."

"죄송해요. 하지만 마쓰코 씨에게는 절호의 기회라는 말을 하려는 것뿐이에요. 녹나무에 아들의 염원이, 본인이 자각하고 벌인 일은 아니지만 마음속에 있던 것들이 맡겨져 있고, 그걸 어머님이 직접 받을 수 있을지도 모르잖아요. 마쓰코 씨가 수념에 대해 아신다면 틀림없이 해 보겠다고 하실 거예요. 치후네 씨도 초등학교 친구의 그 간절한 염원을 들어주고 싶으시잖아요."

치후네는 후유, 하고 숨을 토해 내더니 레이토를 지그시 바라보았다. "여전히 말은 청산유수로군요."

"죄송해요. 하지만 꼭 들어주셨으면 해서……."

레이토의 말에 치후네의 어깨에서 힘이 스르륵 빠지는 기척이 있었다.

"단순히 호기심 때문만은 아니라는 건 알겠어요."

"솔직히 말씀드리면 호기심도 있죠. 역시 궁금하니까요. 하지만 마쓰코 씨가 너무 딱하다는 마음이 가장 커요. 이건 절대 거짓말이 아닙니다."

"그래요, 마쓰코 씨가 딱하지요……."

치후네는 몸을 숙이고 잠시 침묵한 뒤, 고개를 들고 레이토를 정면으로 바라보았다.

"돌아오는 보름날 밤, 기념 예약이 들어온 게 있는지 알아보도록 하세요."

"네, 지금 바로 알아보겠습니다." 레이토는 스마트폰을 집어 들었다.

7

하얗게 빛나는 멋진 보름달을 올려다보며 오늘 수념하는 분은 평소에 덕을 많이 쌓은 모양이다, 라고 레이토는 생각했다. 오늘 밤은 구름 한 점 없이 맑은 하늘이다. 비구름이 두툼하게 뒤덮였던 초하룻날 밤과는 달리 오늘은 달빛이 너무도 환해서 별이 보이지 않았다.

종무소 앞에 서 있으니 기둥 문 너머에서 불빛 두 개가 이쪽으로 다가왔다. 손전등을 든 치후네와 마쓰코였다.

두 사람이 종무소 앞에 도착하기를 기다려 레이토는 안녕하세요, 라고 인사를 건넸다.

마쓰코는 불안한 기색으로 억지웃음을 지었다.

"치후네 씨에게 설명을 들었는데 난 아직 뭐가 뭔지 모르겠어. 녹나무 안에 들어가 염원을 올리면 우리 고사쿠에 대해 뭔가 알게 된다고……."

"말로 설명하는 것보다 일단 해 보는 게 더 빠를 거야."

치후네의 말에 레이토는 저도 동감입니다, 라고 말하며 마쓰코를 보았다.

"그럼 가실까요? 입구까지 안내하겠습니다."

네, 라고 진지한 기색으로 마쓰코는 대답했다.

레이토는 기념 입구를 향해 두 할머니와 걸음을 옮겼다. 벌레 울음소리도 끊긴 조용한 밤이었다. 땅바닥을 밟는 세 사람의 발소리만 귀에 들어왔다.

기념 입구에서 레이토는 멈춰 섰다.

"여기서부터는 혼자 가셔야 합니다." 손에 든 종이봉투를 마쓰코에게 내밀었다. "밀초와 성냥이 준비되어 있습니다. 녹나무 안에 촛대가 있으니 이 밀초를 꽂고 불을 켜 주십시오. 그다음에 오로지 아드님에 대해서만 생각해 주시면 됩니다."

"그 아이의 어떤 걸 생각하지요?"

"어떤 것이든 괜찮아." 그렇게 대답한 사람은 치후네였다. "고사쿠에 관한 거라면 뭐든 좋아. 그리운 추억이어도 좋고, 지워 버리고 싶은 일이어도 괜찮아. 중요한 건 마쓰코와 고사쿠가 한 핏줄이라는 거야. 그게 녹나무에 전해지기만 하면 돼."

마쓰코는 얼굴을 찡그리면서 웃었다. "지워 버리고 싶은 일이라면 얼마든지 생각날 거 같네."

"그래, 그렇게 하면 돼. 마쓰코, 마음 단단히 먹고."

응, 하고 고개를 끄덕이고 마쓰코는 덤불숲 안쪽으로 들어갔다. 그 모습을 한참이나 지켜본 뒤, 레이토는 치후네와 함께 종무소로 돌아왔다. 밀초는 두 시간용이다. 방금 오후 10시를 지났으니까 수념이 끝날 때쯤에는 자정을 넘긴 시간이 될지도 모른다.

"여기까지 어떻게 오셨어요?" 레이토가 물었다.

"택시를 대절했지요. 지금 아래에서 대기 중이에요."

"그렇다면 안심이네요. 밤늦은 시간에는 버스도 끊기는데."

"방금 이렇게 생각하지 않았나요? 은퇴한 노인네가 택시를 대절하다니, 라고."

"엇, 아니에요."

"거짓말. 솔직하게 대답하세요. 그렇게 생각했지요?"

"뭐, 잠깐 생각하긴 했나……."

"거봐, 역시나." 그렇게 말하고 치후네는 한숨을 쉬었다. "나도 택시 대절은 사치라고 생각했어요. 젊어서는 항상 여기까지 걸어 다녔고 레이토처럼 자전거를 타던 시절도 있었어요. 버스가 없어도 여태까지 어떻게든 잘 해결해 왔는데……. 아까 마쓰코 씨도 놀라더군요. 택시를 타도 설마 대절까지 할 줄은 몰랐다고."

"은퇴는 했다지만 치후네 씨는 야나기사와 그룹의 최고 책임자셨어요. 그 정도는 누리셔도 괜찮아요."

치후네는 어이없다는 듯 고개를 돌리며 손을 훼훼 저었다.

"관두세요, 내가 그런 공치사를 좋아할 거 같아요?"

대꾸할 말이 별달리 생각나지 않아서 미안해요, 라고 사과할 수밖에 없었다.

"무서웠어요." 치후네가 침울한 어조로 불쑥 말했다.

"무섭다니, 뭐가……."

"길을 잃을까 봐. 걸어가다가 내가 어디 있는지 몰라 어리둥절할 때가 있으니까요. 택시도 마찬가지예요. 차창을 스쳐 가는 경치가 전혀 낯선 곳으로 보여서 운전기사에게 길을 안내할 자신이 없어요. 그러니 자꾸 기사님과 잘 아는 대절 택시를 부르게 되지요."

"대절 택시가 뭐, 어때서요? 치후네 씨는 그러셔도 돼요. 당장 수입은 없어도 저금해 두신 게 엄청 많잖아요."

치후네가 발을 멈추고 레이토를 올려다보았다. "레이토가 어떻게 내 저금 규모를 알고 있지요?"

"알고 있는 건 아니지만, 아마 그럴 거라고……."

"막대한 유산을 기대하는 거라면, 미리 말해 두겠는데 그리 많지 않아요. 흥, 예상과 달라서 섭섭하겠군요." 치후네는 성큼성큼 걸음을 옮겼다. 그 뒷모습이 평소의 씩씩한 모습으로 되돌아온 것 같아 레이토는 그제야 안도했다. 마음이 약해진 이모님의 모습은 보고 싶지 않았다.

종무소로 돌아오자 치후네가 차를 내려 주었다. 이 시간에 종무소에서 둘이 나란히 앉아 보는 건 오랜만이었다. 레이토가 녹나무 파수꾼 일을 배우던 무렵 이후로 처음일 것이다.

"마쓰코 씨는 녹나무의 기념에 대해 잘 모르시는 거 같던데요."

"당연하지요. 설령 어려서부터 절친한 친구라도 함부로 발설할 수는 없어요."

"아까 마쓰코 씨에게 어떻게 설명해 주셨어요?"

"설명하기가 여간 복잡한 게 아니지요. 그래서 레이토의 연설을 빌려 썼어요."

"내 연설을?"

치후네는 자신의 스마트폰을 터치해 테이블에 올려놓았다. 곧바로 목소리가 흘러나왔다.

'방금 말했다시피 구메다 씨는 녹나무 안에서 밤새 이런 저런 대책을 강구했어요. 사카가미 씨가 쓰러졌던 날에요. 그게 초하룻날 밤이었고 녹나무 안에는 밀초가 그대로 남아 있었어요. 구메다 씨도 분명 거기에 불을 붙였겠죠. 그 상황에서 이래저래 깊은 생각을 했다, 그러면 어떻게 될까요?'

다름 아닌 레이토 자신의 목소리였다. 그 말에 대해 치후네가 질문을 했다.

'녹나무가 구메다 고사쿠의 염원을 받았을 것이다……?'

'그렇죠, 무엇이든 받아 주는 게 녹나무니까요. 자, 여기서 마쓰코 씨가 등장합니다. 어머님이 직접 수념을 해 주신다면 그날 밤 아들이 어떤 생각을 했는지, 다 알게 되겠죠.'

치후네는 스마트폰을 터치해 음성을 껐다.

"그 뒤의 대화도 마쓰코 씨에게 들려줬어요, 레이토가 마쓰코 씨를 위한 일이라고 역설한 부분이에요."

"녹음하신 줄은 몰랐는데요?"

"기분이 상했다면 사과하지요. 하지만 이것도 비망록을 위한 일이에요." 치후네는 가방에서 볼펜을 꺼냈다. "이건 평범한 볼펜이 아니고 녹음기예요. 중요한 대화를 나눈 뒤에는 곧장 수첩에 적어 두는데, 그 전에 벌써 대화 내용을 잊어버리곤 해서 이걸 쓰기로 한 거예요."

"오, 좋은 생각이시네요."

"다 들은 뒤에 삭제하지 않고 파일을 컴퓨터에 보관하고 있어요."

그 데이터를 다시 스마트폰에 전송한다는 것이다.

"대단해요. 두뇌, 여전히 명석하십니다."

"공치사는 사양한다고 말했지요. 어쨌든 큰 도움이 되었어요. 이 녹음기 덕분에 대화할 때 엉뚱한 소리를 하는 일도 부쩍 줄었으니."

그건 레이토도 느끼고 있던 점이라서 진심으로 다행이라고 생각했다.

"귀로 들어오는 정보는 이걸로 상당 부분 커버할 수 있어요. 그다음은 시각을 통해 얻는 정보가 문제예요. 무엇을 봤는지 잊어버리는 게 참으로 곤란하더군요. 그렇다고 평소에 모두 다 카메라로 촬영한다는 것도 어려운 얘기지요."

레이토는 손가락을 딱 튕겼다.

"그렇다면 그건 어떨까요, 고프로라는 게 있는데."

"고프로? 그건 또 뭡니까?"

"액션 카메라예요. 몸에 달고 다니면 눈앞의 모든 걸 찍어 줘요. 손 떨림 보정 기능도 있어서 크게 움직여도 화상이 흔들리지 않아요. 스키나 스노보드 타는 사람들이 주로 쓰거든요. 헬멧에 카메라를 달아요, 이런 식으로." 레이토는 자신의 머리 윗부분에 주먹을 대며 말했다. "앞에서 보면 옛날 상투머리처럼 보이는 게 단점이랄까."

"나한테 카메라를 단 헬멧을 쓰라는 건가요?"

"네, 시야에 들어오는 장면은 전부 녹화할 수 있거든요. 어제저녁에 뭘 먹었는지 잊어버려도 동영상을 재생해서 보면 단번에 알겠죠. 어때요, 대단하잖아요?"

치후네가 허공을 멍하니 보고 있었다. 상투머리를, 이라고 중얼거리면서 뭔가 쓰는 시늉을 했다.

죄송해요, 라고 레이토는 사과했다. "농담이에요."

"농담?"

"그런 걸 쓰고 다닐 수는 없죠, 하하하."

치후네는 불끈한 듯이 레이토를 쏘아보았다. "헷갈리는 농담은 삼가도록 하세요."

"죄송합니다." 레이토는 다시 사과하면서도 헷갈리는 얘기였나? 하고 내심 고개를 갸우뚱했다.

시계를 보니 벌써 삼십여 분이 지났다.

"마쓰코 씨가 무사히 수념을 하셨을까요?"

글쎄요, 라고 치후네는 찻잔을 양손으로 감싸며 말했다.

"초하룻날 밤에 고사쿠가 녹나무 안에 있었더라도 예념을 한다는 자각이 없었으니 마음속 생각이 얼마나 녹나무에 전달됐을지는 모르겠어요."

"구메다 고사쿠 씨의 진술이 사실인지 거짓인지, 그것만이라도 확실해지면 좋을 텐데."

"혹시나 해서 말해 두겠는데, 마쓰코 씨에게 어떤 결과가 나왔는지 캐물어서는 안 됩니다. 녹나무 파수꾼은……."

"기념 내용에 관여해서는 안 된다, 라는 말씀이죠? 네네, 잘 알고 있습니다."

"나도 아무것도 묻지 않을 작정이에요. 수념한 내용을 어떻게 쓸지는 마쓰코 씨에게 달린 일입니다."

"알고 있다니까요." 레이토는 차를 후루룩 마셨다. "근데 이와모토 선생님 쪽은 그 뒤로 어떻게 되셨는지 모르겠네요."

"마쓰코 씨 얘기로는, 고사쿠가 피해자를 내리쳤다는 증거는 아직 나오지 않았다는군요. 현재는 주거침입과 절도로 구류되었지만, 그 기간이 끝나면 이번에는 상해죄로 재체포될 가능성이 있다고 했어요. 그렇게 되면 물증이 없어도 결국 강도치상으로 기소될 수 있어요." 법학부 출신답게 경도 인지장애를 앓고 있는데도 난해한 법률 용어가 거침없이 술술 튀어나온다.

"그걸로 유죄가 나올까요?"

"나올 수 있지요. 몰래 들어갔고 물건도 훔쳤어요. 그런데 내리친 건 내가 아니다, 라고 해 봤자 재판원들이 믿어 줄까요? 아무래도 어려운 얘기지요."

"그건 그렇죠. 나라면 안 믿을 거 같아요."

"하지만 이와모토 변호사는 믿어도 될 것 같다고 마쓰코 씨에게 말씀하셨다는군요."

"어째서요?"

"가령 유죄 판결이 나올 경우, 죄를 인정하느냐 마느냐에 따라 형량이 크게 달라져요. 계속해서 부인하면 반성하지 않은 것으로 간주됩니다. 폭력을 휘둘렀다면 그렇다고 정직하게 자백하고 반성의 태도를 보이는 게 재판에는 유리한 것이지요. 취조한 형사도 그런 식으로 설득했던 모양이에요."

"그런데도 구메다 고사쿠 씨가 인정하지 않은 건……."

"실제로 폭력을 휘둘렀다면 그런 얘기를 듣고 마음이 흔들렸겠지요. 하지만 고사쿠는 줄곧 단호하게 부인했어요. 의지력이 그리 강한 편은 아닌 듯한 인물이 그렇게 흔들리지 않는 까닭은 그 말이 거짓이 아니기 때문이 아니겠느냐, 라는 게 이와모토 변호사의 판단이라고 하더군요."

이와모토 선생님다운 견해라고 레이토는 생각했다. 의뢰인을 전적으로 믿지는 않는다. 언제나 상대의 인간성을 염두에 두고 판단하는 것이다.

잠시 뒤 레이토가 종무소 앞에 나와 기다리자 저만치서 마쓰코의 모습이 보였다. 종무소 문을 열고 안에서 쉬고 있던 치후네에게 알렸다. "끝났어요!"

마쓰코가 도착하자 레이토는 깊숙이 머리 숙여 위로했다. "수고하셨습니다."

그녀의 얼굴은 명백히 바짝 긴장하고 있었다. 넋을 잃은 사람처럼도 보였다. 녹나무의 힘에 압도된 것인지 아니면 전해 받은 염원에 충격을 받은 것인지, 그건 알 수 없었다. 어쩌면 그 둘 다인지도 모른다. 어느 쪽이든 처음으로 기념한 사람들이 공통적으로 보이는 반응이다.

"기분은 어때?" 치후네가 물었다.

"응, 괜찮아⋯⋯." 대답하는 마쓰코의 목소리가 파르르 떨렸다.

"그럼 이만 가 볼까. 집까지 데려다줄게."

마쓰코는 그러자고 고개를 끄덕였지만 여전히 눈에 초점이 없이 멍했다.

레이토도 기념의 뒷정리를 끝낸 뒤에 옷을 갈아입었다. 노트북과 교재를 넣은 백팩을 등에 메고 종무소를 나왔다. 레이토의 이동 수단은 낡은 자전거다. 돌계단 아래 공터에 세워 두었다. 고물 자전거라서 도둑맞을 염려는 없다.

레이토가 집에 도착하자 검은 대절 택시가 문 앞에 서 있었다. 안에는 운전기사가 앉아 있었지만, 뒷좌석에는 아무도 없었다. 치후네가 마쓰코를 자택에 데려다주고 돌아왔다면 이제 택시는 돌아갔어야 한다. 그렇다면 마쓰코가 자택이 아니라 이 집으로 온 모양이다.

레이토는 대문 옆의 작은 문으로 들어갔다. 현관문을 열쇠로 열고 스니커즈를 벗어 둔 뒤, 안방을 향해 복도로 들어갔다.

"그러면 이와모토 변호사에게는 아무 말도 안 하겠다는 거야?"

거실에서 치후네의 목소리가 들려왔다. 레이토는 저도 모르게 발을 멈췄다.

"얘기해도 믿어 주지 않을 것 같아서 그런 게 아니라, 일부러 입을 다물겠다는 거구나."

"응, 바보 같은 아들이지만 저도 나름대로 고심한 끝에 결정한 일이라고 생각해. 그러니 나도 각오를 해야겠다 싶어서." 마쓰코의 목소리에는 힘이 담겨 있었다. 녹나무의 수념을 끝내고 돌아온 직후와는 전혀 다른 사람 같았다.

"하지만 정말 괜찮겠어? 기소되고 유죄가 나오면 교도소에 가야 해."

"그러니까 그건 그때 가서 생각해 본다니까. 아까부터 몇 번이나 똑같은 얘기를 하니?"

"알았어, 미안해. 경도 인지장애라서 깜빡깜빡 잊어버리네."

"그거, 아주 편리한 병이구나. 나도 그 방법을 써 볼까. 상황이 안 좋을 때는 미안합니다, 경도 인지장애라서 깜빡 잊었습니다, 하고."

"일부러 그런 잔망스러운 연기를 할 것도 없이 이제 너도 곧 그런 증세가 나타날걸."

"그렇지? 아니다, 이미 걸린 거 같은데?"

가벼운 웃음소리가 나직이 들려온 뒤, 마쓰코가 이제 그만 가야겠다고 말했다.

레이토는 발소리를 죽여 급히 현관으로 되돌아갔다. 다시 복도로 향했을 때, 거실 문이 열리고 치후네가 나왔다.

"레이토, 지금 돌아왔군요. 수고했어요."

"잘 다녀왔습니다."

치후네의 뒤를 따라 마쓰코도 얼굴을 내밀며 머리를 숙였다. "밤새 도와줘서 고마워요."

"도움이 되셨다니 다행입니다."

"마쓰코 씨를 차까지 배웅하고 올게요." 치후네가 말했다. "금방 돌아올 테니 현관문은 잠그지 마세요."

"알겠습니다."

두 사람이 나가자 레이토는 총총걸음으로 복도를 지나 거실로 갔다. 노란 수첩과 볼펜이 테이블에 놓여 있었다. 그 볼펜을 집어 들고 캡을 돌리자 본체와 간단히 분리되었다. 단면부에 이어폰 잭과 USB 단자가 나란히 보였다.

레이토는 백팩을 내리고 노트북을 꺼냈다.

8

하늘이 붉게 물들기에는 아직 이른 시간, 드디어 유키나와 그 동생들이 나타났다. 레이토는 종무소에서 노트북을 마주하고 있었지만, 창문 커튼을 열어 놓고 이따금 바깥 상황을 살폈다. 그들이 오기를 내내 기다렸던 것이다. 그 바람에 리포트는 조금도 진척되지 않았다.

레이토는 종무소를 나와 아이들을 맞이했다.

안녕하세요, 하고 힘차게 인사한 건 쇼타였다. 옆에 있는 여동생의 이름을 레이토는 아직 알지 못했다.

안녕, 하고 대답한 뒤에 레이토는 유키나를 돌아봤다.

"갑작스럽게 부탁해서 미안해."

아뇨, 하고 유키나는 살짝 고개를 저었다. 입술에 미소를 띠었지만 어딘지 모르게 표정이 경직돼 있다. 전에 만났을 때보다 조금 여윈 것처럼 보였다.

"오, 가져왔구나." 레이토는 그녀의 손에 들린 종이봉투를 보았다. "몇 권이지?"

"250권이에요. 몇 권이든 괜찮다고 하셔서……." 유키나가 조심스럽게 대답했다.

"응, 좋아." 레이토는 종이봉투를 받아 들었다. 묵직했다. "급하게 부탁했는데 용케 이만큼이나 챙겨 왔네."

"그건……." 유키나가 말끝을 어물거렸다.

"어쩌다 보니 딱 맞췄죠." 쇼타가 나서서 답했다. "전에 만든 게 다 팔려서 누나 혼자 만들었대요."

"그래……. 대단하다."

유키나는 여전히 딱딱한 미소 그대로였다.

레이토는 쇼타를 보며 말했다.

"쇼타, 잠깐만 누나 좀 빌려줄래? 얘기할 게 있어. 그동안에 너희는 이 근처에서 놀아도 돼."

알았어요, 라고 말하고 쇼타가 냅다 뛰었다. 어린 여동생도 그 뒤를 따라 달려갔다.

"앉아서 얘기하자." 레이토는 종무소 앞을 가리켰다. 파이프 의자 두 개를 미리 내놓았다.

네, 하고 유키나는 작은 소리로 답했다. 겁먹은 기색이 얼굴에 선연히 드러나 있었다.

나란히 앉은 뒤에 레이토는 지갑에서 5만 엔을 꺼냈다. "이거, 시집 값이야."

유키나가 슬쩍 그를 올려다보았다. "정말 받아도 될까요?"

"물론이지. 한 권에 200엔이니까 250권이면 5만 엔이잖아."

그녀는 머뭇머뭇 망설이는 표정으로 고맙습니다, 라고 말하고 돈을 받았다.

오늘 아침에 레이토는 그녀에게 메시지를 보냈다. 시집을 사고 싶으니 남은 것을 모두 갖고 와 달라는 내용이었다. 신사에 참배하러 오는 사람들에게 무료로 배포하기로 했다고도 덧붙였다.

"이 시집, 정말 좋더라. 무료로 나눠 주면 가져갈 사람이 많을 거야."

"그러면 좋을 텐데……."

"틀림없어. 네가 들고 다니면서 팔 때는 열 권이든 스무 권이든 쉽게 팔렸다면서? 쇼타가 어찌나 자랑하던지."

유키나는 말없이 고개를 떨구었다.

"하긴 그 아저씨는 아직도 시집 값을 안 가져왔어. 지난번에 시집을 들고튀려고 했던 사람 말이야. 다음에 만나면 꼭 받아 낼 생각이었는데 그 아저씨가 지금 경찰서에 잡혀갔더라고."

유키나가 숨을 헉하고 삼켰다. 그러고는 눈가가 순식간에 붉어지는 걸 레이토는 보았다.

"너도 알겠지만, 얼마 전에 강도 사건이 일어났어. 모리베 도시히코라는 사업가의 머리를 내리치고 돈을 빼앗아 간 사건. 지금 그 사건의 용의자로 체포됐어."

"그런 사건이 있다는 건 나도 들었는데……." 유키나의 말끝이 가늘게 흐려졌다.

"그 아저씨, 몰래 들어가 물건을 훔친 것까지는 인정했는데 모리베 씨에게 폭력은 휘두르지 않았고 현금을 빼앗은 적도 없다고 주장하고 있대. 그 얘기가 사실이라면 또 한 명, 다른 사람이 모리베 씨를 공격했다는 건데 그렇다면 아저씨가 당연히 목격했을 거 아냐. 이건 뭐, 어떻게 된 건지 모르겠어."

"……왜 나한테 그런 얘기를 하세요?" 유키나가 레이토를 올려다보며 떨리는 목소리로 물었다.

"아차, 미안. 얘기가 옆길로 샜네. 실은 너한테 줄 게 있어."

"나한테요?"

레이토는 작무의 호주머니에 손을 넣어 봉투를 꺼냈다.

"그 아저씨를 담당한 변호사 선생님이 나한테 주신 거야. 시집을 만든 여학생에게 전해 달라고 하셨어. 그 아저씨가 쓴 편지래. 물론 경찰도 내용을 확인했는데 별문제가 없다고 판단한 모양이야. 미안하지만, 나도 잠깐 읽어 봤어. 그 시집의 독후감이더라고."

"독후감……."

"전에 시집을 건네주면서 네가 말했었잖아, 독후감을 써 달라고. 아저씨가 그 약속은 지킨 것 같아."

유키나는 봉투를 받아 안에서 한 장의 편지지를 꺼냈다. 편지를 읽는 그녀의 옆얼굴을 레이토는 조용히 살펴보았다. 속눈썹이 움찔움찔하는 게 보였다.

그 편지는 다음과 같았다.

시집, 아주 좋았습니다. 시 한 편 한 편에 감동했습니다. 정확히 표현할 수는 없지만, 어쩐지 기운이 나는 시였습니다. 앞으로 좀 더 열심히 해야겠다, 포기하지 말고 씩씩하게 살아야겠다, 노력해서 제대로 된 인간이 되어야겠다고 생각했습니다. 그런 생각을 할 수 있었던 건 이 시집을 준 하야카와 유키나 덕분입니다. 유키나 덕분에 나는 새로 태어났습니다. 고맙습니다.

앞으로도 좋은 시, 많이 써 주길 바랍니다. 유키나가 언제까지나 지금처럼 가족과 함께 행복한 나날을 보낼 수 있기를 바랍니다.

구메다 고사쿠

유키나가 얼굴을 들었다. 멍해진 듯 눈의 초점이 흐려져 있었다.

"어때?" 레이토가 물었다.

유키나는 몇 차례 눈을 깜빡이고는 꾸벅 고개를 끄덕였다.

"고마워요, 이렇게 생각해 주시다니…… 가슴이…… 먹먹해졌어요."

"지금처럼 가족과 함께 행복한 나날을, 이라고 적혀 있던데."

"네……."

"지금 그대로 괜찮다, 라는 얘기일 거야. 그게 아저씨의 바람이야."

유키나는 몇 번이고 심호흡을 했다. 그때마다 가녀린 어깨가 오르내렸다.

"그리고 그 사건 말인데, 피해자 모리베 씨가 말하기로는 자신을 공격한 범인이 복면을 쓴 커다란 남자였다고 했대."

엇, 하는 소리를 흘리며 유키나가 레이토를 보았다. "남자
요?"

"응, 그러니까 그 조건에 맞지 않는 사람은 의심받을 일이
없어."

유키나의 시선이 다시 허공에 떴다.

레이토는 자리에서 일어나 풀밭에 쪼그리고 앉은 쇼타와
여동생을 향해 "얘들아!" 하고 불렀다.

두 아이가 이쪽으로 달려왔다. 여동생은 하얀 꽃을 손에
들고 있었다.

"얘기 끝났어. 조심해서 돌아가."

네, 하고 쇼타가 대답했다. "누나, 가자."

유키나가 자리에서 일어섰다. 레이토를 보며 뭔가 할 말
이 있는 듯한 기색이었다.

"잘 가." 레이토는 서둘러 인사를 건넸다. "기회가 닿으면
또 얘기하자. 여유 있을 때."

그녀는 복잡한 속내를 감춘 표정으로 살짝 턱을 당겼다.

노을이 하늘을 붉게 물들이기 시작했다. 저녁 해를 받으
며 세 사람이 멀어져 가는 모습을 레이토는 오래도록 지켜
보았다.

9

　'레터 팩'이라는 우편 제도가 있다. 두툼한 종이로 만든
A4 용지 크기의 전용 봉투에 소포나 편지를 넣어 보내는 것
이다. 직접 우체통에 넣을 수 있고, 추적 서비스로 배달 상
황도 파악할 수 있어 무척 편리하다. 다만 현금을 넣는 건
금지되어 있다. 봉투 뒷면에 '레터 팩으로 돈을 보내라는 권
유는 모두 피싱 사기입니다'라는 주의 사항도 적혀 있다. 또
한 경찰에서 특수 사기에 사용된 주소 목록을 우체국 쪽에
제공하고 있어서 받는 사람이 그 주소에 해당할 경우에는
X선 검사가 이뤄지고 그 내용물이 현금이라는 게 밝혀지면
즉시 신고하게 되어 있다. 하지만 여전히 그런 쪽의 범죄에

악용되는 케이스가 줄어들지 않는다고 한다.

어느 가정집에 그런 피싱 범죄와는 정반대의 일이 일어났다. 레터 팩으로 돈을 요구한 것도 아닌데 상대가 자진해서 현금을 보내온 것이다. 그곳은 다름 아닌 사건 피해자 모리베의 집이었다. 그날 우편함에 레터 팩이 배달되었고, 열어 보니 현금이 들어 있었다.

띠지도 풀지 않은 신권 100만 엔과 1만 엔짜리 지폐 두 장, 도합 102만 엔이었다. 그리고 동봉한 한 장의 편지에는 다음과 같이 적혀 있었다.

모리베 도시히코의 머리를 내리치고 현금을 빼앗은 사람은 나다. 구메다 고사쿠 씨는 관계가 없다.

이 기묘한 일은 며칠 만에 인터넷을 통해 확산되었다. 경찰에서 정보를 흘린 게 아니었다. 모리베의 아내가 지인에게 얘기했고, 그 지인이 SNS에 올렸던 것이다. 레이토도 그 글을 보고 이 사실을 알았다.

그로부터 며칠 뒤의 일이다.

"오늘 마쓰코 씨가 다녀갔어요." 저녁 식사 때 치후네가 그렇게 입을 열었다. "구메다 고사쿠는 처분 보류로 이제 곧 석방된다고 이와모토 변호사가 연락을 주셨다는군요."

"석방? 무죄판결을 받은 거예요?"

치후네는 고개를 저었다.

"그런 게 아니라 기소할지 말지 그 판단을 보류한다는 거예요. 구류 기간이 만료되어 원래는 강도치상으로 재체포할 예정이었는데 아무래도 물증이 부족했던 모양이지요. 이와모토 변호사가 친한 형사를 통해 알아보니 그 레터 팩으로 보내온 현금이 결정타가 되었다는군요."

"좀 더 자세히 얘기해 주세요."

"그러니까 그게……." 치후네는 젓가락을 내려놓고 옆에 둔 노란 수첩을 펼쳤다. "경찰이 자세히 조사해 보니 도둑맞은 현금이 틀림없었어요. 모리베 씨의 지문이 찍혀 있었으니까요. 그러니 구메다 고사쿠 외에 사건 관련자가 더 있었다는 게 판명된 셈이지요. 지폐 다발에 다른 사람의 것으로 보이는 지문도 있었는데 고사쿠는 아니었어요. 게다가 장갑 흔적도 발견되지 않았다는군요."

"경찰은 구메다 고사쿠 씨가 공범일 가능성은 생각하지 않았을까요?"

"그건 계속 의심하고 있었어요. 하지만 증명할 수 없었겠지요. 고사쿠의 침입 경로는 철저히 조사했으니까요. 공범이었다면 틀림없이 흔적이 발견되었을 거예요."

"그러면 역시 구메다 씨가 달아난 뒤에 또 다른 사람이 침입해 모리베 씨를 공격한 거네요."

"그렇게 생각할 수밖에 없지만, 이와모토 변호사의 말에 따르면 경찰도 검찰도 그걸 납득한 건 아니라고 하는군요. 역시 구메다 고사쿠가 어떤 식으로든 관여했을 것으로 보고 석방 후에도 계속 동향을 감시할 생각이 아니겠냐고 이와모토 변호사가 말했다는군요. 그런 게 아니라면 처분 보류라는 어중간한 처리보다 주거침입과 절도로 재체포해서 기소했을 테니까요." 치후네는 수첩을 덮어 제자리에 돌려놓았다.

"그렇군요. 그래도 어쨌든 마쓰코 씨는 한숨 돌리셨겠네요."

"최악의 사태는 피한 정도겠지요. 애초에 남의 집에 몰래 들어가 물건을 훔쳐 온 것 자체가 언어도단이에요."

과거에 같은 짓을 저질렀던 레이토는 대꾸할 말이 생각나지 않았다. 말없이 젓가락을 접시에 내밀었다. 오늘 저녁의 주메뉴는 삼치구이였다. 치후네는 육류는 그리 좋아하지 않는다.

"레이토, 한 번도 묻지 않았지요?"

"뭘 말입니까?"

"내가 마쓰코 씨에게서 어떤 얘기를 들었는지, 마쓰코 씨가 어떤 수념을 했는지, 무척 궁금할 텐데도 전혀 묻지 않는군요."

"그야 궁금하지만, 캐물으면 안 된다는 게 규칙이잖아요."

"그건 그렇지요. 하지만 얌전히 그 규칙을 지켜 주는 게 오히려 마음에 걸리는군요. 레이토가 마쓰코 씨에게 수념을 권했던 건 반쯤은 호기심 때문이었지요. 그런데도 묻지를 않으니 어쩐지 이상해요. 아무래도 수상합니다."

"아니, 그런 섭섭한 말씀을." 레이토는 입을 툭 내밀었다. "지금 꾹꾹 참고 있거든요? 마쓰코 씨가 뭔가 얘기해 주셨겠지만, 어차피 나한테는 알려 주지도 않을 거잖아요. 아니면 제가 물어보면 알려 주실 거예요?"

"안 됩니다."

"거봐요, 안 되죠."

치후네는 다시 젓가락을 내려놓고 지그시 레이토를 쳐다보았다. 속셈을 알아내려는 눈빛이었다.

"그 5만 엔은 어디에 썼나요?" 느닷없는 질문이 날아왔다. "대학 교재를 산다고 빌려 달라고 했지요? 하지만 아무리 생각해도 교재가 그렇게 비쌀 리 없어요. 실제로는 어디에 썼지요? 솔직하게 대답하세요."

레이토는 다급하게 변명을 생각하면서 이 타이밍에 그런 질문을 하다니 역시 예리하구나, 하고 마음속으로 혀를 내둘렀다. 아무래도 경도 인지장애는 꾀병인 모양이다.

괜히 속이려고 해 봤자 금세 들킬 것이다. 레이토도 젓가락을 내려놓고 두 손을 무릎에 얹었다.

"실은 시집을 샀습니다."

"시집…… 지난번에 말했던 그 시집 말인가요?"

"네, 《헤이, 녹나무》라는 시집. 하야카와 유키나라는 여고생이 직접 만든 책자예요. 그걸 250권, 한꺼번에 구입했습니다. 종무소 앞에 비치해 두고 원하는 사람들에게 무료로 나눠 줄 생각이에요."

"시집을……"

레이토는 스마트폰을 집어 들었다. "책을 살 때, 유키나에게 이걸 보여줬어요."

유키나에게 건네준 편지는 미리 스마트폰으로 찍어 두었다. 그 사진을 불러내 치후네에게 보여 주었다.

찬찬히 들여다본 뒤에 치후네는 수첩을 펼치고 생각에 잠긴 표정을 지었다. 이윽고 고개를 위아래로 끄덕였다.

"그런 거였군요, 이제야 알겠네요. 그 얘기를 먼저 들었다면 왜 마쓰코 씨의 수념에 대해 묻지 않느냐는 질문은 할 필요가 없었어요." 그녀는 볼펜을 손에 들었다. "앞으로는 이걸 눈에 띄는 곳에 둬서는 안 되겠네요."

죄송합니다, 하고 레이토는 고개를 움츠렸다.

"이번에는 용서하지요. 하지만 다음에 또 그러면 안 봐줍니다."

"알겠습니다. 죄송해요."

치후네는 후, 하고 숨을 내쉰 뒤 수첩과 노트를 반듯하게 맞춰 놓았다.

"레이토가 한 일은 마쓰코 씨에게는 말하지 않을 거예요. 그래도 되겠지요?"

네, 하고 레이토는 대답했다.

다음 날, 레이토가 녹나무 주변의 잡초를 뽑고 있는데 누군가 말을 걸어왔다.

"수고가 많군, 오늘도 푹푹 찌는 날씨인데."

나카자토였다. 넥타이를 느슨하게 풀고 겉옷은 벗어서 어깨에 걸치고 있었다.

"종무소 관리뿐만 아니라 혼자 경내 청소와 손질까지 하는 거야? 거, 힘들겠네."

레이토는 몸을 일으켰다. "아직도 조사할 게 있습니까?"

"아니, 기분 전환도 할 겸 왔어. 사건이 일단 정리됐거든. 어쩌다 보니 발길이 이쪽으로 향해 버렸네."

"사건이 해결된 거예요?"

"일단 정리, 라고 했잖아. 해결된 건 아니야."

"도둑맞은 현금이 레터 팩으로 피해자 집에 배달되었다면서요."

나카자토는 입가가 삐뚜름해졌지만 눈은 웃고 있었다.

"아마추어의 입을 막는다는 게 여간 어려운 일이 아니라니까. 금세 정보가 새어 나가. 게다가 SNS로 쫙 퍼졌어. 미치겠다."

"피해자를 내리치고 현금을 빼앗아 간 범인은 구메다 고사쿠 씨가 아니었다는 글이지요?"

나카자토는 코 옆을 긁적였다. "뭐, 그렇지."

"그 집에 절도범과 강도범, 두 명이 번갈아 침입했다던데요. 모리베라는 사람은 아무래도 평소 행실이 아주 안 좋았던 모양이죠?"

하지만 나카자토는 대답 없이 허공 어딘가를 응시하고 있었다. 이윽고 툭툭 털어 내듯이 긴 숨을 내쉬더니 "일하는

데 방해해서 미안해"라고 말하고 발길을 돌렸다.

"더운데 잠깐 쉬어 가시죠." 레이토는 나카자토의 등을 향해 말했다. 발을 멈추고 돌아보는 형사에게 다시 말을 덧붙였다. "시원한 우롱차 있는데."

나카자토는 망설이는 기색이었지만 이내 고개를 끄덕였다. "그럼 한잔 얻어먹을까."

종무소에 자리를 잡자 레이토는 페트병 우롱차를 유리잔에 따라 나카자토 앞에 차려 냈다.

"아까 자네가 한 말, 딱 맞혔어." 우롱차를 한 모금 마시고 나카자토가 입을 열었다. "모리베라는 인간, 평소 행실이 그리 좋지는 않았더라고. 야비하게 장사를 하는 통에 적으로 돌아선 사람들이 많아. 당연히 기회만 되면 앙갚음을 하려고 벼르던 자들이 한둘이 아니었겠지."

"그중 두 명이 우연히 그날 똑같이 앙갚음하러 왔던 건가요? 어휴, 어떻게 그런 일이 다 있지?" 레이토는 고개를 갸우뚱해 보였다.

"구메다 고사쿠의 진술을 바탕으로 그날 있었던 일을 약간의 상상을 섞어 정리하면 이런 얘기가 돼." 나카자토가 검지를 들며 말했다. "구메다는 2층 창문으로 침입해 아래층의 컬렉션 룸에서 재규어 마스크의 복면을 찾고 있었어.

한편 모리베는 차고에 차를 세워 놓고 비상구를 통해 집 안으로 들어왔어. 누군가 들어오는 기척에 깜짝 놀란 구메다는 문 틈새로 모리베의 모습을 보고는 그대로 복면을 들고 창문으로 도주했어. 그다음이 또 한 명의 범인 X의 등장이야. X는 구메다와는 반대로 그 창문으로 침입했어. 어쩌면 X는 구메다가 창문에서 나오는 걸 목격했을지도 모르지. 침입한 목적은 절도였어. 그런데 거실에 가 보니 모리베가 한창 뭔가를 찾고 있는 거야. X는 근처에 있던 둔기를 들고 그의 등 뒤로 살금살금 다가갔어. 인기척에 놀라서 뒤를 돌아본 모리베는 도망치려고 했지만, X가 둔기로 내리치는 게 더 빨랐어. 그리고 X는 집 안을 뒤져 현금을 손에 넣자 기절한 모리베를 남겨 두고 그 집을 떠났……" 말을 마치자 나카자토는 유리잔의 우롱차를 들이켠 뒤에 레이토를 보았다. "어때, 내 얘기를 듣고 느껴지는 게 있나?"

"굉장하네요." 레이토는 냉큼 답했다. "진짜로 두 명이 동시에 침입했다니, 깜짝 놀랐어요."

"상상을 섞었다고 했잖아. 반드시 그렇다는 건 아니야. 구메다 고사쿠의 진술을 100퍼센트 믿는다면 그런 스토리가 된다는 것뿐이야."

"그런 말을 하시는 걸 보니 역시 구메다 씨의 진술을 안 믿는 건가요?"

"딱히 그자의 진술만 얘기하는 건 아니야."

엇, 하고 레이토는 형사의 얼굴을 마주 보았다. "그건 무슨 뜻인지……."

나카자토는 뭔가 말하려다가 이내 마음을 바꾼 듯 입가를 풀며 웃었다.

"이거, 내가 말이 좀 많았네. 이 정도만 해 두자. 우롱차, 잘 마셨어." 그러고는 자리에서 일어나 그대로 문 쪽으로 걸어갔다.

"잠깐만요. 지금 이대로라면 구메다 씨는 몇 년 형이 나올까요?"

나카자토는 어깨를 으쓱하며 고개를 갸우뚱했다.

"글쎄? 몇 푼 안 되는 물품이라도 절도는 절도니까."

"몇 푼 안 된다고요?"

"그 재규어 마스크의 복면 말이야. 감정을 받아 봤는데 허술한 위조품이었어. 기껏해야 3000엔 정도래. 그런 걸 5만 엔에 사 줬으니까 구메다는 오히려 모리베에게 고맙다고 해야 했어."

"아이쿠, 저런."

"자, 그럼 또 보자." 나카자토는 한 손을 가볍게 들더니 종무소를 나갔다.

형사의 뒷모습이 멀어지는 것을 확인한 뒤에 레이토는 책상으로 돌아갔다. 노트북을 켜고 바탕화면에 넣어 둔 파일을 열었다.

음성 파일이었다. 구메다 마쓰코가 수념한 날 밤, 치후네의 볼펜 녹음기에서 복사했다. 마쓰코와 치후네의 대화가 녹음된 것이다.

레이토는 재생 버튼을 눌렀다. 노트북에 내장된 스피커에서 가장 먼저 들려온 건 입을 다문 채 피식 웃는 소리였다.

'나도 참 그렇다, 막상 얘기하려니 어디서부터 해야 좋을지 갈피를 못 잡겠어.'

마쓰코 씨의 목소리였다. 약간 들뜬 듯한 음색이다. 수념 직후라서 마음이 불안정한 상태였는지도 모른다.

'어디서부터든 상관없어. 마쓰코가 얘기하고 싶은 대로 하면 돼. 고사쿠의 염원을 전해 받기는 했지?' 치후네가 온화한 목소리로 채근했다.

'응, 받았어. 정말 깜짝 놀랐어. 솔직히 반신반의했거든. 말로는 들었지만, 그런 식으로 나한테 전해져 온다는 건 상상도 못 했어. 온갖 다양한 것들이 머릿속에 떠오르는 거야. 한 번도 본 기억이 없는 풍경이며 만난 적도 없는 사람의 얼

굴이 차례차례 나타났어.'

'그래, 그게 염원이야.'

'그러다 보니 내 아들 고사쿠가 뭘 가장 걱정하는지, 차츰 차츰 짚이더라. 다름 아닌 모리베 씨 집에 몰래 들어갔을 때 벌어진 일이었어. 프로레슬러의 복면을 찾고 있는데 누군 가 들어왔어. 고사쿠는 놀라서 숨을 죽이고 도망칠 기회를 엿보고 있었어. 그러는데 대화 소리가 들리는 거야. 한쪽은 남자 목소리인데, 바로 그 모리베 씨였어. 그리고 다른 한 명은 젊은 여자야. 귀를 기울여 들어 보니까 여자가 커피점 어딘가에 가는 거 아니었느냐고 묻고 있었어. 그러자 모리 베 씨는 오늘은 여기서 좋잖아, 하고 말했어. 집에서 데이트 하는 커플이 아주 많다, 돈을 받았으니 지금 너는 내 여자 다, 그렇지 않으냐, 라고 다그치는 거야. 여자는 이건 어디 까지나 알바예요, 그런 말을 할 거면 아까 그 2만 엔 돌려드 릴게요, 라고 대들었어.'

마치 뭔가에 빙의한 것처럼 빠르게 얘기하던 마쓰코가 여 기서 갑자기 말을 멈췄다. 잠시 침묵이 이어졌다.

'나도 그런 얘기, 들어 본 적은 있어.' 치후네가 말했다. '돈을 받고 좋아하지도 않는 사람과 데이트를 해 주는 아르 바이트가 있다면서? 요즘 애들은 대체 무슨 생각으로 그런

짓을 하는지……. 어쨌든 모리베 씨와 함께 있던 여자는 그런 아르바이트를 했다는 거네.'

'고사쿠도 그렇게 짐작했던 것 같아. 그 여자가 아무래도 걱정이 됐지만, 일단 도망치는 게 먼저라고 생각하고 창문을 넘어 밖으로 나왔어. 그러고는 거기서 조금 떨어진 곳에 숨어 모리베 씨 집을 지켜본 거야. 아마 한 삼십 분쯤이나 그곳에 있었나 봐. 아이고, 바보 같기는. 그 모습이 근처 방범 카메라에 찍혀서 덜컥 잡혀간 거야.'

'그래서, 고사쿠가 그 여자를 봤어?'

'응, 차고에서 나오는 걸 봤어. 고사쿠는 소스라치게 놀랐어. 아직 어린 여고생이었으니까. 게다가 아는 학생이었어. 그 순간에 시집 한 권이 머릿속에 떠오르는 거야.'

아하, 하는 치후네의 목소리가 나왔다.

'그 시집, 나도 알아. 《헤이, 녹나무》라는 시집이지. 지난번에 월향신사에 그 시집을 비치해 뒀거든.'

'그렇지. 고사쿠는 그 시집을 슬쩍 들고나오다가 레이토에게 들켰어. 그런데 마침 그 여고생이 우연히 거기에 와서 괜찮다고, 그냥 가져가라고 했었나 봐.'

'그 얘기는 나도 레이토에게서 들었어. 그렇구나, 그 시집을 만든 여고생이…….'

'다음 날 점심때쯤 고사쿠는 그 사건을 뉴스로 보고 깜짝 놀랐어. 모리베 씨의 머리를 내리치고 돈을 빼앗아 갔다는 거야. 아, 그 여고생이 그랬구나, 하고 깨달았던 거지. 그래서 고사쿠는 녹나무 안에서 밤을 지새우면서 어떻게 해야 좋을지 고민했어. 바보 같은 아이지만 그래도 제 나름대로 정말 열심히 고민했더라고. 그렇게 해서 내린 결론이, 경찰서에는 출두하겠지만 그 여고생에 대한 건 입이 찢어져도 말하지 않겠다는 거야. 그렇게 착한 아이가 그런 일을 저질렀을 때는 그만한 사정이 있었을 게 틀림없다, 모리베 씨의 머리를 내리친 건 그가 못된 짓을 하려고 덤볐기 때문인 게 틀림없다, 필사적으로 저항하다 저도 모르게 내리쳤을 것이다……. 혹시 내가 범인으로 몰려 교도소에 가게 되더라도 그 아이만 무사하다면 괜찮다. 여태까지 살아오는 동안 한 번도 남에게 도움이 되지 못했던 내가 누군가를 구해 줄 수 있는 기회라고는 앞으로 평생 없을지도 모른다. 좋아, 무슨 일이 있어도 그 아이만은 내가 지켜 내겠다……. 우리 못난 아들이 그런 결심을 했더라고.'

후유, 하고 긴 숨을 토해 내는 소리가 들렸다.

'주절주절 늘어놨지만 사건의 진상은 그런 거였어. 미안해, 조리 있게 얘기하지 못해서. 결국 우리 아이가 이상한

결심을 하는 바람에 일이 복잡해진 거였어.'

'아니, 정말 잘 얘기해 줬어. 그래, 그렇게 된 일이었구나. 네 아들 고사쿠, 어려서부터 착한 구석이 있었어.'

'도둑질을 하러 가서 벌어진 일이잖아. 칭찬 들을 만한 얘기는 아니지.'

'그런 고사쿠의 마음이 어떻게든 그 여고생에게 전해지면 좋을 텐데.'

'그건 아니야. 고사쿠도 그런 기대는 없었던 거 같아.'

'마쓰코, 이제 어떻게 하지? 이와모토 변호사에게 말해 볼까?'

'이런 얘기를 믿어 주시겠어?'

'어려울지도 모르지만, 녹나무의 영험한 힘에 대해서라면 내가 찬찬히 설명하면 돼.'

'글쎄……'

잠시 침묵이 흐른 뒤에 마쓰코는 아니, 관둘래, 하고 말했다.

'고사쿠에게는 마침 좋은 계기가 될 거야. 본인도 잘 알고 있다시피 여태까지 변변하게 살아오지 못했잖아. 정말로 자신을 희생할 수 있는지, 결심을 끝까지 관철할 수 있는지, 이번에는 조용히 지켜보고 싶어.'

'하지만 지금 이대로라면 강도치상으로 기소될 수 있어.'

'뭐, 그건 그때 가서 생각해 봐야지. 나도 각오는 하고 있어.'

레이토는 거기서 정지 버튼을 눌렀다.

이 녹음 대화를 처음 들었을 때의 충격은 아마 평생 잊지 못할 것이다. 내가 아는 그 하야카와 유키나가 그런 일을 저질렀다니, 도무지 믿어지지 않았다. 믿고 싶지 않았다는 게 정확할까.

하지만 남동생 쇼타가 했던 얘기를 되짚어 보니 짐작되는 게 있었다. 그 시집이 그리 쉽게 팔렸을 리가 없다. 유키나는 모리베와 데이트 알바를 하고 받아 온 돈을 시집을 팔아 번 돈이라고 둘러대고 어려운 집안 살림에 보탰던 것이다. 팔렸다고 말했으니 시집은 줄어들어야 한다. 아마 어딘가에 감춰 뒀던 것이리라. 레이토가 구입한 시집이 그것이다.

구메다 고사쿠 씨의 결심이 옳은 일인지 그른 일인지, 레이토는 알지 못한다. 법률적으로는 아마도 잘못된 일일 것이다. 하지만 진상을 폭로하는 게 반드시 옳다고도 생각되지 않았다. 다만 구메다 씨의 마음만은 유키나에게 전해 주고 싶었다. 그래서 레이토가 대신 편지를 썼다. 다시 말해 그 편지는 가짜였다. 구메다 고사쿠 씨가 쓴 게 아니다.

그래도 그 마음은 유키나에게 전해진 모양이었다. 레터 팩으로 현금이 모리베의 집에 배달된 것이 무엇보다 큰 증거다.

복면을 쓴 큼직한 남자가 자신을 덮쳤다는 모리베의 증언은 거짓말이다. 모리베도 사건의 진상이 밝혀지는 건 원치 않는 일이었다. 물론 자기 자신을 위해서겠지만.

이걸로 모든 게 정리된다면 좋을 텐데…….

하지만 나카자토의 말이 마음에 걸렸다. 그 형사는 특히 주의해야 할 인물이다. 그렇다고 이제 새삼 레이토가 나서서 어떻게 해 볼 수도 없는 일이다.

아무튼 이 증거는 얼른 인멸해야 한다. 레이토는 음성 파일을 컴퓨터의 휴지통으로 옮겼다.

내일의 나에게

오늘은 특별한 일이 아무것도 없는 하루였다. 오전에 〈스타워즈 저항군〉을 봤지만 역시 재미없었다. 2편에서 좌절. 어제까지 남긴 내 감상평에 동의한다. 기분 탓이 아니었다.

오후 1시부터 병원에 가 있었다.

둥근 얼굴의 남자(초상화 A)는 담당 의사 이노우에 선생님. 안경을 쓴 젊은 남자(초상화 B)는 아마도 전공의. 이름은 모른다. 부지런히 메모하던데, 뭘 적었는지 그것도 모른다. 나를 교재로 보는 것 같아서 싫었다.

몇 가지 검사를 하고 한 시간쯤 기다린 끝에 결과를 들었다. 지난번과 비교해 봤을 때 딱히 큰 변화는 없다고 했다. 다음 달에도 다시 나오라고 한다. 이노우에 선생님은 말투는 부드러운데 별로 마음이 담겨 있지는 않은 것 같다. 하긴 그럴 만도 한가?

병원에서 돌아오는 길에 새 스케치북과 색연필을 샀다. 스케치북은 책장 맨 아래 칸 오른쪽 끝에, 색연필은 두 번째 서랍에 넣어 두었다. 오래된 색연필은 그대로 남겨 두고.

책상 위 스케치북의 그리다 만 그림은 병원에 있을 때 생각난 오리지널 캐릭터다. 곤충에서 진화한 느낌이랄까.

전투복을 어떻게 디자인할지 망설이는 사이에 잠이 와서 여기서 포기한다. 이어서 그릴 마음이 난다면 마음껏 잘해 봐. 캐릭터 이름은 아직 정하지 않았어.

귀찮아서 이도 안 닦고 잔다. 아침에 일어났을 때 입안이 텁텁하다면 미안.

11

초등학생 때, 한동안 스케이트보드에 푹 빠져 지냈다. 옆
집에 사는 고등학생 형이 새것을 샀다면서 원래 쓰던 보드
를 준 것이다.

집 붙박이장에서 오랜만에 그 스케이트보드를 발견했다.
반가워서 타러 나가려는데 등 뒤에서 어머니의 목소리가
날아왔다. "레이토! 숙제는 했어?"

쳇, 들켜 버렸네.

"이따가 할 거야." 급히 대답을 던지고 밖으로 뛰쳐나왔
다.

눈앞에 월향신사의 경내가 펼쳐졌다. 보드에 당장 올라

타려다 제대로 발을 딛지 못하고 꼴사납게 넘어져 버렸다. 이상하다, 이럴 리가 없는데? 나, 아주 잘 타는데? 다시 한 번 타 봤지만, 이번에도 넘어져서 등짝을 쿵 찧었다.

레이토, 하고 다시 부르는 소리가 들렸다. 에이, 귀찮게 하네, 숙제는 나중에 한다고 했잖아.

하지만 나를 부르는 소리가 멈추지 않았다. 레이토, 레이토, 하고 거듭 부른다.

이윽고 의식이 조금씩 또렷해졌다. 여기는 월향신사 경내가 아니라 이불 속이다. 그리고 등짝이 아픈 건 뭔가로 얻어맞았기 때문이라는 걸 깨달았다.

눈을 뜨고 얼굴을 들자 치후네가 옆에 앉아 있었다. 그 오른손에는 이불을 털 때 쓰는 대나무 막대가 들려 있었다.

"아, 안녕히 주무셨어요…….."

"안녕히 주무셨어요, 가 아니지요. 지금 몇 시라고 생각하는 건가요."

"몇 시냐면…….." 레이토는 베갯머리에 놓인 자명종을 보았다. "아직 9시예요. 오늘 일요일이잖아요."

기념 예약이 없는 일요일은 종무소 일을 쉰다.

"9월 몇 번째 일요일이지요?" 치후네가 다시 물었다.

"몇 번째? 앗, 이런!" 당황해서 이불을 박차고 일어났다.

"생각났으면 얼른 준비하세요. 아침 식사는 차려 됐어
요."

"네, 네."

"대답은 한 번만!"

"네에."

늘 비슷한 패턴으로 말을 주고받으며 레이토는 이불 속에
서 슬슬 기어 나왔다.

그로부터 약 한 시간 뒤, 레이토는 치후네와 함께 지하철
에 몸을 싣고 있었다. 목적지는 옆 동네에 자리한 주민 회관
이다. 매달 두 번째 일요일, 그곳에 가는 게 요즘 새로운 일
정이 되었다.

작은 역에 내린 뒤 걸어서 주민 회관으로 향했다.

주민 회관은 벽돌을 흉내 낸 타일 벽으로 된, 비교적 새
건물이다. '오늘은 해피 카페의 날입니다'라는 입간판이 입
구에 나와 있었다.

로비를 지나 안쪽에 있는 작은 홀로 들어갔다. 접수대가
있어서 치후네는 그곳 직원에게 참가비를 냈다. 한 명에
500엔이니까 둘이 1000엔이다.

홀 안에는 여럿이 앉아서 대화를 나눌 수 있게 테이블과
의자가 나란히 줄지어 있다. 주위를 둘러보니 벌써 테이블

몇 개는 사람들로 채워져 있었다. 낯익은 얼굴들도 눈에 띄었다. 대부분 나이가 많은 사람들이다.

"치후네 씨, 이쪽이야, 이쪽." 동그스름한 얼굴에 키가 작은 노부인이 손짓했다. 수다 떨기 좋아하는, 요네무라 씨라는 할머님이다. 옆에 함께 있는 마흔 살 정도의 여자는 그녀의 딸이라고 들었다.

치후네가 요네무라가 있는 테이블로 향했다. 레이토도 따라갔다.

"오랜만이야. 잘 지냈어?" 요네무라가 치후네에게 물었다. "어머, 그 옷 멋있다. 어디서 사셨을까?" 처음 건넨 질문의 답을 듣기도 전에 그다음 질문을 던지는 건 그녀의 버릇이다.

"전부터 입던 옷이야." 치후네가 미소를 지으며 답했다.

젊은 여직원이 다가와 원하는 음료가 있는지 물었다. 치후네가 커피를 주문해서 레이토도 같은 걸로 달라고 말했다.

"이쪽은 치후네 씨의 손자?" 요네무라가 레이토를 보며 물었다.

"아니, 조카." 치후네가 대답했다. "여동생의 아들이야."

"어머, 그렇구나. 잘 부탁해요. 요네무라라고 해요." 그녀는 레이토에게 인사하며 빙그레 웃음을 건넸다. "전에도 인사를 했나? 혹시 그렇다면 미안해요."

"아뇨, 괜찮습니다." 레이토는 웃으면서 말했다. 요네무라 옆에서 딸이 겸연쩍은 표정을 지었다.

그녀의 말이 맞았다. 인사를 나누는 게 오늘로 세 번째다. 지난번에도 지지난번에도 그녀는 치후네에게 레이토가 손자냐고 물었다. 그때마다 오늘과 완전히 똑같은 말을 주고받았다. 하지만 그런 걸 지적하는 사람도, 신경 쓰는 사람도 없다. 이곳은 그런 게 허락되는 자리이기 때문이다.

치후네가 인터넷 검색으로 찾아낸 '인지증 카페'였다. 가벼운 인지증이 있는 사람, 치후네처럼 경도 인지장애를 앓는 사람이 서로 고민을 이야기하고 정보를 교환하는 모임이라고 했다. 처음에는 치후네 혼자 참가했지만, 나중을 위해 함께 참석하자고 레이토에게 말했던 것이다.

처음 참석했을 때는 꽤나 조마조마했다. 그늘지고 우울한 분위기를 상상했기 때문이다. 활기찬 대화가 오가리라고는 도저히 생각하지 못했다.

하지만 막상 와 보고는 놀랐다. 참가자들은 밝게 말도 잘했고 매사에 적극적이었다. 낯선 얼굴인 레이토에게도 스스럼없이 말을 걸어 주었다. 그렇다고 인지장애 증상을 전혀 느낄 수 없는 건 아니다. 대화가 조금씩 어긋나거나 똑같은 얘기를 몇 번이고 되풀이하는 경우도 있었다. 그래도 이런 사회 활동에 참여하는 일이 아무래도 우울해지기 쉬운 상태였던 그들에게 기운을 북돋아 주는 건 분명했다. 같은 처지인 친구들과 어울리면서 고독감을 조금씩 떨쳐 내는 분위기가 생생히 전해져 왔다.

하지만 나중에 치후네의 얘기를 들어 보니 모든 인지증 카페가 이런 식으로 순조롭게 운영되지는 않았다. 인지증 당사자가 아니라, 함께 온 간병인이나 가족만 활발하게 대화를 주고받는 카페도 많다고 한다. 그런 곳에서는 당연한 일처럼 인지증 환자를 돌보기가 얼마나 힘든지에 대한 하소연이 대부분을 차지했다. 그걸 옆에서 듣는 당사자의 기분 따위는 아랑곳하지 않는 것이다.

그런 곳을 치후네는 '당사자 부재 카페'라고 표현했다. 그런 곳에 참석해 봤자 재미있을 리 없다. 여기저기 인지증 카페를 둘러본 끝에 가장 쾌적하고 자신에게 플러스가 된다고 확신한 게 이곳이었다고 치후네는 말했다.

"레이토에게도 분명 도움이 될 거예요." 그때 치후네는 말했다. "앞으로 내게 일어날 일을 예상하고 그 준비를 하는 데 참고할 만한 것들을 배우게 될 테니까요. 물론 그런 날이 한참 나중에, 아니, 영원히 오지 않는다면 좋겠지만."

그 말을 듣자 레이토는 가슴이 먹먹해졌다. 치후네는 단지 자신의 마음을 달래기 위해 인지증 카페를 찾은 게 아니었다. 얼마나 강인한 정신력이면 그런 냉철한 판단을 할 수 있을까. 이 이모님 앞에서는 평생 나 잘났다는 소리는 못 하겠다고 레이토는 새삼 생각했다.

요네무라는 그림책 세 권을 테이블에 꺼내 놓고 치후네에게 뭔가 열심히 설명하고 있었다. 귀를 기울여 보니 인지증 예방과 자원봉사를 겸해 아동보호시설에 찾아가 그림책을 읽어 준다는 이야기였다. 아이들과 어울리면 뇌도 자극을 받을 것이다, 치후네 씨도 한번 해 보는 게 어떻겠느냐고 권하고 있었다. 그 제안에 치후네는 목소리에 자신도 없고 어린아이는 그리 좋아하지 않는다고 거절했다. 레이토는 옆에서 들으며 한번 해 보면 좋을 텐데, 라고 생각했다. 치후네의 허스키한 목소리는 꽤 듣기 좋은 음색이기 때문이다.

주위를 살펴보았다. 다른 참가자들도 저마다 상대를 찾아 대화를 즐기는 것 같았다. 여러 팀이 한데 모인 테이블도 있었다.

조금 떨어진 자리에 레이토가 처음 보는 얼굴이 있었다. 이런 곳에는 어울리지 않는 사람들이다. 마흔 전후로 보이는 여자와 중학생인 듯한 남자아이였다. 가까이에 노인이 없는 걸 보니 누군가를 모시고 온 건 아니었다.

두 사람과 마주한 사람은 현역 간호사로 이 카페 일을 거들어주는 자원봉사자 우에노 씨였다. 중년 여성이 진지한 얼굴로 뭔가 말하고 있는데, 피부가 희고 목이 가는 남자아이는 별 관심도 없는 듯 옆에서 스마트폰만 들여다보고 있었다.

갑자기 우에노가 카페 안을 둘러보았다. 그 순간 레이토와 시선이 마주쳤다. 그러자 뭔가 생각난 듯이 자리에서 일어나 이쪽으로 다가왔다.

"레이토 씨, 잠깐 괜찮아요?"

"네, 무슨 일이시죠?"

"소개해 드릴 분이 있어요. 처음 참가하셨는데 좀 복잡한 사정이 있어서 도움을 받을까 하고."

"저라도 괜찮으시다면." 레이토는 커피를 들고 자리에서 일어섰다.

우에노는 중년 여성과 남학생이 있는 테이블로 레이토를 데려갔다.

"하류 씨." 말을 건네자 중년 여성이 얼굴을 들었다. 하지만 남자아이는 스마트폰만 만지작거릴 뿐 이쪽은 돌아볼 생각도 없는 눈치였다. 귀에 이어폰을 낀 걸 보면 동영상을 보고 있는지도 모른다.

"이쪽은 나오이 레이토 씨, 이모님과 함께 참가하셨어요. 젊은 남자분과 얘기하는 게 아드님도 더 편할 거 같아서 제가 합석을 권했어요."

"그래요? 와 주셔서 고마워요. 하류라고 합니다. 잘 부탁드려요." 여자는 자리에서 일어나 머리를 숙였다. 아무래도 이 남자아이의 어머니인 모양이다.

"저야말로 잘 부탁드립니다." 마주보며 인사를 건넸다.

"얘, 모토야." 여자가 아들에게 말을 건넸다. "너도 인사 드려."

남자아이는 마지못한 듯 고개를 들고는 레이토를 쳐다보지도 않고 턱만 살짝 끄덕였다.

"일어나서 제대로 인사해야지." 어머니가 아들을 나무랐다.

"왜 자꾸 귀찮게 해?" 남자아이가 표정을 일그러뜨렸다. "난 됐어. 아무하고도 얘기 안 할래."

"무슨 소리야, 어렵게 참가했는데."

"엄마가 마음대로 결정했잖아. 난 이런 데 오고 싶지 않았어. 뭐야, 다 노인들뿐이고."

"그래서 우에노 씨가 젊은 분을 데려오셨어."

"난 됐다니까." 남자아이는 스마트폰을 손끝으로 한 차례 누르더니 자리에서 일어나 출구를 향해 가 버렸다.

"잠깐만, 얘, 모토야!" 어머니가 불렀지만 남자아이는 걸음을 멈추지 않았다. 결국 행사장 밖으로 나가고 말았다.

죄송해요, 하고 어머니가 말하며 미안한 얼굴로 레이토와 우에노를 돌아봤다. "일부러 이렇게 와 주셨는데……."

"아뇨, 저는 괜찮습니다."

"아드님을 따라가 보시는 게 좋겠어요." 우에노가 말했다.

"그래야겠네요. 정말 죄송해요." 어머니는 가방과 겉옷을 챙겨 들고 급히 아들을 쫓아갔다.

그녀의 뒷모습을 지켜보고 있는데 이번에는 우에노가 미안해요, 하고 사과했다. "어떡해요, 불쾌하셨을 텐데."

"딱히 불쾌할 건 없어요. 무슨 일인가 하고 좀 어리둥절하긴 했지만."

"네, 그렇죠."

우에노는 아이의 어머니가 행사장 밖으로 나간 걸 재차 확인하듯이 출구를 바라본 뒤에 목소리를 낮춰서 말했다. "아무래도 잘못 찾아온 것 같아요."

"잘못 찾아오다니……."

"저 아이, 뇌종양이에요."

"아, 저런……."

"반년 전에 적출 수술을 받았는데 전부 제거하지는 못했나 봐요. 그래서 지속적으로 치료받고 있대요."

"딱하네요, 아직 어린데."

"근데 중요한 얘기는 지금부터예요. 수술을 받은 뒤부터 기억장애 증세를 보인대요. 깜빡 잊어버리는 수준이 아니라 최근의 기억이 완전히 지워지는 거예요. 날이 갈수록 심해져서 요즘에는 오늘 일을 내일까지 기억하지 못할 정도라네요. 수술을 받기 전 일들은 또렷하게 기억한다는데 말이에요."

그런 사정이 있었구나, 하고 레이토는 그제야 이해했다.

"오래전 일은 기억하는데 단기 기억은 쉽게 잊어버리는 건 알츠하이머형 인지장애에서도 전형적인 증상이라고 하던데요. 우리 이모님도 그런 쪽이어서 중요한 일은 수첩에 꼼꼼히 적어 두고 계세요."

하지만 우에노는 힘없는 웃음을 지으며 고개를 가로저었다.

"잊기 쉬운 정도가 아니라 저 아이의 경우에는 아예 기억 자체가 사라져요. 오늘 여기서 이렇게 우리를 만난 것도 아마 내일은 전부 잊어버릴걸요. 자고 나면 리셋이 된다고 어머니가 얘기하더라고요."

"자고 나면?"

"한번 잠들면 그때까지의 기억이 거의 다 사라진대요. 만난 사람의 얼굴이나 갔던 곳의 풍경 같은 건 희미하게 기억하는데 그 얼굴의 인물이 누구인지, 그곳이 어디고 거기서 무슨 일이 있었는지, 까맣게 잊어버린다는 거예요. 잊지 않으려면 잠들지 않는 것밖에 없는데 영원히 잠들지 않는다는 건 불가능하잖아요."

레이토는 저도 모르게 연거푸 눈을 깜작거렸다. "그런 증상이 있다니⋯⋯."

"그 아이가 아까 스마트폰으로 동영상을 보고 있었죠?"

"네, 그랬죠."

"지금까지 수없이 봤던 애니메이션인데 아침에 일어나면 내용을 다 잊어버려서 다시 처음부터 보는 거예요."

레이토는 대답할 말이 떠오르지 않아 멍하니 입을 다물었다. 그런 상황에 놓인다면 나는 어떤 기분이 들까. 그 아이의 심경이 상상도 되지 않았다.

"나도 직업상 뇌종양 환자는 여러 명 봤지만 저렇게 극단적인 기억장애는 들어 본 적이 없어요. 중학교 2학년인데 학교도 그 병 때문에 장기 결석 중이라네요. 아무리 열심히 공부해도 다음 날이면 다 잊어버리니까 아무 의미가 없다고 아이가 등교를 거부했대요. 아닌 게 아니라 그것도 맞는 말이죠."

"여기는 어떻게 참석했지요?"

레이토의 물음에 우에노는 힘없는 한숨을 쉬었다.

"그런 상황이니 아이가 혼자 방 안에 틀어박힌 채 아무도 만나지 않았나 봐요. 이대로는 안 되겠다고 어머님이 여기저기 알아본 끝에 비슷한 고민을 가진 사람들이라면 얘기가 통하지 않을까 하고 우리 카페에 참가를 신청하셨어요. 우리 사이트에는 뇌에 장애가 있는 사람들의 정보 교환 모임이라고만 적혀 있고, 인지증 카페라고는 소개하지 않았으니까요."

"그렇군요. 그래서 잘못 찾아왔다고 하셨던 거군요."

"하긴 전혀 잘못 찾아온 것도 아니죠. 실은 우리 카페에 저런 아이들도 활발히 참가해 주면 좋겠어요. 하지만 아이 마음을 생각하면 무리하게 밀어붙일 수도 없죠." 우에노는 가만히 어깨를 움츠렸다.

"그럼 이제 안 올까요?"

"그럴 것 같네요."

"하류 씨라고 했지요? 희귀한 성이던데 어떤 한자를 쓰지

요?"

"바늘 침針에 살 생生을 쓰는 성씨예요." 우에노는 허공
에 손끝으로 써 보이며 말했다.

어머니 이름은 하류 사에코, 아들은 모토야라고 한다. 레
이토는 일단 머릿속에 담아 뒀지만, 아쉽게도 두 번 다시 만
날 일은 없을 것 같다고 생각했다.

내일의 나에게

오늘은 엄마를 따라 주민 회관에 갔다. 뇌에 질병이 있는 사람들이 모여서 이런저런 이야기를 나누는 자리라고 했다.

별로 가고 싶지 않았지만, 혹시라도 나 같은 아이가 있다면 얘기하고 싶어서 가 보았다.

하지만 내가 생각했던 곳과는 전혀 달랐다. 인지증에 걸린 할아버지 할머니들이 모여 차를 마시며 얘기나 나누는 곳이었다.

그런 곳은 두 번 다시 안 가는 게 좋다. 가 봤자 후회만 할 게 뻔하니까. 엄마가 가자고 해도 거절하는 거, 추천.

그거 말고는 아무 일도 없는 하루였다. 〈배드 배치〉는 시즌 2의 3화까지 봤다. 어제 일기를 읽어 보니 6화부터 재밌어진다는데, 잠이 쏟아져서 버틸 수가 없었다. 그보다는 역시 〈스타워즈 저항군〉이 궁금하다. 과거의 나는 재미없다고 결론을 내렸지만, 정말 그럴까. 하지만 오늘은 더 이상 시간이 없다. 오늘의 나는 여기까지. 내일 일은 내일의 나에게 맡긴다. 잘 자.

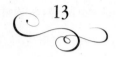

13

레이토의 예상은 빗나갔다. 이제는 그 아이를 만날 일이 없을 거라고 생각했는데 '해피 카페의 날'로부터 열흘 뒤의 낮 시간에 하류 모토야를 다시 만난 것이다. 장소는 미타시에 있는 대학 병원이다. 치후네의 정기 검진에 따라 나간 길에 뇌신경외과 대기실에서 기다리는데, 모토야가 구석 자리에 오도카니 앉아 있는 게 눈에 띄었다. 주위를 둘러봤지만 어머니는 보이지 않았다.

모토야는 스마트폰을 보고 있지는 않았다. 그 대신 무릎위에 스케치북이 놓여 있었다. 색연필을 든 오른손이 슥슥 움직였다. 뭔가를 그리고 있는 것이다.

치후네는 주치의에게 검진을 받는 중이었다. 레이토는 자리에서 일어나 모토야에게 다가갔다. 말을 건네기 전에 스케치북을 들여다보고 흠칫 놀랐다. 이상한 복면를 쓰고 넝마 같은 천을 두른 인물이 그려져 있었다. 연필로 그렸다는 게 믿기지 않을 만큼 섬세하고 입체적인 데다 질감도 사실적으로 느껴졌다.

인기척을 알아챘는지 모토야가 얼굴을 들었다. 레이토를 보더니 의아한 듯 미간을 좁혔다.

안녕, 하고 인사하며 레이토는 웃음을 건넸다.

하지만 모토야는 긴장한 얼굴로 급히 스케치북을 덮더니 옆에 있던 백팩을 안고 일어섰다. 레이토에게 등을 보이며 도망치듯이 걸음을 옮겼다.

아차, 내가 실수했구나, 하고 레이토는 깨달았다. 급하게 쫓아가 미안하다고 사과했다.

"내가 누군지 기억이 안 나지?"

모토야는 발을 멈췄다. 주뼛거리며 돌아보았다.

"열흘 전에 너를 만났어. 주민 회관에 갔던 얘기, 어머니한테서 들었을 거야."

모토야는 불쾌한 듯 미간을 좁히며 고개를 저었다. 레이토는 방금 던진 질문도 잘못되었다는 걸 깨달았다. 우에노의 말이 사실이라면 설령 어머니에게 얘기를 들었더라도 오늘 들은 게 아닌 한 그의 기억에는 남아 있지 않을 것이다.

아이가 처한 상황이 상상보다 훨씬 가혹하다는 걸 새삼 깨닫고 레이토는 아연했다. 공연히 말을 붙였다는 후회가 머릿속을 스쳤다.

그 직후였다. 등 뒤에서 여자 목소리가 들려왔다. "무슨 일이세요?"

레이토가 돌아보니 하류 사에코가 이쪽으로 다가오고 있었다. 그녀는 레이토를 보자 아, 하고 발을 멈췄다.

"안녕하세요?" 레이토가 먼저 인사를 건넸다. "얼마 전에 주민 회관에서 만났었는데."

"네, 나오이 씨라고 했지요?"

"맞습니다. 나오이 레이토예요."

"그때는 정말 미안했어요." 사에코가 새삼 머리를 숙였다.

"사과하지 않으셔도 돼요. 우에노 씨한테서 얘기 들었습니다. 모토야가 싫어할 만도 했어요. 지금도 제가 갑작스럽게 말을 걸어서 놀란 거 같은데……."

"그래요?" 멀뚱히 선 채 고개를 떨구고 있는 아들에게 사에코가 다가갔다. "레이토 씨라는 분이야. 모토야와 친하게 지내려고 하셨어. 얼굴, 기억나지 않니? 인사만이라도 드려."

그러자 모토야는 머뭇머뭇 얼굴을 들고 안녕하세요, 라고 말했다. 지난번에 비해 온순한 모습이었다. 연약하다고 하는 게 더 적절할까.

"이름이 모토야였지? 잘 부탁한다."

하지만 아이의 표정은 잔뜩 긴장한 채 풀릴 기미가 없었다. 뭐라도 재미있는 얘기를 해야 하는데, 하고 레이토는 초조했다. 그때 머릿속에 떠오른 건 아까 본 스케치북의 그림이었다.

"샌드 피플이지?"

레이토가 말하자 모토야가 반응을 보였다. 눈이 조금 동그래진 것이다.

"그 그림 말이야." 레이토는 아이가 들고 있는 스케치북을 가리켰다. "스타워즈에 나오는 샌드 피플이던데?"

모토야는 뺨 근육을 슬며시 풀더니 입을 열고 "터스켄"이라고 목쉰 소리로 말했다. "터스켄 레이더예요."

"정확히 말하면 그렇지." 레이토는 웃으며 응했다. "샌드 피플은 통칭이고, 정식 이름은 터스켄 레이더. 타투인 행성에서 사는 야만족이야."

"야만족 아니에요." 모토야는 반항적인 눈빛으로 부정했

149

다. "보바 펫을 구해 줬잖아요."

우연히 던져 본 말에 덥석 달려들었다. 이 기회를 놓칠 수는 없다.

"그래도 아나킨의 어머니를 납치해 고문하고 결국 죽게 했어."

"그건 팰퍼틴의 책략이었죠. 터스켄이 슈미를 고문할 이유 같은 건 없었어요." 모토야가 불끈한 듯 강한 어조로 반박했다.

"와아, 잘 아네." 레이토는 진심으로 감탄해서 말했다. "스타워즈 좋아해?"

모토야가 슬쩍 턱을 당겼다. "어렸을 때부터 많이 보게 해 줘서……."

"누가?"

그러자 모토야는 입을 다물고 시선을 떨구었다.

"아빠예요." 옆에서 사에코가 말했다. "남편이 스타워즈 마니아여서 비디오를 전부 갖고 있었어요. 관련 방송도 자주 봤었고."

그녀가 과거형으로 말하는 게 마음에 걸렸다.

"그 아버님은 지금……."

"따로 살아요." 사에코가 입가를 풀고 웃으며 말했다. "2년 전에 이혼해서."

"아, 네……."

처음으로 모토야와 재미있게 이야기하고 있는데 화제가
그리 달갑지 않은 쪽으로 흘러가는 바람에 레이토는 당황
스러웠다. 어떻게든 만회해야 한다고 생각하는데, 다행히
모토야가 스케치북을 펼쳤다.

"이거, 뭔지 알아요?"

뾰족한 얼굴과 몸을 가진 로봇 그림이었다. 스타워즈에
서 로봇은 '드로이드'라고 한다.

"이건 본 적 있어. 〈만달로리안〉에 나온 현상금 사냥꾼 드
로이드야. 이름이 IG-11이었던가?"

레이토의 대답에 "땡, 아닌데요"라고 모토야가 의기양양
한 얼굴로 말했다.

"정답은 IG-88. 〈스타워즈 제국의 역습〉에서 보바 펫과
함께 등장해요."

"그런 게 있었어?"

"아주 잠깐 나와요. IG-11이 무기를 더 잘 다룰 수 있게
팔이 이렇게 개량되었거든요." 모토야는 자신이 그린 일러
스트를 하나하나 설명하기 시작했다. 그 표정에 생생한 활
기가 있었다.

"그랬구나. 지금 처음 알았어."

"다들 거기까지는 잘 몰라요. 그래도……." 모토야는 레이토를 보며 머뭇머뭇 말했다. "레이토 씨는 잘 아는 편이에요."

"나는 어머니가 이 영화를 좋아해서 중고 비디오를 친구에게서 빌려다 봤어. 그 덕분에 나도 그럭저럭 따라잡았지. 근데 에피소드 7 이후는 좀 재미가 없는 거 같아."

하하하, 하고 모토야가 웃었다. 지어낸 웃음이 아닌 진짜 웃음으로 보였다.

"방송으로 나온 건 다 봤어요?" 모토야가 물었다. "〈클론 전쟁〉 애니메이션도 있고 〈반란군〉도 있는데."

"아, 그건 못 봤네. 애니메이션 쪽에는 별로 관심이 없어서."

"그러면 안 되죠." 모토야가 입을 툭 내밀었다. "〈클론 전쟁〉과 〈반란군〉에는 스타워즈의 숨겨진 중요 요소가 잔뜩 들어 있어요. 예를 들면 포스라든가. 애니메이션을 안 보면 마니아라고 할 수 없는데?"

"그렇구나. 그건 내가 잘못 말했네."

마니아라고 말한 기억은 없지만 레이토는 일단 사과했다.

모토야가 스케치북을 몇 장 넘겨서 다른 그림을 보여 주었다. "이건 뭔지 알아요?"

그건 한 번도 본 적이 없는 캐릭터였다. 머리 부분은 곤충 같은데 전투복을 입은 몸 부분은 인간에 가까웠다. 레이토는 고개를 저었다.

"이건 뭐지? 전혀 모르겠어."

모토야는 만족스러운 듯 뺨을 풀며 씨익 웃었다.

"당연하죠. 이건 내가 만든 캐릭터거든요."

"뭐야, 나 놀렸어? 아, 그래도 진짜 잘 그렸다."

"내가 10년만 빨리 태어났으면 좋았을 텐데. 미국에 가서 스타워즈 제작에 참여했을 테니까."

"오, 좋은 생각이야. 지금부터 열심히 하면 되지."

모토야의 낯빛이 어두워졌다. 고개를 홰홰 저으며 됐어요, 라고 말했다.

"그런 말, 필요 없어요, 듣고 싶지 않으니까."

레이토는 또다시 실수했다는 걸 깨달았다. 안이하게 위로했다가는 아이 마음에 상처를 입힐 뿐이다.

모토야가 스케치북을 백팩에 넣었다.

분위기가 어색해지려는 참에 레이토, 하고 뒤에서 부르는 소리가 들렸다. 치후네였다. 다행이라고 생각했다.

"아는 분인가요?" 치후네가 옆으로 다가와 물었다.

"지난번에 얘기했었죠. '해피 카페'에서 만난 하류 씨예요."

치후네는 시선을 잠시 헤매다 결국 고개를 저었다. "미안하군요, 기억이 안 나서."

"아차, 그렇지."

엄마, 하고 모토야가 말했다. "그만 가자."

"응, 그래. ……저기, 레이토 씨, 연락처 좀 알려 줄 수 있어요?"

"그럼요." 레이토는 지갑에서 명함을 꺼내 그녀에게 건넸다.

"월향신사……. 녹나무가 있는 곳이네요." 명함을 보고 사에코가 말했다.

"아세요?"

"전에 가 본 적이 있어요. 거기서 일하는군요."

"네, 제가 항상 있으니까 언제든 놀러 오세요."

"그래요, 기회가 된다면 꼭 갈게요."

엄마, 하고 다시 모토야가 재촉하듯이 말했다.

"알았어. ……그럼 레이토 씨, 다음에 또 봐요."

네, 라고 답하면서 레이토는 아이에게로 시선을 옮겼다.

"모토야, 오늘 재미있었어. 고맙다."

아이는 살짝 고개를 끄덕였다. 그 얼굴에 잠깐 환한 빛이 되돌아온 것처럼 보였다.

옆을 보니 치후네가 수첩을 펼쳐 읽고 있었다.

"잠들면 기억이 사라지는 중학생, 이라는 게 저 아이로군요."

이 일도 빠짐없이 메모해 둔 모양이다. 맞아요, 라고 레이토는 대답했다.

"저렇게 어린아이인데 가엾게도……. 하지만 좀 더 힘든 건 어머니 쪽이겠군요. 아이가 살아갈 기력을 잃지 않도록 다독인다는 게 여간 힘든 일이 아닐 텐데."

레이토는 치후네의 말을 듣고 가슴이 먹먹했다. 그녀 또한 하루하루 기력을 잃지 않으려고 발버둥 친다는 걸 잘 알고 있었기 때문이다.

화제를 바꾸기로 했다. "그보다 검사 결과는 어땠어요?"

치후네는 가만히 고개를 끄덕였다.

"그만그만하다고 할까요. 지난번보다 좋아지지도 심각하게 나빠지지도 않았다고 하니까요. 지금 먹는 약을 계속 먹으라고 하셨어요." 가방에서 녹음기를 꺼냈다. "내 말이 미덥지 않다면 이걸로 직접 확인하세요."

155

"그밖에 다른 건?"

"사회 활동을 좀 더 늘리라고 하시더군요. 하지만 녹나무 기념 신청자와 면담도 하고 있고, 정기적으로 인지증 카페에도 다니고, 이제 뭘 어떻게 더 해야 좋을지 모르겠군요."

"그건 어때요, 그림책 읽어 주는 거. 요네무라 씨가 제안하셨잖아요."

"아이들 앞에서 낭독하라는 건가요? 나는 그런 쪽으로는 소질이 없어요." 치후네는 얼굴을 찌푸리며 녹음기를 움켜쥔 채 걸음을 옮겼다.

내일의 나에게

오늘 병원 대기실에서 터스켄 그림을 그릴 때, 웬 낯선 남자가 말을 걸었다. 주민 회관에서 만난 적이 있다는데 나는 전혀 기억나지 않았다.

열흘 전 일기를 봤더니 주민 회관에 갔던 적이 있었다. 따분한 행사였는지, 다시는 가지 말라고 적혀 있었다. 하지만 그 남자에 관한 이야기는 없었다.

나오이 레이토 씨라는 사람이다. 스타워즈에 대해 상당히 잘 아는 편이었다. IG-88은 모른다고 했지만 IG-11은 알고 있었다. 터스켄 레이더가 아나킨의 어머니를 납치해

157

결국 죽게 한 것도 알고 있었다. 안타까운 건 애니메이션 시리즈를 안 봤다는 것이다. 그래서 아소카, 에즈라 브리저 같은 인물도 모른다.

오랜만에 스타워즈 얘기를 할 수 있어서 신났다. 아프기전에도 친구들과 얘기해 본 적이 없었으니까. 다들 스타워즈는 잘 모른다고 했다.

나오이 레이토 씨는 에피소드 7 이후는 졸작이라고 말했다. 스타워즈를 진심으로 좋아하는 거다. 그리고 분명 착한 사람이다. 만일 내일의 내가 그를 만나러 가더라도 절대 후회하지는 않을 것이다.

15

하류 사에코에게 전화가 온 건 병원에서 우연히 만나고 사흘이 지난 토요일이었다. 오늘 모토야를 월향신사에 보내도 괜찮겠느냐고 물었다. 물론 괜찮다고 레이토는 대답했다.

"그런데 모토야는 나를 기억 못 하겠지요?"

"기억 못 할 거예요. 그래도 나오이 레이토 씨라는 분을 만나고 싶다고 하네요."

"저에 대해 뭔가 얘기해 주셨어요?"

"아뇨, 나는 아무 말도 안 했어요. 자기가 써 둔 일기를 보고 그렇게 생각했나 봐요."

"일기를 쓰고 있군요."

"기억장애 증세가 나타난 무렵부터 그날 일어났던 일을 매일 기록하고 있거든요. 아마 그날 병원에서 레이토 씨를 만나서 스타워즈 얘기를 나눴다는 것도 적어 둔 모양이에요. 그걸 읽어 보고 한 번 더 만나 보려는 거예요."

"아, 그런 거였군요."

"바쁠 텐데 죄송하지만, 아들이 도착하면 삼십 분만이라도 말 상대가 되어 주셨으면 좋겠어요."

"알겠습니다. 삼십 분이 아니라 한 시간이든 두 시간이든 얘기할 게 많아요. 어머니도 같이 오십니까?"

"자기 혼자 가겠다네요. 엄마가 옆에 있으면 괜히 짜증이 나는 모양이죠?"

중학교 2학년이라면 아마 그럴 것이다. 레이토는 그럼 기다리겠습니다, 라고 말하고 전화를 끊었다.

그로부터 약 한 시간 뒤, 경내의 풀을 뽑고 있는 참에 모토야가 나타났다. 레이토를 보더니 손에 든 스마트폰과 번갈아 보면서 다가왔다.

"나오이 레이토 씨예요?" 머뭇거리며 물었다.

그래, 하고 고개를 끄덕였다. "스마트폰으로 뭘 확인했어?"

모토야는 의미심장하게 웃으며 고개를 가로저었다. "비

밀이에요."

"왜? 보여 줘."

"아니, 그냥 캐리커처라서……."

뜻밖의 대답에 레이토는 눈이 둥그레졌다. "내 캐리커
처?"

"네."

"그렇다면 더더욱 보고 싶은데?"

"아이, 창피한데."

"괜찮아, 잠깐만 보자."

모토야는 난처한 듯 눈꼬리가 축 처졌지만 불쾌해하는 것
같지는 않았다. 그럼, 이라면서 스마트폰 화면을 레이토에
게 보여 줬다.

그림을 보고 레이토는 저절로 쓴웃음이 나왔다. 뾰족한
턱에 약간 처진 눈, 위를 향한 코, 그야말로 자신의 얼굴이
었기 때문이다. 단순한 선만으로 이토록 특징을 잘 잡아내
다니, 감탄하지 않을 수 없었다. 그림 아래쪽에 '나오이 레
이토 씨'라고 적혀 있었다.

"실력이 대단하다. 언제 그렸어?"

"저번에 만난 날 밤에요. 또 만날지도 모르는 사람은 이렇
게 캐리커처로 그려 둬요."

"기억만으로 이렇게 똑 닮게 그려 내다니, 진짜 대단하다."

"뭐든 영상으로 기억에 남으니까요. 사람 이름도 소리로만 들으면 금방 잊어버리는데 글씨로 외우면 남아 있어요. 그래서 사람 얼굴도 확실하게 기억해요. 오늘 일도 전부 영상으로 기억할걸요." 자못 자랑스러운 듯이 모토야는 말을 이어갔다. "근데 그것도 잠들기 전까지예요. 자고 나서 눈을 뜨면 그 영상도 거의 다 사라져요. 만난 사람의 얼굴은 이미지로 약간 남아 있지만 그게 누구고 어떤 얘기를 주고받았는지는 까맣게 지워져요. 그래서 캐리커처와 이름을 적어 두는 거예요. 그러면 기억에 어렴풋이 남은 얼굴이 누군지, 일기와 비교하면서 맞춰 볼 수 있으니까."

"그렇구나, 그것도 참 대단하다." 입 밖에 내고서야 이것도 실언이었나, 하고 레이토는 불안해졌다.

하지만 모토야는 불쾌한 기색 없이 고마워요, 라고 말했다. 레이토는 혼자 가슴을 쓸어내렸다.

"종무소로 갈까. 마실 건 뭐가 좋아? 콜라도 있고 우롱차도 있어."

"그럼 콜라."

"오케이."

종무소에 들어가자 레이토는 냉장고에서 콜라를 꺼냈다.

"일기를 보니까 레이토 씨가 에피소드 7 이후는 별로라고 얘기했던데요. 그러면 1편에서 6편까지 중에 가장 마음에 드는 건 뭐예요?" 모토야가 물었다. 앉자마자 곧장 스타워즈 얘기다.

"그야 단연 에피소드 5."

"〈제국의 역습〉이요? 평범하시네. 나는 에피소드 3 〈시스의 복수〉가 가장 좋던데. 아나킨과 오비완의 사투는 스타워즈 사상 최고예요." 자신이 가장 좋아하는 영화 이야기라 그런지 모토야의 말투가 금방 편해졌다.

"그래, 압도적이긴 했지."

"가장 좋아하는 캐릭터는?"

"역시 한 솔로?"

"또 너무 평범하잖아요." 모토야가 몸을 뒤로 젖히면서 말했다. "나는 무조건 아소카 타노."

아, 하고 레이토는 탄식했다. "나는 그 캐릭터는 모르는데."

"〈클론 전쟁〉을 안 봐서 그래요." 모토야가 딱 잘라 말했다. "일단 보시는 게 좋을걸요. 틀림없이 마음에 들 테니까."

"지난번에도 나한테 그 얘기 했어. 방송 애니메이션 시리즈라면서? 다음에 너 만나기 전에 꼭 봐야겠다."

"그럼 좋죠. 근데 다 보기가 엄청 힘들걸요. 130화가 넘어요."

"130화? 진짜로?"

"속편 〈반란군〉도 70화 정도 되거든요. 뭐, 한동안 재밌겠네요."

"다 합하면 200화잖아. 정말 당분간 심심할 일은 없겠다."

"실은 애니메이션 시리즈가 하나 더 있어요. 〈저항군〉이라는 건데, 에피소드 7의 6개월 전이라는 설정이에요. 등장인물도 다 똑같아요."

"에피소드 7의 스핀오프인 셈이네. 그건 별로 끌리지 않는데." 레이토는 입가를 삐뚜름하게 해 보였다.

맞아요, 라면서 모토야도 얼굴을 찌푸렸다.

"별로 재미없어요. 대부분 2화에서 싫증이 나서 포기하죠. 일기를 보니까 나도 한참 전에 마지막 화까지 다 보려고 몇 번이나 시도했는데 결국 실패했다네요. 정말 그런가 하고 실은 오늘 아침에도 잠깐 봤는데 역시 따분하더라고요. 너무 안타깝죠, 재미있으면 진짜 오래 즐길 수 있었을 텐데.

어쨌든 다음 날에는 스토리를 죄다 까먹으니까요."

모토야의 자조 섞인 농담을 레이토는 복잡한 마음으로 들었다. 하지만 여기서는 조용히 웃어 주기로 했다.

그 뒤에도 스타워즈에 관한 얘기를 한참 주고받았다. 레이토가 도저히 따라갈 수 없을 만큼 깊이 있는 내용이 많이 나왔지만, 이야기하는 모토야는 신이 난 것 같았다.

콜라 첫 잔을 다 비우자 레이토는 비장의 간식을 꺼냈다. 프루트젤리였다.

한 입 먹어 보더니 모토야는 맛있어요, 하고 감탄했다.

"이건 제과점이 아니라 '다쿠미야 본점'이라는 화과자점의 젤리야. 내가 아는 사람이 거기서 일해서 얼마 전에 선물로 갖다줬어. 다른 때 같으면 금세 먹어 치우는데 남겨 두기를 잘했네."

"화과자점……. 거기에 찹쌀떡도 있어요?"

"찹쌀떡? 아마 있을걸. 근데 너, 찹쌀떡 좋아해?"

"좋아한다고 할까, 꼭 한번 먹고 싶은 찹쌀떡이 있어요. 옛날 우리 집 근처 화과자점에 그게 있어서 자주 가서 먹었거든요. 어디서 떼어다 파는 게 아니라 그 화과자점에서 직접 만든 거였어요. 좀 특이한 게 그 찹쌀떡은 안에 매실이 들었어요. 비슷한 찹쌀떡을 다른 가게에서도 팔길래 주문해서 먹어 봤는데 맛이 전혀 달라요. 뭐가 다른지 잘 설명할 수는 없는데 아무튼 달라요. 그거, 죽기 전에 꼭 한번 먹어 보고 싶네요."

"죽기 전에, 라니 너무 거창하잖아. 그렇게 맛있는 찹쌀떡이라면 사다 먹으면 되지. 집 근처라면서."

"아니, 옛날에 살던 집 근처라서 지금 우리 집에서는 너무 멀어요. 그래도 한번은 지하철을 타고 찾아갔었죠. 근데 거기, 문 닫았더라고요. 할아버지 할머니 부부가 하던 곳이었으니까 어쩌면 돌아가셨을지도 모르겠어요."

"그랬구나……. 그 화과자점, 가게 이름은 알아?"

"그게 잘 기억이 안 나요. 아마 간판은 볼 필요도 없었나 봐요."

집 근처 가게라면 대부분 그럴지도 모른다.

"예전에 살던 집 주소는 기억해?"

"그건 알죠." 모토야는 주소를 술술 말했다. 도쿄 고토구였다. "주소 알아서 뭐 하게요?"

"아는 사람이 화과자점에서 일한다고 했지? 한 번 알아봐 달라고 부탁해 보려고. 혹시 분점이 있을지도 모르니까."

"진짜로 찾아내면 좋겠네요." 그렇게 말하다가 모토야가 아, 하는 소리를 냈다. "이 얘기, 우리 엄마한테는 비밀로 해 주세요."

"왜?"

"옛날 집은 엄마 아빠가 이혼하기 전에 살던 곳이에요. 그래서 얘기하면 좀 그렇잖아요."

"아…… 응, 알았어."

모토야는 젤리를 입에 넣고 고개를 갸우뚱했다.

"남자들은 왜 바람을 피우는지……."

콜라를 마시던 레이토는 하마터면 뿜을 뻔했다. "뭔 소리야, 갑자기?"

"결혼해서 아이도 낳고 좋은 가정을 꾸렸으면서 왜 그걸 무너뜨리는지 행동을 하는지…… 나는 이해가 안 돼요."

"그거, 혹시 아버지 얘기야?"

모토야는 살짝 고개를 끄덕였다. 그렇구나, 라고 말하고 레이토는 한숨을 내쉬었다.

"아버지는 만나니?"

"두 달에 한 번쯤 만나는 거 같아요."

"만나는 거 같다니?"

"수술받은 뒤부터 아빠를 만나도 그게 기억이 안 나서요."

"다녀와서 일기에 기록해 두지 않았어?"

167

"일기에 그런 얘기는 없더라고요. 별로 재미가 없었나."

재미있었다면 일기에 썼을 거라고 말하고 싶은 모양이다.

"아차, 미안." 모토야가 사과했다. "이런 얘기, 난처하죠? 이제 그만할게요."

"아냐. 젤리 더 먹어."

"고마워요." 모토야는 새 젤리에 손을 내밀면서 물었다. "저건 뭐예요?"

그의 시선 끝에 있는 건《헤이, 녹나무》였다. 수십 권이 수북이 쌓여 있다.

"아거?" 레이토는 한 권을 집어 모토야에게 보여 주었다. "시집이야. 이 근처에 사는 여고생이 직접 쓴 거야. 한 권에 200엔에 팔았는데 사 주는 사람이 없었어. 그래서 월향신사에서 한꺼번에 사들여 원하는 사람에게 무료로 나눠 주고 있어."

와아, 하고 모토야는 시집 표지를 들여다보았다. 녹나무 일러스트가 그려져 있다. 시를 쓴 하야카와 유키나가 표지 그림도 직접 그렸다.

"너와는 다르게, 그림은 시원찮지? 양해해 줘."

"그런 생각 안 했는데요?" 모토야는 천천히 종이를 넘겼다. 눈이 글씨를 따라 움직이는 모습이 보였다. 표정만 봐서는 따분해하는 건 아닌 듯했다.

마지막 장까지 다 읽더니 모토야는 팔짱을 척 꼈다. 뭔가 생각에 잠긴 듯 입을 꾹 다물고 있었다.

"왜, 별로야?"

"아니, 그런 거 아니에요." 모토야가 손을 저었다. "다 좋은 시예요. 머릿속에 다양한 이미지가 떠올랐거든요. 그걸 그림으로 그리면 어떻게 될지 생각해 본 거예요."

"그림으로?"

이를테면, 이라면서 모토야는 백팩에서 스케치북을 꺼내 책상 위에 펼쳤다. 그러고는 연필을 손에 들고 뭔가 거침없이 그리기 시작했다. 이윽고 연필을 내려놓고 스케치북을 레이토에게 보여 주었다.

크고 작은 사람 그림자 형상 두 개가 그려져 있었다. 큰 쪽은 머리가 긴 여성으로, 품이 넉넉한 옷을 걸쳤고 양팔을 펼치고 있다. 그 앞에서 마른 몸집의 소년이 그 키 큰 여성을 올려다보고 있었다.

"혹시 이 여성이 녹나무야?"

딩동댕, 하고 모토야는 흐뭇하게 웃었다. "금세 알아보네요?"

"어쩐지 그런 느낌이 들어."

"《헤이, 녹나무》를 읽은 순간에 이런 이미지가 떠올랐어요. 여기서 말하는 녹나무는 여신인 거예요. 몇백 년째 사람들이 살아가는 모습을 지켜보는 여신."

"여신이라……."

레이토는 월향신사의 녹나무를 머릿속에 떠올렸다. 한 번도 모토야처럼 생각해 본 적은 없지만, 듣고 보니 정말 그런 것도 같았다. 그렇구나, 그 나무는 여신인가…….

"이 그림, 나한테 줄 수 있어?" 레이토가 물었다.

"그래도 되지만, 뭐 하려고요?"

"이 시집을 만든 여고생에게 보여 주려고. 가끔 여기에 오거든."

"그렇다면 잠깐만요, 좀 더 꼼꼼하게 마무리할 테니까. 그리고 색칠도 해야죠." 모토야는 백팩에서 색연필 케이스를 꺼냈다.

"그런 걸 전부 들고 다녀?"

"이미지가 떠오를 때, 바로바로 그리려고." 대답하면서도 모토야는 손을 멈추지 않았다. 그림 그리는 걸 진심으로 좋아하는 것이다.

잠시 뒤 완성된 그림을 보고 레이토는 눈이 휘둥그레졌

다. 여신의 의상을 복잡한 주름 곡선까지 짙은 초록색으로 그려 냈다. 그 얼굴에 떠오른 미소에서는 자비로움이 느껴졌다.

"헉, 진짜 대단해!"

모토야가 호주머니에서 스마트폰을 꺼내 그림을 촬영했다. 그러고는 그 한 장을 조심스럽게 떼어 내 여기요, 라면서 내밀었다.

"시간만 되면 좀 더 완벽하게 마무리하고 싶었는데."

"아니, 아니, 이거면 충분해." 레이토는 그림을 받았다. "여고생 시인도 아주 좋아하겠다."

"혹시 마음에 안 든다고 하면 그냥 버려도 돼요."

"그럴 일은 없어. 그보다 이 시집, 괜찮으면 가져가."

"그럴게요. 고맙습니다." 모토야는 스케치북이며 색연필과 함께 시집도 백팩에 챙겨 넣고 스마트폰을 보았다. "시간이 벌써 이렇게나……. 나 때문에 일도 못 했지요? 미안해요."

"괜찮아. 더 놀다 가도 돼."

"오늘은 그만 갈래요. 나만 오면 일을 못 한다고 투덜대면 안 되니까." 모토야는 백팩을 등에 멨다. "또 와도 정말 괜찮아요?"

"안 될 게 뭐가 있어?"

모토야는 잠깐 망설이는 표정을 하고는 입을 열었다.

"목요일 일기에 그렇게 적혀 있었어요. 레이토 씨는 착한 사람이니까 다시 만나도 절대 후회하지 않을 거라고. 근데 오늘 밤에는 이렇게 쓰려고요. 역시 착한 사람이었다, 또 만나러 가라."

"너무 부담 주지 말아 줘."

레이토가 쓴웃음을 짓자 모토야는 재미있다는 듯이 웃었다.

경내를 지나 집으로 돌아가는 모토야를 레이토는 종무소 앞에서 배웅했다.

저녁때 밥을 먹는 중에 하류 사에코에게서 전화가 왔다.

"오늘 시간 내 줘서 고마워요. 엄청 즐거웠다고 모토야가 얘기하던데요. 스타워즈 얘기를 그렇게 길게 해 본 건 처음이래요."

"그렇다면 다행입니다. 저도 즐거웠어요."

"그렇게 말해 주시니 한결 마음이 놓이네요. 다시 찾아갈지도 모르는데, 괜찮을까요?"

"물론이죠. 걱정하지 말고 언제든 보내 주세요."

"고마워요." 사에코는 다시 한번 인사를 해 주었다.

전화를 끊고 밥을 먹으려는데 치후네가 빤히 쳐다보고 있었다.

"어, 왜요?"

"우리 레이토가 누군가에게서 감사 전화를 받다니, 세월의 흐름이 실감이 나는군요."

"아니, 나도 꼭 나쁜 짓만 하는 건 아니라고요."

"잘 알지요. 그런데 방금 한 말은 예전에 나쁜 짓도 했었다, 라는 얘기인가요."

"어휴, 진짜 왜 그러세요." 레이토는 젓가락을 들고 새삼 치후네의 얼굴을 바라보았다. 동시에 모토야가 그린 그림이 머릿속에 떠올랐다.

그 녹나무 여신이 어딘지 모르게 치후네를 닮았다고 생각했다.

16

"그건 매실찹쌀떡이야."

오바 소키는 발을 꼬고 앉아 맥주잔을 기울였다. 양복 상의
는 이미 벗어 버렸고 넥타이도 느슨하게 풀어 둔 모습이다.

"청매실조림이라고, 알아? 매실을 설탕으로 자작하게 졸
여 단맛을 낸 거야. 그걸 찹쌀떡 팥앙금에 넣어. 화과자점
몇 군데서 팔고 있어. 우리는 취급하지 않지만."

"그건 작은 가게에서 직접 만든 거라고 하던데?"

레이토의 말에 소키는 별거 아니라는 듯 차가운 표정으로
입을 열었다.

"만드는 거, 그리 어렵지도 않아. 아마추어라도 할 수 있

어. 그런 만큼 맛은 천차만별이지."

"역시 잘 아네." 레몬소주를 손에 들고 레이토는 소키의
얼굴을 지그시 보았다. "응, 다쿠미야 본점의 후계자다워."

소키가 지겹다는 얼굴을 하고 손으로 탈탈 터는 시늉을
했다.

"그런 말 좀 하지 마. 겨우 그깟 걸로 잘 안다는 칭찬을 들
으면 그게 더 굴욕적이지. 게다가 아직 후계자로 정해진 것
도 아니라고. 지금은 그냥 평사원이야. 과자 만들기의 기초
부터 수업하면서 영업과 판매 수습사원으로 뺑뺑이를 돌고
있어." 그러고는 닭고기를 덥석 물어 꼬치에서 빼냈다.

둘이 역 앞 상점가의 이자카야에 와 있었다. 모토야가 말
했던 찹쌀떡이 마음에 걸려 소키에게 물어보려고 만나자고
했다.

소키는 녹나무 기념을 통해 알게 되었다. 그 이후로 이렇
게 이따끔 만나 한잔하는 사이가 되었다. 지난번에는 소키
가 월향신사로 훌쩍 놀러 왔다. 모토야에게 대접한 프루트
젤리도 그때 가져온 것이다.

"뭔가 짐작 가는 거 없어? 그 화과자점에 대해서."

레이토의 물음에 소키는 흥, 하고 콧김을 내뿜었다.

"일본에 화과자점이 얼마나 많은 줄 알아? 게다가 작은

가게라면서. 인터넷으로 검색은 해 봤어?"

"주소와 화과자점으로 검색해 봤는데 안 나오더라."

"주소, 말해 봐." 소키는 윗옷 주머니에서 스마트폰을 꺼냈다. "화과자점이 아니라 매실찹쌀떡으로 검색해 보자."

레이토가 주소를 알려 주자 소키는 잽싸게 스마트폰을 만졌다. 그러고는 손끝을 부지런히 움직였다. 이것저것 검색하는 모양이다.

"혹시 이건가?" 소키가 눈을 둥그렇게 뜨고 물었다.

"뭔가 나왔어?"

"아, 잠깐만. 확인해 볼게. ……역시 맞네. 아마 틀림없을 거야. 그 화과자점에 대해 블로그에 글을 올린 사람이 있어."

"가게 이름은?"

"이건 화과자점이 아니네. '단맛집'이야."

"단맛집……. 그게 뭐지?"

"너, 몰라? 한자로는 이렇게 쓰는데." 소키는 스마트폰 화면을 레이토에게 보여 주며 글씨를 가리켰다. '甘味堂 야마다'라고 나와 있었다.

"이거, '감미당'이라고 읽는 거 아냐?"

"감미료라는 말도 있으니까 이 한자를 그렇게 음독으로

읽는 사람이 많더라고. 전에는 나도 그랬으니까 잘난 척은 못 하겠지만, 정확하게는 훈독으로 단맛집이라고 해야 해. 뭐, 그런 건 어쨌거나 상관없어. 이 블로그를 보니 '단맛집 야마다'는 4년 전에 폐업했어. 가게 주인이 세상을 떠나는 바람에 그렇게 되었다고 나와 있네. 수제 화과자가 인기였고, 그중 하나로 매실찹쌀떡이 있었다는 거야. 안타깝게도 이 블로그 주인장은 먹어 본 적이 없는지, 맛에 대한 언급은 없어."

"그러고 보니 모토야가 먹으러 갔다고 했어, 사러 갔다고 한 게 아니라. 단맛집이라고 하는 걸 보니 가게에 직접 가서 먹었던 모양이네."

"허 참, 그런 건 먼저 말했어야지. 아무튼 이걸로 궁금증은 해소됐어." 소키는 스마트폰을 테이블에 내려놓았다.

"이제 어떻게 하면 될까?"

"뭘?"

"어떻게든 찾아 주고 싶어서. 그 추억의 찹쌀떡, 아니, 매실찹쌀떡이랬지, 그걸 모토야에게."

"그러고 싶어도 가게가 이미 없어졌다잖아. 찹쌀떡 만들던 주인장도 돌아가셨고. 이건 뭐, 도저히 구하기 어렵지."

"어떻게 좀 해 봐. 이를테면 모토야의 말을 바탕으로 그 맛을 재현해 본다든가." 레이토는 소키를 슬그머니 올려다 보며 말했다.

"재현? 레이토, 좀 물어보자, 그걸 대체 누가 재현하지? 설마 나한테 부탁하려고? 미리 말해 두겠는데, 나도 작업장을 마음대로 쓸 수 있는 처지가 아냐."

"그러지 말고 방법을 좀 찾아봐." 레이토는 한쪽 눈을 찡긋하며 두 손을 맞댔다.

"안 된다니까. 애초에 넌 이쪽 업계를 몰라도 너무 몰라. 똑같은 맛을 내는 게 그리 간단한 일이 아니야. 상세한 레시피가 있거나 만든 사람이 맛을 기억해서 그걸 재현해 내는 거라면 그나마 가능할 수도 있지. 하지만 다른 사람의 기억 속에 있는 맛을 재현하다니, 그게 되겠어? 이를테면 매실찹쌀떡을 만들어 그 아이가 시식을 했다고 치자. 그러면 아이가 좀 더 짜게 해 달라든가 팥앙금 향이 좀 약하다든가 매실을 더 달게 조려 보라든가, 그렇게 알려 줄 수 있어? 그거, 못할 거잖아."

날카로운 지적에 레이토는 끄응, 하고 신음할 수밖에 없었다.

"그건 그래. 비슷한 찹쌀떡을 주문해 먹어 봤는데 맛이 전혀 달랐대. 근데 뭐가 다른지 설명은 못 하겠다고 했어."

"거봐, 근데 어떻게 재현해 내라는 거야."

"응, 무슨 말인지는 알겠어." 레이토는 고개를 끄덕인 뒤 레몬소주를 마셨다. "그래도 어떻게든 그 아이의 소원을 들어주고 싶네."

"왜 그런 것에 집착할까. 기껏해야 찹쌀떡이잖아. 세상에 그보다 훨씬 더 맛있는 게 얼마나 많은데? 그런 얘기를 해주면서 달래 봐. 달콤한 걸 좋아한다면 우리 가게 과자를 갖다줄게. 추천할 게 한둘이 아니야."

"내가 얘기했잖아. 그 아이는 잠들면 그날 일을 전부 잊어버려. 아무리 맛있는 걸 먹어도 기억에 남지 않는다고. 이제 새로운 추억의 맛은 생길 수 없어. 그러니 유일하게 남아 있는 그리운 매실찹쌀떡이라도 찾아 주고 싶지."

소키는 맥주잔을 손에 들고는 어이없다는 듯이 어깨를 으쓱했다.

"제 식구도 아닌데 그렇게까지 챙겨 주다니, 넌 변함없이 사람이 너무 착해 빠졌어. 하긴 그게 좋은 점이긴 하지."

아이구, 하고 레이토는 머리에 손을 얹었다. "과한 칭찬, 부끄럽네."

"칭찬이 아니라 비판이야." 소키는 잔을 내려놓고 손등으로 맥주 거품이 묻은 입가를 훔쳤다. "그러다가 언제 어떻게 뒤통수를 맞을지 모른다는 말이야."

"내 뒤통수를 쳐서 득을 볼 사람이 어디 있다고?"

점원이 곁을 지나가길래 레이토는 고구마소주 오유와리*를 주문했다.

소키는 닭꼬치를 입으로 가져가려다가 그 손을 멈췄다.

"아 참, 월향신사 근처에 경찰이 또 오락가락하던데?"

레이토는 흠칫 놀랐다. "왜, 무슨 일 있었어?"

"지난번에 너 만나고 나오는데 웬 낯선 사람이 말을 걸더라고. 이 신사 관계자냐고 묻는 거야. 아마 내가 종무소에서 나오는 걸 지켜본 모양이지. 종무소 관리인과 아는 사이라고 했더니 경찰수첩을 꺼내 들고 이름이며 직업을 물어봤어. 너랑 어떻게 아는 사이인지도 꼬치꼬치 캐묻고. 아마 그 강도 사건 때문이겠지만, 전에 너한테 듣기로는 구메다 고사쿠라는 아저씨가 프로레슬러의 복면만 훔쳤고, 피해자를 내리치고 돈을 훔쳐 간 자는 따로 있다고 했잖아. 근데 왜 아직도 신사 근처에 경찰이 어슬렁거리고 있어?"

그 사람들인가, 하고 레이토는 당황스러웠다. 며칠 전부터 참배하러 오는 사람 중에 낯선 얼굴이 많아져서 혹시 경찰이 아닌가 하는 생각은 했었다.

* 도수 높은 소주나 위스키 등의 술에 뜨거운 물을 타서 묽게 희석한 음료.

"구메다 씨의 진술을 믿지 않는 건가……."

"그렇다고 쳐도 월향신사는 관계없잖아. 단지 종무소를 방문한 사람에게도 불심검문이라니, 좀 이상하지 않아?"

"나도 모르지, 경찰이 무슨 생각을 하는지는. 그쪽도 나름 대로 생각하는 게 있긴 할 텐데."

"대체 무슨 일이야." 소키는 고개를 갸웃거리며 맥주잔을 들었다.

레이토는 내심 식은땀을 흘리고 있었다. 대략적인 사건 내용은 소키에게 말했지만 진상은 털어놓지 않았다.

경찰이 나를 의심하는지도 모른다고 레이토는 생각했다. 구메다 고사쿠의 어머니 마쓰코와 치후네는 친구 사이고 서로 왕래도 잦은 편이다. 경찰이 그런 점을 파악했다면 구메다 고사쿠와 레이토가 아는 사이고, 공범일 가능성도 있다고 의심하는 건 당연하다.

만일 그렇다면 의심을 받아도 좋다고 레이토는 생각했다. 아무리 의심해 봤자 나는 범행과는 관계가 없다. 그쪽에서 원하는 만큼 실컷 조사해 보라고 하면 된다. 내가 의심을 받는 한, 경찰의 시선이 유키나에게로 향할 염려는 없다.

소주가 나왔다. 고구마소주향이 알맞게 풍겨 왔지만 한 모금 마셔 보고 고개를 갸우뚱했다. "으, 싱겁네."

하하하, 하고 소키가 메마른 웃음소리를 냈다.

"오유와리나 하이볼은 자기 손으로 직접 만드는 게 좋아. 섞는 비율만으로 모든 게 정해지잖아. 자기 취향은 자기밖에 모르는 거야."

"자기 손으로 직접……." 오유와리 잔을 쥔 채 레이토는 생각에 잠겼다. 이윽고 한 가지 아이디어가 번뜩 떠올랐다. 손가락을 딱 튕겼다. "맞아, 바로 그거야!"

"뭐야, 뭔데?"

"매실찹쌀떡."

소키가 얼굴을 찌푸렸다. "아직도 포기를 안 했어?"

"모토야가 직접 만들면 돼."

"매실찹쌀떡을? 어떻게?"

"소키 씨, 부탁 좀 하자. 모토야에게 매실찹쌀떡 만드는 방법을 가르쳐 줘."

"뭐라고?"

"뭐가 필요한지 알려 주면 재료는 내가 다 준비할게. 그래서 모토야 스스로 납득할 만한 맛이 나올 때까지 직접 만들게 하자고."

소키는 미간을 좁힌 채 레이토의 얼굴을 빤히 쳐다보았다. "그거, 진심으로 하는 말이야?"

"물론 진심이지. 만드는 건 그리 어렵지 않다고 했잖아. 중학생이라도 방법만 가르쳐 주면 할 수 있지 않겠어?"

"그야 일단 찹쌀떡이라는 이름이 붙은 건 만들어 낼 수 있겠지. 문제는 그다음이야. 그 아이는 다른 매실찹쌀떡이랑 맛이 어떻게 다른지 정확히 구별하지 못한다면서? 그건 다시 말해 비슷한 맛을 내는 방법도 모른다는 얘기야."

"그래도 아까 만드는 사람이 맛을 기억해서 재현하는 거라면 가능하다고……."

"이런 바보, 그건 오랫동안 요리한 직인 얘기지. 화과자 만들기가 그렇게 만만한 줄 알아?"

"아니, 만만하다는 건 아냐. 아, 그럼 모토야가 요리 수업을 받으면……." 거기까지 말하다가 레이토는 어깨를 툭 떨궜다. "그건 안 되는구나."

소키는 한숨을 내쉬더니 목소리 톤을 한껏 낮춰서 말했다.

"그 애는 잠들면 기억이 리셋된다면서? 안타깝지만 화과자 직인 수업을 하루 만에 끝낼 수는 없어."

"그래, 맞아……." 레이토는 혼잣말처럼 중얼거리고 오유와리를 홀짝 마셨다.

17

그림을 마주한 유키나의 반응은 레이토의 예상을 뛰어넘었다. 몇 번이나 눈을 깜박거리면서 입가를 손으로 가린 채 잠시 꼼짝하지 않았다. 미처 목소리도 내지 못하는 기색이었다.

어때, 라고 레이토가 물었다.

유키나는 속눈썹을 파르르 떨면서 레이토를 보았다.

"굉장해요. 녹나무를 이런 이미지로 떠올려 본 적은 없지만, 이 그림을 보니까 완전히 딱 맞는 거 같아요. 맞아, 그 녹나무는 여신이야, 하고 깊이 공감하게 돼요."

"그 말을 들으면 그림 그려 준 친구도 기뻐하겠다." 레이토는 고개를 끄덕이며 말했다.

레이토는 모토야의 그림을 유키나에게도 보여 주려고 마음먹고 연락했다. 그러자 학교가 끝나면 동생들과 가겠다는 답장이 왔다. 지금 쇼타와 어린 여동생은 경내에서 놀고 있었다.

"근데 그 아이, 가엾네요. 기억장애라니……."

"본인과 얘기해 보면 그리 심각하지는 않은데, 실은 몹시 괴로울 거야."

"그렇겠죠." 유키나의 표정이 어두워졌다. "뇌 관련 질병이 정말 힘들어요. 아직 밝혀지지 않은 게 너무 많아서."

"그러고 보니 어머님도 뇌 쪽의 병이라고 하셨지? 전에 쇼타한테 들었어."

유키나는 살짝 고개를 끄덕였다.

"뇌척수액 감소증이래요. 근데 실은 그것도 확정된 건 아니에요. 증상과 검사 결과를 보니 그 병으로 의심된다는 것뿐이죠. 그래도 요즘 조금씩 좋아져서 예전보다는 오래 걸을 수 있게 됐어요. 다시 일하러 나갈 수도 있을 것 같다네요."

"정말 다행이다. 이제 시집을 팔고 다닐 필요도 없겠네."

"네……." 유키나는 고개를 떨구었다. 시집이 실제로는 거의 팔리지 않았다는 말을 차마 못 하는 것이다.

이제 두 번 다시 그런 이상한 아르바이트는 하면 안 돼, 라고 레이토는 마음속으로 말했다.

유키나는 다시 그림을 들여다보았다. 뭔가 다른 생각에 잠긴 기색이었다.

"왜?"

유키나는 그림에 시선을 떨군 채 중얼거렸다.

"이 아이는 실제로는 어떤 말을 하고 싶었는지……."

"어떤 말?"

"이 그림, 내가 쓴《헤이, 녹나무》를 읽고 떠오른 이미지를 그렸다고 했잖아요. 그 시 속에서 소년은 녹나무에게 짐짓 강한 척하지만, 실은 뭔가 중요한 볼일이 있었어요. 그래서 먼 길을 마다하지 않고 일부러 녹나무를 찾아왔겠죠. 어쩌면 고민이 있었기 때문일 거예요. 근데 그런 말을 못 하고 오히려 강한 척하면서 큰소리를 쳤어요. 그렇게 사람들 모두 저마다 깊은 고민을 안고 있다는 생각으로 이 시를 썼어요. 그렇다면 이 아이는 어떤 고민을 안고 있을까요."

"그런 거구나……."

레이토는 내심 깜짝 놀랐다. 이 그림을 그런 식으로도 해석하다니, 뜻밖이었다. 아니, 그보다《헤이, 녹나무》에 그런 의미가 담겼다는 것도 처음 알았다.

"모토야라는 아이가 이 그림에 자신의 마음을 담았다면 녹나무에게 털어놓으려던 고민은 역시 자신의 병에 대한 거겠죠."

"그렇겠네."

"흠······." 유키나는 뭔가 궁리하는지 눈꼬리를 늘어뜨리고 한숨을 쉬었다.

"왜?"

"이 그림으로 스토리를 만들어 보려고요. 녹나무와 소년이 나눈 대화를 이어서 써 보면 어떨지······."

"스토리를? 시가 아니고?"

네, 하고 대답하더니 유키나는 겸연쩍은 웃음을 보였다.

"시를 쓰는 것도 좋지만, 언젠가는 스토리를 써 보고 싶거든요."

"소설이라든가?"

"아니, 그런 대단한 건 아니고." 유키나가 손을 저었다.

"그야 좋지. 뭐든 마음껏 써 봐. 모토야도 좋아할 것 같은데?"

"하지만 모토야의 병에 대한 고민을 함부로 묘사할 수도 없고, 그렇다고 완전히 배제하는 것도 어려울 거 같아요."

"응, 그러네."

스토리를 쓴다는 것 자체가 레이토는 전혀 해 본 적이 없는 발상이었다. 그러니 당연히 섣부른 조언을 할 수도 없어서 멋쩍게 머리만 긁적였다.

"뭐, 그래도 어떻게든 생각해 봐야죠." 유키나는 그림을 양손에 들고 환하게 웃었다.

유키나는 종무소 밖에 있던 쇼타와 여동생을 불러 셋이 나란히 돌아갔다. 그 단란한 뒷모습에서 강도 사건의 그림자는 느껴지지 않았다. 정말로 그런 건 하루빨리 털어 내고 밝게 지냈으면 좋겠다고 레이토는 생각했다.

그리고 사흘 뒤, 유키나에게서 메시지가 왔다. 아이디어가 떠올라서 들려주고 싶다, 내일 방과 후에 월향신사에 가도 되겠느냐는 내용이었다. 레이토는 나 같은 문외한이라도 괜찮다면, 이라고 답장을 보냈지만, 적잖이 불안했다. 아이디어를 들어 봤자 참고가 될 만한 의견 따위가 자신에게서는 나올 리가 없다.

어떻게 할까 궁리하던 끝에 불현듯 생각나는 게 있었다. 스마트폰을 집어 들었다. 전화를 건 상대는 하류 사에코다. 곧바로 연결되었다.

"마침 잘됐네요. 나도 전화할까 말까 망설이던 참인데."

사에코가 반가워하는 목소리로 말했다.

"무슨 일이신데요?"

"모토야가 레이토 씨를 만났던 날의 일을 나한테 꼬치꼬치 캐묻네요. 집에 돌아온 뒤에 자기가 어떤 얘기를 했느냐, 기뻐하는 것 같았느냐……. 그날 쓴 일기를 보고 무척 궁금했던 모양이죠. 또 레이토 씨를 만나고 싶은가 봐요. 그래서 미안하지만, 다시 부탁해 볼까 하던 참이었어요."

"아, 마침 잘됐어요. 실은 저도 그 일로 전화했거든요. 내일 모토야는 다른 일정이 있습니까?"

"내일? 아뇨, 딱히 별다른 건 없어요."

"그러면 내일 월향신사에 가겠느냐고 물어봐 주세요. 모토야한테 소개해 줄 사람이 있거든요. 지난번에 모토야가 시집 얘기를 하지 않았나요?"

"얘기 들었어요. 녹나무 시집 말이죠? 그걸 읽고 머릿속에 떠오른 이미지를 그렸다던데. 스마트폰으로 찍어 온 걸 나한테 보여 줬어요."

"맞아요, 그 시집을 쓴 친구가 내일 월향신사에 오기로 했어요."

레이토는 유키나와 나눈 대화를 들려주었다.

"모토야가 그 시에 영감을 받아 그림을 그리고, 그 그림을

본 시인이 이번에는 스토리를 쓴다니, 너무 흥미롭지요? 그
래서 모토야도 함께하면 어떨까 하고요."

"와아, 멋진 일이네요. 알았어요, 모토야한테 물어볼게
요. 근데 대답은 내일 아침에 해도 될까요?"

오늘 얘기해도 내일이면 모토야가 잊어버리기 때문일 것
이다.

"물론이죠. 기다리겠습니다." 그렇게 말하고 전화를 끊
었다.

전화는 다음 날 아침 오전 9시에 왔다. 레이토는 이미 신
사에 나와 경내 청소를 하고 있었다. 사에코가 말하길 모토
야가 가겠다고 대답했다고 한다.

"오늘 아침에도 그날 일기를 읽어 보더니 이 시인과 꼭 얘
기해 보고 싶다네요."

"좋죠. 그럼 오후 3시쯤에 만나자고 전해 주세요."

"알겠어요. 레이토 씨, 우리 모토야를 위해 이렇게 애써
주고……. 정말 미안하고 고마워요." 사에코의 말에는 진심
으로 고마워하는 마음이 담겨 있었다.

"아니에요, 제가 하고 싶어서 하는 일인데요, 뭘."

겸연쩍어서 해 본 말이지만 진심이기도 했다.

오후 3시가 되기 전에 모토야가 종무소에 도착했다. 지난

번과 마찬가지로 "나오이 레이토 씨입니까?"라고 물었다.

"응, 내가 레이토야. 어서 들어와."

모토야는 종무소 안을 흥미로운 듯 둘러보고는 고개를 끄덕였다.

"왜?"

"희미하게 기억나는 장면 그대로여서요. 낡고 좁고 잡다한 것들이 있는 곳."

레이토는 덜컥 무릎을 꺾어 보였다. "평가가 너무 엄격한 거 아냐?"

"그래도 일기에는 옛날 분위기에 나름대로 깨끗이 청소했다고 적혀 있었어요. 오늘의 나도 똑같은 의견이고."

"그거, 칭찬 맞지? 고맙네. 일단 앉아. 마실 건 뭐로 할까. 참고로, 지난번에는 콜라였어. 오늘은 거기에 우롱차와 녹차도 있어."

"그럼 우롱차."

알았어, 라고 대답하고 레이토는 냉장고를 열었다.

"일기에 또 어떤 내용이 있었어?" 우롱차가 든 유리잔을 모토야 앞에 내주면서 레이토는 물었다.

"스타워즈에 관해 레이토 씨와 얘기를 많이 나눴다고. 레이토 씨는 애니메이션 시리즈는 안 봤지만 상당히 잘 아는 편이라던데요?"

"아이쿠, 잘 안다고 할 정도는 아냐. 그보다 지난번에 어디까지 얘기했더라?"

"카일로 렌에 대한 험담이요. 다스 베이더를 동경한 것까지는 좋은데, 복면이 단순한 코스프레인 것에 실망했다고 레이토 씨가 말했어요."

아하하, 하고 레이토는 웃었다.

"그런 얘기를 했어? 난 전혀 기억이 안 나. 나도 일기를 써야 하나."

모토야도 입가를 풀고 웃더니 뭔가 생각난 얼굴로 백팩을 열었다. 안에서 꺼낸 건 시집이었다.

"이 책에 관한 얘기도 있었어요. 내가 시를 읽고 그림을 그렸다는 것도."

"그래." 레이토는 고개를 위아래로 끄덕였다. "어머니한테 들었는지도 모르지만, 모토야의 그림을 보고 이 시집을 만든 학생이 스토리를 만들어 볼 생각이래. 어떤 스토리인지는 나도 아직 잘 몰라. 이제 곧 와서 얘기해 주기로 했어."

하야카와 유키나라는 여고생이라고 이름을 알려 주었다.

모토야는 스마트폰을 꺼내 화면을 레이토에게 보여 주었다. 지난번 그 그림이었다.

"이 그림을 그렸을 때의 기분, 엄청 잘 알아요. 오늘 아침에 시를 읽고 나도 똑같은 이미지가 떠올랐으니까요. 하지만 이 그림에서 어떤 스토리가 나올지, 전혀 상상도 못 하겠어요."

"유키나 말로는 주인공 소년이 여신에게 고민을 털어놓고 싶어 한다고 했어."

고민, 이라고 중얼거린 뒤에 모토야는 살짝 턱을 당겼다. "그럴지도."

"공감하는 거야?"

"시를 읽었을 때 생각했거든요. 녹나무에게 강한 척 뻐기고는 있지만, 실은 도와줬으면 하는 게 아닐까…… 그래서 이런 이미지가 떠오른 거예요."

"아, 그렇구나."

유키나는 이미 모토야의 숨은 마음을 간파한 것이다. 감성이 통한다는 게 이런 건가, 하고 레이토는 생각했다.

잠시 뒤에 유키나가 도착했다. 그녀에게는 모토야도 초대했다는 얘기를 안 했기 때문에 그를 보고는 약간 당황한 기색이었다. 하지만 레이토가 함께 얘기를 들어 보는 게 좋겠다고 말하자 곧바로 웃으면서 고개를 끄덕였다.

유키나가 가방에서 그림을 꺼냈다.

"내 생각에는, 이 여신과 마주한 아이는 꿈을 찾지 못한 소년인 거 같아. 지금까지 자신이 걸어온 길을 돌아보니 앞으로 환한 미래가 기다린다는 확신이 들지 않았고, 그래서 꿈도 찾지 못한 거야. 시 속에서 '몸은 작아도 꿈은 크거든?'이라고 큰소리를 치지만, 실제 속마음은 정반대인 거지."

"그거, 완전히 내 얘기네요." 모토야가 말했다. "미래는커녕 당장 내일도 알 수 없으니까."

"너를 모티프로 삼긴 했지만, 이건 누구에게나 해당하는 얘기야." 유키나가 입을 툭 내밀며 진지하게 말을 이어 갔다. "나도 하루하루 버티면서 가까스로 살고 있어. 앞날을 생각해 볼 여유 따위는 없어. 내 앞에 어떤 미래가 기다릴지, 생각하면 불안하기만 해. 아마 많은 사람이 그렇지 않을까?"

그녀의 말에 납득했는지 모토야가 말없이 고개를 끄덕였다.

유키나가 레이토를 돌아보았다.

"그런 고민을 소년이 녹나무에 털어놓는다……. 그런 스토리를 만들어 보려고요."

"좋은데? 그리고 그다음은 어떻게 되지?"

"그건 이제부터 생각해 봐야죠. 우선 의견을 듣고 싶어요.

이를테면 레이토 씨가 녹나무라면 소년에게 어떤 말을 해 줄까요?"

"내가 녹나무라면?" 레이토는 고개를 갸우뚱했다. "환한 미래를 원한다면 어쨌든 지금 열심히 노력해라……."

픔, 하고 모토야가 웃음을 터뜨렸다. "도덕 수업 같아."

유키나도 쓴웃음을 지으며 얼굴을 숙였다.

"너무 흔해 빠진 조언이지?" 레이토도 인정할 수밖에 없었다. "그럼 모토야라면 어떻게 말할 거야?"

"나라면……." 모토야는 팔짱을 끼고 잠시 생각한 뒤에 입을 열었다. "그 소년의 미래를 보여 준다?"

"어머, 왜?" 유키나가 뜻밖이라는 목소리를 냈다.

"결국 미래를 모르니까 이래저래 고민하는 거잖아요. 그렇다면 바로 보여 주면 되죠. 미래를 볼 수만 있다면 나도 꼭 보고 싶어요. 아마 별로 좋은 미래는 아니겠지만, 그래도 볼 거예요."

"맞다, 그거네!" 유키나가 손뼉을 딱 치며 말했다. "녹나무 여신은 미래를 예견하는 능력이 있어. 그걸 알게 된 소년이 자신의 미래를 보여 달라고 부탁하러 찾아간다. 그런 스토리로 시작하면 되겠다."

"좋아요!" 모토야도 눈빛을 반짝였다. "그런데 문제는 무슨 이유로 그 소년이 미래를 보고 싶어 하느냐는 거예요."

"분명 이런저런 괴로운 일을 겪었겠지. 가난하다거나 친한 사람이 죽었다거나 그래서 더 이상 내일을 기대할 수 없었고, 결국은 미래를 알고 싶어 하게 되었다······."

"아, 잠깐만요." 모토야가 백팩에서 스케치북을 꺼내 책상 위에 펼쳤다. 이어서 곧바로 연필을 꺼내 뭔가를 막힘없이 그리기 시작했다.

레이토가 입을 헤벌린 채 지켜보는 동안에 점차 구체적인 그림이 만들어져 갔다. 그것은 소년의 모습이었다. 외롭게 어깨를 떨군 채 걷고 있다. 그리고 소년의 주위에도 그림 여러 개가 채워졌다. 이윽고 그게 소년의 추억이라고 짐작할 수 있었다. 침대에서 누운 채 죽어 가는 누군가를 간호하는 모습, 따돌림을 당하는 모습, 그리고 쓰레기통에 버려진 빵을 배고픈 눈빛으로 빤히 바라보는 모습 등이다. 모두 다 간단한 스케치였지만 현실감이 충분히 느껴졌다.

유키나는 중간쯤부터 와아, 대단해, 대단해, 라는 말을 연발했다.

"이미지가 딱 맞아. 소년이 괴로워하는 심정이 고스란히 전해지네. 절망에 빠져 어떻게 해야 좋을지 모르는 거야."

"그래서 이 소년은 어떻게 했을까요?" 모토야가 물었다.

유키나는 이마에 손을 짚고 심각한 표정을 짓더니 잠시 뒤 빛을 얻은 듯이 얼굴이 환해졌다.

"예전에 누군가 얘기해 준 게 생각난 거야. 미래를 알려 주는 녹나무가 있다는 이야기. 그래서 소년은 그걸 찾아 여행을 떠나기로 했어."

"여행? 어디로?"

"여기저기 다양한 곳이야. 험준한 산이며 사막, 정글 같은 데."

모토야는 스케치북을 한 장 넘겨 다시 새 그림을 그려 나 갔다. 눈 깜짝할 사이에 높이 솟은 산을 허덕허덕 올라가는 소년의 모습이 드러났다.

"그래, 이런 느낌이야. 진짜 대단하다." 유키나가 몸을 들 썩거리며 말했다.

레이토는 자리에서 조용히 일어나 두 사람이 마실 것을 챙겨 주기로 했다. 아무래도 내가 나설 자리가 아니구나, 라 고 생각했다.

내일의 나에게

오늘 월향신사에 갔다. 내가 그린 녹나무 여신에서 영감을 받아 이야기를 만들기로 한 사람이 온다고 했으니 함께 얘기를 들어 보자고 나오이 레이토 씨가 제안했기 때문이다.

나오이 레이토 씨에 관한 것은 전에 쓴 일기에도 몇 번 나오지만, 그 얘기대로 착한 사람이었다. 종무소 안이 깨끗이 청소돼 있다고 말했더니 진짜로 기뻐하는 표정을 보였다.

이야기를 쓰는 사람은 하야카와 유키나라는 여고생 누나

다. 3학년이라고 한다. 아까 초상화를 그려 봤는데, 별로 닮지 않은 것 같다. 그래도 기억에는 남을 것이다.

스케치북에 그려 놓은 그림은 유키나 씨와 함께 생각해 낸 스토리의 삽화다. 그림 뒤쪽에 각각의 스토리를 간단히 적어 두었다.

소년에게 미래를 실제로 보여 주자는 건 내 의견이었다. 거기서부터 유키나 누나가 이런저런 스토리를 만들어 냈다.

다음 주 토요일에 또 만나기로 약속했다. 그때까지 그림을 마무리하는 게 내가 할 일이다. 내일의 나도 스토리를 읽어 보면 분명 그림을 그리고 싶을 것이다. 만일 그리지 않겠다면 그 이유를 꼭 일기에 적어 둘 것. 왜냐면 유키나 씨와 약속한 일이니까. 나는 그 약속을 깨고 싶지 않다.

토요일에는 절대로 다른 일정을 넣지 말라고 엄마에게 부탁해 뒀다.

오늘의 나는 여기까지.

토요일 아침에 잠에서 깨어날 내가 부럽다.

19

모토야와 유키나가 처음으로 대화를 나누고 간 뒤로 이틀이 지났다. 레이토가 도리이 주변을 쓸고 있는데 한 중년 남자가 돌계단을 올라왔다. 낯익은 얼굴이었다.

레이토는 대빗자루를 든 손을 멈추고 남자가 마저 올라오기를 기다렸다. 그쪽에서도 이미 레이토를 봤는지 약간 겸연쩍은 웃음을 짓고 있었다.

돌계단을 다 올라서자 어이, 하고 구메다 고사쿠가 말을 건넸다. "오랜만이야. 여전히 열심히 일하네."

"아저씨도 생각보다 건강해 보이네요, 그런 일을 겪었는데."

"누가 아니래, 정말 힘들었어. 없는 죄로 며칠씩 감옥에 갇혀 있었지 뭐야. 운수 사나운 귀신이 붙었나 봐. 굿이라도 한 판 해야 하나. 이 신사는 그런 건 안 하나? 아, 그리고 악운을 쫓는 부적도 있으면 좋겠는데."

"그런 건 안 합니다. 악운을 쫓는 부적도 없어요."

"그래? 신사라면서 그런 게 하나도 없어?"

"아저씨가 할 말은 아니죠. 만일 그런 게 있더라도 유료예요. 어차피 살 돈도 없으면서."

"하하하, 돈 얘기가 나오니 꼼짝 못 하겠네." 그가 태평하게 말했다.

"애초에 아저씨가 아무 죄도 없는 사람은 아니죠. 남의 집에 몰래 들어가 프로레슬러의 복면을 훔쳤잖아요. 그 정도면 틀림없는 절도죄예요."

구메다는 아니, 아니, 하고 검지를 내둘렀다.

"얘기 못 들었어? 그 복면은 원래 내 거였어. 그걸 찾으러 갔던 것뿐이라고."

"억울하게 뺏긴 게 아니라 그쪽에 팔았다면서요. 그렇다면 더 이상 아저씨 물건이 아니에요. 그런 걸 몰래 가져왔으니 도둑이죠. 게다가 그것도 결국 가짜였다면서요?"

"그렇다니까. 어떻게 그럴 수가 있어? 완전히 속았어. 그런 줄 알았으면 내가 왜 찾아올 생각을 했겠어. 진짜 별의별 약아빠진 사람이 다 있다니까." 구메다는 그야말로 억울하다는 얼굴로 말했다.

"뭐, 아저씨가 진짜 바보였다는 얘기네요."

레이토는 빗자루와 쓰레받기, 쓰레기봉투를 들고 종무소를 향해 걸음을 옮겼다.

"근데 그 아이는 어떻게 지내고 있지?" 구메다가 옆으로 다가와 나란히 걸으면서 물었다.

"그 아이라뇨?"

"시인 여고생 말이야. 여기서 만났잖아."

레이토는 동요한 게 표정에 드러나지 않도록 조심했다. "그 학생은 왜요?"

"아니, 별일은 아니고 그냥 요즘 어떻게 지내는지 궁금해서. 나한테 시집도 줬잖아."

"줬다니요?" 레이토는 발을 멈추고 구메다를 돌아보았다. "잊어버린 거 같아서 말씀드리는데, 책값은 다음에 생각나면 가져오라고 했지 공짜로 준 기억은 없거든요? 마침 잘됐네, 지금 주세요, 200엔." 쓰레기봉투를 발밑에 내려놓고 오른손을 쑥 내밀었다.

"미안한데, 지금 가진 게 없어."

"또 그 소리예요?" 레이토는 어이가 없어서 다시 쓰레기 봉투를 들고 걸음을 옮겼다. "이제 나이도 웬만하신데 언제까지 어머니한테 얹혀사실 거예요?"

"난들 어쩌겠어, 경찰에 잡혀갔으니 일을 하려야 할 수도 없고."

"잡혀가기 전에도 일을 안 했잖아요. 나이 든 어머니를 고생시키고, 창피하지도 않아요?"

"나도 미안한 마음이 왜 없겠어. 근데 일자리가 생기지를 않으니 어떻게 해 볼 수가 없어."

"거짓말도 참 잘하셔. 어머니 연줄로 어렵게 취직을 해도 번번이 때려치웠으면서."

"어, 어떻게 알았어? 아하, 그렇구나. 레이토 이모님과 우리 어머니가 동창이라는 얘길 듣고 깜짝 놀랐어. 알고 보니 우리가 보통 인연이 아니더라고."

"됐거든요, 아저씨하고 인연 같은 거?"

"그나저나 아까 내가 물어본 거, 아직 대답을 못 들었는데." 옆에서 걸으면서 구메다가 다시 물었다.

"뭘 물어보셨더라?"

"아니, 그러니까 그 애 말이야, 시집 만든 아이. 여기 자주 와?"

레이토는 대답하지 않고 총총히 종무소로 향했다.

구메다가 묻는 이유는 짐작이 갔다. 그는 모리베 도시히코의 머리를 내리치고 현금을 가져간 범인이 하야카와 유키나라는 것을 알고 있다. 하지만 그가 누명을 쓰고 체포된 상황에서도 그 사실을 결코 밝히지 않았다. 마쓰코가 말하기를, 여태까지 한 번도 남에게 도움이 되지 못했던 자신이 누군가를 구해 줄 수 있는 기회는 앞으로 평생 없을지도 모른다는 생각에 무슨 일이 있어도 그 아이를 지켜 내기로 결심했다고 한다. 그렇게까지 진심을 다해 지켜 낸 일이었으니 유키나의 근황을 알고 싶은 것도 당연하다.

"왜 아무 말이 없어?" 구메다가 불만스러운 듯 대답을 재촉했다.

종무소 앞에 도착하자 레이토는 청소 도구와 쓰레기봉투를 내려놓고 새삼 구메다를 돌아봤다.

"유키나 얘기라면 네, 가끔 와요. 저걸 여기에 비치해 뒀거든요." 레이토는 종무소 앞의 계산대를 가리켰다. 여전히 시집이 무더기로 쌓여 있다. "사람들이 몇 권이나 가져갔는지, 궁금한 모양이에요."

"그랬구나. 건강하지?"

"내가 보기에는 건강하게 잘 지내는 거 같아요."

"그렇다면 참 다행이네." 구메다는 실눈이 되어 웃으면서 고개를 끄덕였다.

문득 돌아보니 경내에 낯선 남녀 두 명이 걷고 있었다. 신전 쪽으로 가는 것도 아니고 그저 산책하는 기색이었다.

구메다는 계산대로 다가가 《헤이, 녹나무》 시집을 손에 들었다.

"야아, 좋다, 한 편 한 편 읽어 볼수록 마음이 따듯해지는 이 느낌. 그 여학생은 분명 예쁜 마음을 가진 친구야. 그런 아이는 꼭 행복해졌으면 좋겠어."

"그건 나도 동감이에요."

레이토는 복잡한 심경으로 구메다의 옆얼굴을 바라보았다. 지금까지 제대로 살아오지 못했다고는 하지만, 이번 일을 계기로 앞으로 그도 다부진 성품으로 바뀌었으면 하는 바람이 들었다.

"근데 레이토, 나를 보면서 얘기해 줄래?" 시집을 펼쳐 책장에 시선을 둔 자세 그대로 구메다가 말했다. 목소리 톤이 나지막했다. "아까부터 경내에 중년 커플이 와 있는 거, 눈치챘어? 남자 쪽은 회색 양복 차림, 여자는 파란색 옷이야. ……아, 그 사람들 쪽은 쳐다보면 안 돼."

"저 두 사람이 왜요?"

"형사들이야. 지금 나를 감시하고 있어. 아까 집에서 나올 때부터 나를 미행했어."

"헉, 아저씨를 왜 미행해요?"

구메다는 시집을 펼쳐 든 채 잘게 몸을 흔들며 웃었다.

"그거야 뻔하지. 석방되었다고 해도 나는 처분 보류의 몸이야. 혐의가 전부 없어진 게 아니라고. 그러기는커녕 저이들은 틀림없이 내가 강도치상 사건에 관여했다고 믿고 있어. 하긴 상황을 생각하면 그럴 만도 하지. 절도범과 강도범이 같은 날 비슷한 시간에 같은 집에 침입하다니, 개그 콩트 같잖아. 그러니 형사들도 내 행적을 철저히 감시하면서 꼬리가 잡히기만을 기다리는 거야."

"꼬리가 잡히다니, 이를테면 어떤?"

"같이 침입한 사람, 즉 공범을 찾는 거야. 모리베에게 현금을 보낸 레터 팩이 있었잖아. 나는 구류 중이라서 그런 건 보낼 수 없었어. 그렇다면 누가 보냈느냐. 그 가장 유력한 후보는……." 구메다는 시집을 덮고 레이토를 손끝으로 가리켰다. "월향신사 관리인."

"나요?"

"아마도."

"우리 이모님이 아저씨 어머님과 친구 사이라서?"

구메다는 고개를 갸우뚱했다.

"그런 간단한 얘기가 아닌 거 같아. 다만 석방 전에 레이 토에 대해 꼬치꼬치 캐물었어. 만난 건 딱 한 번뿐이고 이름 도 잘 모른다고 말했지만 전혀 믿지 않는 눈치였지. 뭔가 경 찰이 레이토를 의심할 만한 다른 이유가 있는 거 아닌가?"

레이토는 생각에 잠겼다. 소키도 비슷한 말을 했었지만 그리 심각하게 받아들이지는 않았다. 나를 의심할 거면 어 디 실컷 의심해 보라고 가볍게 흘려 넘겼다.

"모르겠어요. 전혀 짐작 가는 게 없는데?"

"그렇다면 됐어. 나도 레이토가 그 사건에 관여했다고는 요만큼도 생각하지 않으니까." 구메다는 들고 있던 시집을 제자리에 돌려놓았다. 그 참에 곁에 세워진 팻말을 봤는지 놀란 소리를 냈다. "레이토, 이거 어떻게 된 거야?"

그 팻말에는 '마음에 드시면 무료로 드립니다'라고 적혀 있다.

"나한테는 한 권에 200엔이라고 했잖아."

"돈 내고 사 가는 사람이 없어서 무료로 주기로 했어요."

"그럼 나도 이제 시집 값은 안 내도 되겠네."

"그때는 엄연히 유료 기간이었거든요? 그 기간이 지난 다 음에 무료가 된 거예요."

"그게 뭐야, 어떻게 이럴 수가 있어?"

"괜히 시비 걸지 마시고요. 시집을 슬쩍 가져가려고 했으면서 뭔 큰소리예요? 200엔, 빨리 주세요. 안 그러면 절도죄가 두 건이 될 거예요."

"쳇, 알았어. 다음에 주면 되잖아."

그럼 이만, 이라고 말하면서 구메다는 발길을 돌렸다. 경내를 가로질러 돌계단을 내려갔다. 그러자 거리를 조금 두고 커플 중 여자가 구메다를 슬슬 따라가는 게 보였다. 감시를 당한다는 게 사실인 모양이다.

뒤에 남은 남자는 도리이에 기대서서 스마트폰을 만지작거리고 있었다. 흘끗 레이토 쪽으로 시선을 던졌다가 다시 고개를 숙였다.

레이토는 새삼 깨달았다. 감시를 당하는 건 구메다 고사쿠 한 사람만이 아닌 것 같다……

20

토요일이 두 명의 10대에게는 특별한 날이 된 모양이다. 유키나와 모토야가 월향신사 종무소에 나와 그림책 제작 회의를 하는 날인 것이다. 유키나는 자신이 생각해 온 이야기를 들려주고, 그걸 들은 모토야는 즉석에서 이미지를 슥슥 그려 나간다. 그 그림은 다음에 만날 때까지 완성해서 회의 시작 전에 발표한다, 라는 순서다. 그런 모임을 벌써 세 번이나 했다.

처음 만났던 날에 느꼈던 대로 레이토가 나설 자리는 전혀 없었다. 그들을 위해 해 줄 수 있는 일이라고는 장소와 음료를 제공하는 것뿐이다. 하지만 두 사람의 대화는 곁에서 듣는 것만으로도 재미있었다. 유키나가 만들어 낸 스토리에 감탄했고, 그걸 그 자리에서 그림으로 척척 바꿔 표현하는 모토야의 재능에는 혀를 내둘렀다.

두 사람의 세 번째 모임이 끝나고 그다음 날, 즉 일요일에 하루 사에코에게 연락이 왔다. 긴히 할 말이 있어 만났으면 한다는 것이다. 그날 밤에는 기념 예약이 없어 신사에 나가지 않을 생각이었지만 종무소에서 만나기로 했다.

"번번이 우리 아이가 큰 신세를 지고 있네요." 종무소에서 마주하자 사에코는 깊숙이 머리를 숙였다. 그러고는 종이 가방을 내밀었다. "별거 아니지만 받아요." 겉에 고급 제과점 로고가 찍혀 있었다.

레이토는 당황했다. "나는 아무것도 한 게 없어요. 받을 수 없습니다."

"천만의 말씀을." 사에코가 손을 내저으며 말했다. "지금까지 아무도 하지 못한 것을 해 줬어요. 모토야에게 산다는 기쁨을 알려줬잖아요. 그토록 활기찬 모습은 정말 오랜만이에요. 그런 날은 안 올 거라고 포기했었는데…… . 진심으로 감사드려요. 레이토 씨는 대단한 분이에요."

"그건 아니고요. 대단한 건 그 두 아이예요."

레이토는 얼굴이 달아오르는 걸 느꼈다. 누군가에게 이

런 식으로 칭찬받아 본 적이 없었기 때문에 어쩐지 민망하기만 했다.

"고마워요. 이건 우리의 소소한 마음이니까 받아 줘요."

사에코가 다시 종이 가방을 내밀었다.

그리 말하는데 끝까지 사양하는 것도 이상하다 싶어서 고맙습니다, 라고 인사하고 레이토는 종이 가방을 받았다. 그리고 서둘러 의자를 가리켰다. "여기 앉으세요."

자리에 앉자 사에코는 온화한 웃음을 건넸다.

"모토야는 아침에 일어나면 우선 일기부터 봐요. 기억은 사라졌지만 일기를 봐야 한다, 일기를 보면 즐거워진다, 그런 예감이 든대요. 그렇게 일기를 읽는 동안은 그곳에 적어 놓은 일을 다시 체험하는 기분이 드는 모양이에요. 전날에 그리다 남겨 둔 그림을 어떻게 마무리해야 할지도 저절로 알게 되고."

"그렇군요."

모토야가 어떤 마음인지 레이토는 상상이 되지 않았다. 하지만 재미있었다면 참으로 다행이라고 생각했다.

"그런데 하실 얘기라는 건……." 레이토가 물었다. 단순히 감사 인사를 하기 위해 이곳까지 찾아온 건 아닐 터였다.

"실은 다다음 달에 모토야의 생일이 있어요. 그래서 뭔가

상을 좀 줄 생각이에요."

"상이라……."

"모토야는 학교도 가지 않고 학원이나 스포츠 클럽에도 못 가요. 그래서 축하나 상을 받을 기회가 전혀 없어요. 하지만 모토야가 요즘 의욕적으로 뛰어드는 일이 생겼잖아요. 그림책을 만들겠다는 꿈이. 그래서 그 꿈을 응원하는 마음을 표현해 주고 싶어요."

아, 하고 레이토는 수긍했다.

"좋은 생각인데요. 한마디로 뭔가 선물을 주는 거겠네요."

"바로 그거예요. 어떤 선물을 해야 모토야가 기뻐할지, 아무리 생각해 봐도 딱 짚이는 게 없네요. 뭘 갖고 싶다고 말한 적도 없고, 가고 싶은 데가 있는 것도 아니고. 그래서 레이토 씨와 상의해 보려고 오늘 이렇게 시간을 내 달라고 한 거예요."

"그러셨군요. 그런데 제가 아직 만난 지 얼마 안 된 데다 만날 때마다 첫 만남 같아서 모토야를 잘 아는 건 아니에요."

"우리 모토야는 레이토 씨에게는 마음을 활짝 열었던데요? 정말 드문 일이에요. 아니, 지금까지 이런 일은 없었죠.

그래서 레이토 씨에게는 뭔가 중요한 것도 털어놓았을 거 같은데…….”

“모토야와 나눈 얘기라면 스타워즈에 관한 게 많았어요. 그러니까 선물이라면 스타워즈 관련 굿즈나 피규어는 어떨까요?”

하지만 그리 탐탁지 않은 제안인지 사에코가 고개를 갸우뚱했다.

“그건 이미 너무 많아서 한두 개 더 줘 봤자 별로 좋아하지 않을 텐데……. 가능하면 나도 모르는 소원 같은 걸 들어줬으면 좋겠어요. 물론 가장 큰 소원은 병이 낫는 것이겠지만, 그건 내가 어떻게도 해 줄 수 없는 일이라서…….”

“어머니도 모르는 소원…….”

“혹시 모토야가 그런 얘기를 한 적은 없어요?”

레이토는 기억을 더듬어 보았다. 매주 토요일에 만나기는 했지만 최근에는 그림책 만드는 일에 몰두해서 입을 열면 온통 그 얘기뿐이었다.

잠시 생각을 더듬고 있었더니 사에코가 미안한 듯이 말했다.

“갑자기 이런 질문, 당황스럽겠네요. 아들의 소원이 뭔지도 모르다니 과연 엄마로서 자격이 있는지, 제가 부끄럽군요. 미안해요, 그냥 잊어버리세요. 역시 내가 좀 더 고민해 보는 게 좋겠어요."

"도움이 되어 드리지 못해 죄송합니다."

아니, 아니, 하고 그녀는 손을 내저었다.

"내가 생각이 짧았어요. 모토야가 레이토 씨를 좋아하는 게 반가워서 나도 모르게 의지하려고 했나 봐요. 이래서는 안 되는데." 사에코는 힘없이 웃는 얼굴로 자리에서 일어섰다. "일요일인데 귀한 시간을 빼앗아서 미안해요. 그 과자, 되도록 빨리 드세요. 입에 맞았으면 좋겠네요." 레이토 옆에 놓인 종이 가방을 보며 말했다.

"네, 이모님과 잘 먹겠습니다."

레이토의 시선도 무심코 양과자 포장지로 향했다. 그 순간 중요한 것이 퍼뜩 생각났다.

그럼 실례했습니다, 라고 말하며 사에코가 종무소를 나가려고 했다. 그 등을 향해 잠깐만요, 하고 불러 세웠다.

"생각해 보니 모토야가 소원 얘기를 한 적이 있어요. 예전에 좋아했던 것 중에 꼭 먹어 보고 싶은 게 있다고 했습니다."

"먹어 보고 싶은 거? 그게 뭐죠?"

"그게……, 찹쌀떡이에요." 잠시 망설이면서 레이토는 말했다. 엄마한테는 비밀로 해 달라고 모토야가 당부했던 게 떠올랐기 때문이다.

"찹쌀떡?"

"좀 더 정확하게는 매실찹쌀떡이라고 하죠. 평범한 찹쌀떡이 아니라 팥앙금에 달콤한 매실조림이 든 거. 예전에 집 근처의 단맛집이라는 데서 먹었다던데요."

금세 생각났는지 사에코의 얼굴이 한순간에 환해졌다. "단맛집 야마다의 찹쌀떡!"

"네, 그거예요. 기억하시는군요."

"그 가게에는 자주 갔었죠. 모토야가 어릴 때부터 단것을 좋아했어요. 양과자의 크림보다 화과자의 팥앙금을 더 좋아하는 특이한 아이였어요. 그렇군요, 그 찹쌀떡을……. 그러고 보니 갈 때마다 모토야가 그것만 먹었어요."

"근데 그 가게가 문을 닫았대요. 그래서 이제 먹을 수 없게 됐지만, 죽기 전에 꼭 먹어 보고 싶다고 했어요. 기억 속에 깊이 새겨진 맛이었던 모양이에요."

"모토야가 그 찹쌀떡을……." 혼잣말처럼 중얼거리던 사에코의 얼굴에서 문득 웃음기가 사라졌다. 그러고는 잠시 시선을 떨구더니 다시 얼굴을 들었을 때는 웃음이 되돌아왔다. "그 이유가 뭔지 알 것도 같네요. 아마 모토야에게는 얼마 안 되는 즐거운 추억이었겠죠. 그 단맛집에 항상 아빠랑 셋이서 함께 갔으니까."

레이토는 흠칫했다. 그 찹쌀떡이 먹고 싶다고 말한 뒤에 모토야가 아버지의 바람기에 관해 얼핏 언급했던 게 생각났다. 그 찹쌀떡은 가족이 화목하던 시절의 상징이었던 모양이다.

"어머니도 그 찹쌀떡을 드신 적이 있군요."

사에코의 입가에 쓸쓸한 웃음이 번졌다.

"네, 나도 먹었죠. 맛있었어요."

"그러면 그 찹쌀떡을 만들어 보시는 건 어떨까요? 모토야 얘기로는 수제 떡이었다고 하던데."

레이토의 제안에 사에코는 당황스러운 표정을 지었다.

"찹쌀떡을, 내가?" 자신의 가슴을 손으로 짚은 뒤 고개를 가로저었다. "그건 어려울 거 같은데요. 요리를 못하는 편은 아니지만 화과자라고는 거의 만들어 본 적이 없어서."

"괜찮습니다. 화과자 다쿠미야 본점이라고 아시지요? 제 친구가 거기서 일하는데 사정을 설명하면 도와줄 거예요."

"다쿠미야 본점이라면 잘 알죠. 그런 유명한 가게에 나 같은 사람이 끼어들다니, 그건 안 돼요. 그야 흥미롭고 멋진 아이디어지만, 역시 나한테는 무리한 일이에요."

"왜요? 그 맛을 재현해 내면 모토야가 엄청 기뻐할 텐데."

사에코는 손을 저으면서 쓴웃음을 지었다.

"그게 그리 쉬운 게 아니에요. 단맛집 야마다의 찹쌀떡이 맛있다는 기억은 있지만, 실제로 어떤 맛이었는지는 모르겠어요. 마지막으로 먹어 본 게 벌써 꽤 오래전이거든요."

"하지만 모토야는 또렷이 기억한다고 했어요. 다른 찹쌀떡과 비교하며 먹어 보기도 했는데 전혀 맛이 달랐대요."

"모토야는 그럴 거예요. 맛을 정확히 구분할 수 있으니까. 유전적으로 타고난 것 같아요." 사에코가 후유, 하고 한숨을 흘렸다. "아빠가 요리사예요. 지금도 도쿄에서 프렌치 레스토랑을 운영하고 있죠."

"네에……."

"요리 실력은 두말할 것 없는 사람인데……." 사에코는 먼 곳을 멍하니 응시했다. 바람기가 있는 게 흠이다, 라고 생각하는 걸까.

어떻게 대꾸해야 좋을지 몰라서 레이토는 입을 다물었다.

"그렇구나." 사에코가 혼잣말처럼 중얼거렸다. "모토야가 그 찹쌀떡을……. 그렇다면 꼭 만들어 주고 싶은데 맛이 어땠는지 모르니 어쩔 수 없네요. 그 아이에게 그토록 소중한 추억이 될 줄 알았으면 아무 생각 없이 먹을 게 아니라 좀 더 오래 곱씹으며 맛을 봤을 텐데."

힘없이 어깨를 떨구는 그녀를 보니 레이토의 머릿속에 한 가지 생각이 떠올랐다. 하지만 그걸 입 밖에 내도 좋을지 어떨지 망설여졌다.

"레이토 씨, 귀중한 얘기 들려줘서 고마웠어요." 레이토가 가만히 입을 다물고 있자 사에코가 머리 숙여 인사를 건넸다. "찹쌀떡에 관한 건 오늘 처음 알았어요. 참고해서 나도 다시 생각해 볼게요."

그녀가 자리를 뜰 것 같아서 레이토는 마음이 급해졌다. 여기서 그녀를 그대로 보내면 앞으로 이 얘기를 할 기회가 없을지도 모른다.

"딱 한 가지 방법이 있긴 합니다." 망설인 끝에 레이토는 입을 열었다.

"방법이 있다고요?"

"그러니까 그게, 간단히 말하면 모토야가 기억하는 찹쌀떡 맛을 알아낼 방법이에요." 레이토는 마른 입을 혀로 적신 뒤에 말을 이었다. "지금부터 제가 하는 말, 절대로 외부에 발설하지 않겠다고 약속해 주실 수 있어요? 그렇게 해 주시면 분명 소원이 이루어질 겁니다."

하류 사에코가 모토야의 생일 축하에 대해 상의하러 왔던 날로부터 사흘 뒤, 마침 음력 초하룻날이다. 레이토는 작무의 차림으로 종무소 앞에 나와 있었다.

밤 11시를 지났을 무렵, 경내 건너편에서 두 개의 작은 불빛이 이쪽으로 다가왔다. 아마 각자 손전등을 든 모양이다.

레이토는 자리에서 일어나 두 사람이 다가오기를 기다렸다.

이윽고 사에코와 모토야의 모습이 또렷하게 보였다. 두 사람이 종무소 앞에 도착하자 레이토는 공손히 목례를 건네며 말했다. "어서 오십시오. 기다리고 있었습니다."

안녕하세요, 라는 사에코의 인사에 이어 모토야도 똑같이 고개를 숙였다. 하지만 그 표정은 바짝 긴장한 채 굳어 있었다.

"오늘 밤의 일을 모토야에게 설명해 주셨지요?" 레이토는 사에코에게 물었다.

"일단 얘기는 했는데……." 그녀는 자신 없다는 기색으로 말했다. "제대로 전해졌는지 어떤지는 모르겠어요."

사에코 자신도 확신하지 못한 거라고 레이토는 짐작했다. 그럴 만도 하다. 녹나무의 영험은 직접 경험해 보지 않고서는 실감하지 못한다.

레이토는 모토야를 보았다. "내가 누군지 알지?"

소년은 고개를 끄덕였다.

"나오이 레이토 씨지요? 일기에서 봤어요. 항상 나를 잘 도와주시는 거 같던데, 고맙습니다." 오늘 밤은 긴장한 탓인지 말투가 유난히 딱딱하다.

"기억나지 않을지도 모르지만, 얼마 전에 모토야가 나한테 찹쌀떡 얘기를 해 줬어. 예전에 단맛집 야마다에서 먹었던 거야, 팥앙금에 매실이 들어 있는 거. 모토야가 그 찹쌀떡을 죽기 전에 꼭 먹고 싶다고 했어. 그 소원, 지금의 모토야도 똑같아?"

모토야는 눈에 당혹스러운 기색이 떠올랐다.

"내가 그런 얘기를? 아무한테도 말 안 하려고 했는데…….뭐, 꼭 먹고 싶긴 해요."

"하지만 단맛집 가게가 문을 닫아서 모토야가 그걸 먹으려면 맛을 재현해 보는 수밖에 없어. 문제는 어떤 맛이었는지 모토야 말고는 아무도 모른다는 거야. 그래서 오늘 밤 여기에 너를 데려왔어. 그 찹쌀떡의 맛은 지금도 기억나는 거지?"

"네, 기억나요." 모토야의 대답에 흔들림은 없었다.

"정말이지? 흐릿한 기억이어서는 안 돼. 그 찹쌀떡을 먹었을 때의 식감이며 풍미까지 낱낱이 떠올려야 하니까."

"그건 걱정하지 마세요." 모토야가 힘차게 말했다. "방금도 그 맛이 생각났어요."

"그렇다면 안심이네." 레이토는 의자에 미리 준비해 둔 종이봉투를 모토야에게 내밀었다. "이거, 갖고 가."

모토야는 받아 든 종이봉투 속을 들여다보고는 의아한 듯 눈을 깜작거렸다. "이건 뭐예요?"

"보다시피 밀초와 성냥이야. 지금부터 설명해 줄 테니까 우선 나를 따라오면 돼."

레이토는 손전등을 들고 앞을 비추면서 걸음을 옮겼다.

경내 오른편 귀퉁이를 따라 걸어가면 덤불숲이 끊기는 곳이 있고 거기에 '녹나무 기념 입구'라고 적힌 팻말이 서 있다.

"여기서부터는 모토야 혼자서 가야 해. 조금 좁긴 해도 외줄기로 이어진 길이니까 헤맬 걱정은 없어. 저 길 끝에 큼직한 녹나무가 있고 그 기둥 동굴 속으로 들어갈 수 있어. 그 안에 촛대가 있으니까 거기에 밀초를 꽂고 불을 켜면 돼. 그리고 중요한 건 그다음부터야." 레이토는 모토야를 보며 검지를 세웠다. "촛불이 켜지면 그때부터 네가 먹었던 찹쌀떡에 대해 생각하면 돼. 식감이며 당도, 향, 아무튼 최대한 세

세한 것까지 떠올려 봐. 모토야의 그 기억이 녹나무에 전해지면 틀림없이 그 맛을 재현해 낼 수 있으니까."

모토야는 의아한 듯 고개를 갸우뚱했다.

"엄마도 그런 얘기를 하던데, 진짜로 그렇게 돼요?"

"지금은 아마 믿어지지 않을 거야. 하지만 일단 내가 하라는 대로 해 봐. 이건 모토야의 소원을 들어주기 위한 거야."

"모토야, 솔직히 말하면……." 곁에서 사에코가 말했다. "엄마도 완전히 믿기지는 않아. 설마 그런 게 가능할까 하는 의심도 없지는 않고. 하지만 그래도 일단 믿어 보려고. 믿지 않으면 기적은 일어나지 않아. 그러니까 모토야도 믿어 줬으면 좋겠다. 뭐, 밑져야 본전이잖아?"

모토야는 석연치 않은 표정이었지만 이내 결심한 듯 고개를 끄덕였다. "알았어. 해 볼게."

"불을 다룰 때는 특히 조심하고."

레이토의 말에 네, 라고 대답하고 모토야는 좁은 길을 걸어 들어갔다.

모토야의 기념이 끝날 때까지 사에코는 종무소 안에서 기다리기로 했다.

"잘될까요?" 사에코는 불안한 기색이었다. 솔직히 말하면 완전히 믿기지는 않는다는 말은 본심이었던 것이다. 사흘 전, 레이토가 녹나무의 영험에 관해 설명했을 때도 선뜻 받아들이지 못하는 기색이었다.

글쎄요, 하고 레이토는 대답했다.

"녹나무가 염원을 받아 전해 주는 건 분명해요. 하지만 기념을 이런 식으로 사용한 적은 처음이라서 어떻게 될지 저도 예상을 못 하겠어요. 모토야가 찹쌀떡 맛에 대한 기억을 녹나무에 예념하는 데 성공한다고 해도 그걸 어머니가 제대로 전해 받지 않고서는 의미가 없기도 하고."

"아, 다음에는 내가 녹나무에서 수념이라는 걸 해야지요?" 사에코의 표정이 바짝 긴장했다.

"2주일 뒤의 보름날 밤에 이쪽으로 나오시면 됩니다."

"내가 정말 할 수 있을까요?" 불안한 듯 물은 뒤에 그녀는 얼굴을 찡그렸다. "어떻게 될지 레이토 씨도 아직 모른다고 했죠. 미안해요, 자꾸 같은 질문을 해서."

"다들 불안해하십니다. 그게 당연한 거예요."

대답하면서도 내가 건방진 말을 하는구나, 라고 레이토는 생각했다. 정작 레이토 자신도 아직껏 녹나무에 대해 모두 다 안다고는 할 수 없었다.

녹나무 안으로 들어가 모토야가 찹쌀떡의 맛을 예념하면 그걸 사에코가 수념한다. 그렇게 기억한 맛을 사에코가 재현한다……. 처음 이 계획이 떠올랐을 때는 기막힌 아이디어라고 의기양양했지만, 생각할수록 장벽이 꽤 높다는 마음이 들었다. 맛을 재현한다지만 그걸 어떻게 해야 하는가. 일단 소키에게 부탁해 볼 생각이지만 반드시 허락해 준다는 보장도 없다. 애초에 맛이란 게 기억으로 정확히 전해질 수 있는 건가.

이번 일에 대해 치후네와는 미리 상의하지 않았다. 그런 일에 기념을 사용해서는 안 된다고 나무랄 게 뻔했다. 오늘 밤만 해도 가명으로 예념을 예약해 두었다.

시계를 보니 한 시간이 지났다. 모토야에게 건네준 밀초가 다 탔을 시간이다. 종무소를 나와 사에코와 함께 기념 입구로 향했다.

이윽고 맞은편에서 모토야가 돌아오는 모습이 보였다. 그쪽에서도 알아보고 레이토와 엄마를 향해 가볍게 손을 흔들었다. 그 얼굴에 긴장감은 없어 보였다.

"어땠어?" 사에코가 물었다.

응, 하고 모토야는 고개를 끄덕였다.

"내가 할 수 있는 만큼은 해 봤어. 근데 왠지 모르게 반가운 기분이었어."

"반갑다니, 뭐가?"

"그건…… 옛날 일들을 떠올렸으니까. 그 찹쌀떡을 함께 먹었던 때를……."

그 말에 사에코가 복잡한 표정을 보였다. 가족이 화목했던 시절, 이라는 뜻이기 때문일 것이다.

"수고하셨습니다." 레이토는 두 사람에게 말했다. "돌아오는 보름날 밤에는 어머니만 나오시면 됩니다. 그리고 모토야는 오늘 밤 일은 일기에 기록해 두지 않는 게 좋겠다."

"왜요?"

"잘될지 아닐지 아직은 몰라. 기대했다가 실망하면 안 좋잖아."

모토야는 한순간 눈이 둥그레진 뒤, 한숨을 내쉬었다.

"그건 그렇죠. 오늘 밤 얘기는 안 쓸게요."

"이제 다시 그림책 만들기에 집중하자. 이번 토요일에도 기다릴게."

네, 하고 모토야는 씩씩한 목소리로 답했다.

엄마와 아들이 나란히 돌아가는 모습을 레이토는 종무소 앞에서 배웅하며 지켜봤다.

21

　매실찹쌀떡을 다시 만들어 보겠다는 말을 듣자 오바 소키
는 생맥주를 푸웃 뿜었다. 가슴을 툭툭 치면서 호흡을 가다
듬은 뒤에 레이토를 보았다.

　"아직도 그런 꿈같은 생각을 하고 있어? 이 친구가 정신
이 나갔구나."

　레이토는 레몬소주가 든 잔을 내려놓고 몸을 쓱 내밀었
다. 항상 만나는 이자카야의 항상 앉는 테이블에서 두 사람
은 마주하고 있었다.

　"모토야가 찹쌀떡을 만들 수 있도록 도와 달라는 게 아니
야. 모토야가 기억하는 맛을 어머니 쪽이 수녑해서 그걸 바

탕으로 만들 거라고. 어머니라면 화과자 만들기 수업도 별 문제 없을 거잖아."

소키는 노골적으로 미심쩍다는 표정을 지으며 과장되게 고개를 갸웃거렸다.

"아이가 기억하는 맛을 엄마가 수념하다니, 그게 정말로 가능해? 아니, 나도 녹나무의 영험을 안 믿는 건 아니지만, 솔직히 말해서 그건 너무 현실감이 떨어지잖아."

소키도 녹나무 안에 들어가 수념하려고 한 적이 있었다. 하지만 그의 경우에는 사정이 있어서 결국 이뤄지지 않았다.

"일단 해 보고 그래도 안 되면 포기할게. 하지만 만일 모토야의 어머니가 그 맛을 수념하는 데 성공하면 그때 소키 씨가 꼭 좀 도와줘. 알잖아, 이런 걸 부탁할 사람은 소키 씨밖에 없다는 거. 내 사정 좀 봐줘." 레이토는 테이블에 두 손을 짚고 깊숙이 머리를 숙였다.

소키가 혀를 차는 소리가 들렸다.

"이자카야에서 그런 인사는 이상하지. 다른 손님들이 흘끔거리잖아. 얼른 고개 들어."

레이토는 머뭇머뭇 얼굴을 들었다. "내 부탁, 들어줄 거지?"

소키는 난감하다는 듯이 입가를 삐뚜름하게 틀었다.

"왜 그렇게까지 하는 건데? 그 아이, 레이토와는 별다른 인연도 없는 중학생이잖아. 그야 불치병이라는 건 딱하지만, 그걸 레이토가 책임져야 하는 것도 아니고 그냥 내버려 두면 되는 거 아냐?"

"근데 이제는 보통 인연이 아니게 됐어. 여고생과 둘이서 그림책을 만든다는 거, 내가 전에 얘기했지? 그 모습을 곁에서 지켜보니까 나도 뭔가 해 줄 게 없을까 하는 마음이 자꾸 들더라고. 모토야 어머니도 우리 아이한테 사는 보람을 안겨 줘서 고맙다고 몇 번이나 인사를 했어. 그냥 인사치레인지도 모르지만, 나는 단세포 인간이라서 그 말만으로도 열의가 활활 불타오르더라."

소키는 쓴웃음을 짓고 풋콩을 입에 톡 던져 넣었다. "제입으로 단세포 인간이라고 하니 더 이상 할 말이 없네."

"부탁할게. 좀 도와주라." 다시 머리를 숙였다.

"여기서 그런 인사는 하지 말라니까? 고개 들어, 당장." 소키가 한숨을 크게 내쉬었다. "알았어. 어떻게든 해 봐야지. 일단 상사한테, 그리고 같이 일하는 직인들하고 얘기해 볼게."

"정말이지?"

"그 대신 오늘 술은 네가 사라."

"물론이지. 뭐든 원하는 건 다 시켜. 내가 쏠게. 고맙다, 고마워." 레이토는 팔을 뻗어 소키의 손을 움켜쥐고는 위아래로 크게 흔들었다.

소키가 얼굴을 찡그렸다. "아파, 아프다고! 알았으니까 놔줘."

"미안, 너무 좋아서 나도 모르게 힘이 들어갔네."

"이 바보가 힘만 세서." 소키는 잡혔던 손을 툭툭 털고 이내 진지한 눈빛으로 말했다. "근데 화과자 만드는 거, 보통 힘든 게 아니야. 그 아줌마, 각오는 하고 있겠지?"

"괜찮을 거야. 요리는 잘하는 편이라고 했어."

소키가 흥, 하고 코웃음을 쳤다.

"화과자는 달콤하지만, 화과자 만들기는 달콤하지 않아. 뭐, 해 보면 알겠지."

말을 마치자마자 손을 번쩍 들더니 점원을 불러 무라오*를 주문했다. 이 가게에서 가장 비싼 고구마소주다. 1500엔이라는 가격표를 보고 레이토는 저도 모르게 지갑에 든 돈을 확인했다.

이자카야를 나와 소키와 헤어진 뒤, 레이토는 자전거를

---

* 가고시마현에 소재하는 무라오 양조회사의 소주 브랜드.

끌고 걸어서 집에 돌아왔다. 시간은 오후 8시를 지난 참이었다. 술자리를 얼른 끝낸 건 소키가 무라오를 또 주문할 것 같았기 때문이다.

집 앞에 도착하니 대문 옆 작은 출입구에서 한 남자가 나왔다. 그 얼굴을 보고 레이토는 흠칫 놀라서 걸음을 멈췄다. 나카자토였다.

그쪽에서도 레이토를 알아봤는지 먼저 입을 열었다. "오, 지금 돌아오는 길인가?"

"왜 여기에? 무슨 볼일이라도 있었습니까?" 레이토가 물었다. 저도 모르게 가시 돋친 목소리가 나왔다.

"아니, 별거 아니야. 잠깐 인사차 들렀어. 월향신사를 조사하는 데 협조해 주셨는데 감사 인사도 못 했더라고. 천하의 야나기사와 가문에 큰 폐를 끼쳤는데 인사쯤은 해야지."

"이모님하고 무슨 얘기를?"

"글쎄, 별다른 얘기는 안 했다니까. 야나기사와 씨에게 물어봐. 자, 그럼 이만." 나카자토는 가볍게 손을 흔들고 자리를 뜨려다가 문득 발을 멈추고 돌아보았다. "이봐, 앞으로의 일, 생각은 하고 있지?"

"앞으로라니, 뭘요?"

"물론 야나기사와 씨, 즉 자네 이모님 말이야. 아직은 생활하는 데 큰 지장은 없는지도 모르지만, 그 병은 갑작스럽게 상황이 달라지는 경우가 많아. 마치 눈사태처럼. 미리미리 준비해 두는 게 좋아."

그제야 치후네의 병에 대해 말하고 있다는 걸 알았다.

"그건 저도 나름대로 준비하고 있습니다."

"그래, 쓸데없는 참견이었다면 미안해." 나카자토는 몸을 돌려 걸음을 옮겼다. 다시 돌아보는 기척은 없었다.

레이토는 자전거를 세워 놓고 안으로 들어갔다. 거실 테이블에서 치후네가 수첩을 들여다보고 있었다. 다녀왔습니다, 라고 레이토는 말했다.

"어서 와요. 의외로 일찍 돌아왔군요. 한잔하러 갔던 거 아니었나요?" 수첩에서 얼굴도 들지 않은 채 말했다. 레이토가 온 건 소리를 듣고 알았던 모양이다.

"오늘은 그냥 일찍 끝냈어요."

소키를 만난다는 건 미리 전화로 알렸다.

"그보다 형사가 다녀간 것 같던데요."

"형사?" 치후네가 고개를 들었다.

"나카자토 형사가……."

혹시 벌써 기억이 사라졌나, 하고 불안해졌다.

하지만 치후네는 아, 하고 알겠다는 표정으로 고개를 끄덕였다.

"그분은 경위님이에요. 직급은 형사과 형사1팀장. 나카자토 씨가 말하기를 형사라는 직책은 없다고 하는군요." 평소의 치후네답게 또렷한 말투였다. 레이토는 가슴을 쓸어내렸다.

"나카자토 경위님은 왜 왔던 거예요?"

"저걸 갖고 오셨어요." 치후네가 옆을 바라보며 말했다. 그 시선 끝에 과자 상자가 있었다. 포장지를 보니 다쿠미야 본점은 아니었다. "신사 수색에 협조해 준 데 대한 감사 인사라고 하셨어요. 경찰 중에도 예의 바른 분이 계시더군요."

"인사만 했을 리는 없고, 그밖에 또 어떤 얘기를?"

그밖에는, 이라면서 치후네는 수첩으로 시선을 떨구었다. "아, 사진을 보여 주셨어요."

"사진? 어떤 사진인데요?"

"인물 사진이에요. 여러 명이 찍혀 있었습니다."

"몇 장이나?"

"그런 것까지는 기억을 못 하지요. 사진을 낱장으로 보여준 게 아니고, 그게 뭐라더라, 스마트폰보다 화면이 큰 거……."

"태블릿?"

"맞아요, 태블릿. 그걸 켜서 화면에 나온 사진들을 봐 달라고 하셨어요. 혹시 아는 사람이 있으면 말해 달라면서."

"그래서, 아는 사람이 있었어요?"

아뇨, 하고 치후네는 고개를 저었다. "그런 사람은 없었습니다."

"그랬더니 나카자토 경위는 뭐라고 하던가요?"

"별말이 없었어요. 그렇습니까, 라면서 태블릿을 가방에 챙겨 넣었지요."

레이토는 머리를 굴렸다. 나카자토는 대체 어떤 인물 사진을 치후네에게 보여 준 것인가. 하지만 아무리 생각해 봐도 무슨 목적인지 짐작조차 할 수 없었다.

"나카자토 경위가 또 뭘 물어봤죠?"

"어디 보자, 그다음은…… 레이토의 월급에 대한 거군요."

"내 월급? 얼마냐고 물어본 거예요?"

설마요, 하고 치후네는 짧게 손을 저었다.

"아무리 경찰이라도 그런 사적인 질문은 하지 않아요. 월급을 주는 방식을 물었을 뿐이에요. 현금으로 주는지, 아니면 은행 이체를 하는지. 하지만 그건 대답하기가 여간 난감한 게 아니지요. 왜냐하면 녹나무 파수꾼에게는 따로 월급

233

이라는 게 없고, 기념비가 그대로 수입이 되는 구조니까요. 하지만 기념에 관한 얘기를 할 수도 없고, 이걸 어떻게 설명해야 하나 난처했어요."

"그래서 어떤 대답을?"

"몇 달에 한 번씩 현금을 건네주고 있습니다, 라고 대답해 뒀어요. 최근에는 언제 줬느냐고 묻길래 석 달 전이었던 것 같다고 했어요. 레이토, 혹시 똑같은 질문을 받으면 그 말대로 대답하도록 하세요."

"알겠어요. 나카자토 경위가 한 질문은 그게 끝이에요?"

"대략 그 정도였을 텐데⋯⋯." 치후네는 수첩을 다시 확인했다. "아, 어머님에 관한 얘기도 하셨군요."

"어머님이라면, 나카자토 경위의 어머님?"

"그렇지요. 지금 요양 시설에 계시는데 일이 바빠서 자주 찾아뵙지는 못한다고 했어요."

"네⋯⋯."

레이토는 나카자토가 조금 전에 헤어지며 했던 말이 생각났다. 그건 자신의 경험에서 나온 말이었는지도 모른다.

22

　토요일에 월향신사에 나온 모토야는 레이토의 얼굴을 보고서도 찹쌀떡이나 기념에 대해 어떤 말도 하지 않았다. 역시 기억에서 사라진 것이다. 그보다 지금 그에게 중요한 건 그림책의 그다음 스토리인 게 틀림없다. 유키나의 스토리 만들기가 지지부진한 상태였기 때문이다.

　주인공 소년은 녹나무의 여신에게 미래를 보여 달라고 부탁한다. 이제 여신은 그 소년에게 어떤 미래를 보여 줄 것인가. 이 부분에서 유키나가 고심하는 모양이었다.

　"좋은 미래를 보여 주는 것, 반대로 나쁜 미래를 보여 주는 것, 둘 다 소년을 위한 일이 아니야. 그렇다고 아무것도 보여 주지 않는다면 여신으로서 의미가 없어." 아이디어 노트를 앞에 놓고 유키나는 팔짱을 낀 채 말했다.

"맞아. 게다가 이건 그림책이니까 다양한 사람들이 읽을 거야. 누구에게나 공감을 받을 만한 스토리가 아니면 안돼."

모토야의 의견에 여고생 작가는 한숨이 더욱 깊어졌다.

레이토는 두 사람의 유리잔에 보리차를 따라 주면서 보통 일이 아니구나, 하고 내심 안쓰러웠다. 스토리 전개가 꽉 막혀 끙끙 앓는 건 아마도 자신과는 평생 상관없을 고민거리다.

그러는데 유키나가 이쪽을 보며 물었다.

"레이토 씨, 무슨 좋은 아이디어 없어요?"

하마터면 페트병을 떨어뜨릴 뻔했다.

"어이쿠, 나한테 그런 걸 물어봤자 소용없어. 그런 지혜 같은 게 있겠어, 내가?"

"그래도 미래를 알고 싶다고 생각한 적은 있잖아요?"

"에이, 그런 적 없어." 레이토는 어깨를 움츠렸다. "어차피 별거 없다고 미리 포기했거든."

"어렸을 때는 있었죠?"

"글쎄, 있었는지도 모르지만 다 잊어버렸어, 그런 옛날 일은." 대답하면서 목덜미를 멋쩍게 긁적였다. 두 사람을 위해 뭐든 도움이 될 만한 말을 해 주고 싶은데 생각나지 않으니 어쩔 수가 없다.

"나도 좀 생각해 봤는데……." 모토야가 머뭇거리며 입을 열었다. "미래라는 게 그렇게 중요해?"

엇, 하고 유키나가 놀란 듯 등을 쭉 폈다. "그건 무슨 말이야?"

"아니, 미래를 알았다고 해서 그게 무슨 가치가 있는지……."

"가치?" 유키나는 당혹스러운 듯 시선이 허우적거렸다.

미안, 하고 모토야가 사과했다.

"유키나 누나의 스토리가 별로라는 건 아냐. 근데 왜 그 소년은 그렇게 미래를 알고 싶어 하는지 그게 좀 이해가 안 된다고 할까……."

"아니, 그래도……." 유키나는 의아하다는 듯이 연거푸 눈을 깜작거렸다. "소년에게 미래를 보여 주면 된다고 말한 건 너였잖아."

이번에는 모토야가 엇, 하고 놀란 소리를 흘렸다. "내가 그랬어?"

"그랬지. 소년은 미래를 모르니까 이래저래 고민하는 거다. 그렇다면 바로 보여 주면 된다. 미래를 볼 수만 있다면 나도 꼭 보고 싶다……. 분명 그렇게 얘기했어. 기억 안 나?"

유키나는 입을 삐죽 내민 채 얘기하다가 흠칫 놀라 손으로 입을 가렸다. 저도 모르게 실언을 해 버린 걸 깨달은 것이다. 미안해, 라고 중얼거렸다.

모토야는 민망한 표정으로 몸을 숙이더니 곁에 놓인 백팩에서 노트를 꺼냈다. 그것을 펼치고 페이지를 넘겼다. 이윽고 손을 멈추더니 아, 하고 한숨을 흘렸다.

"정말 그랬네. 내가 먼저 꺼낸 말이었어. 일기에도 이렇게 적혀 있어. 여기 오기 전에 다시 읽어 보는데도 내용이 점점 많아져서 예전 건 안 읽게 된다니까. 앞으로는 대충대충 넘기면 안 되겠다."

모토야는 일기를 찬찬히 들여다보더니 고개를 끄덕이며 말했다.

"아까 한 말은 취소할게. 역시 그 방향이 좋겠어. 소년이 녹나무의 여신에게 미래를 보여 달라고 부탁한다는 거. 일기를 보니 그게 좋겠다는 확신이 들어. 괜히 헷갈리게 해서 미안해."

"정말로 그렇게 생각하는 거야?"

"응. 더 이상 이상한 말 안 할게."

"그렇다면 괜찮지만……."

분위기가 조금 무거워졌다. 그때 책상에 놓아둔 레이토의 스마트폰이 착신을 알렸다. 집어 들고 확인해 보니 치후네의 전화였다.

"네, 무슨 일이세요?"

"레이토…… 지금 바쁜가요?" 평소의 치후네와는 달리 가녀린 목소리였다. 불길한 예감이 들었다.

"아뇨, 괜찮아요. 무슨 일 있어요?"

"실은 내가 역에 와 있는데……." 그다음 말을 치후네는 어물거렸다.

"치후네 씨!"

"……모르겠어."

"모르다니, 뭘요?"

그러니까, 라고 말하다가 다시 침묵한 끝에 치후네는 입을 열었다. "집에 가는 길."

레이토의 심장이 쿵, 하고 무겁게 내려앉았다. 하지만 놀란 소리를 내는 건 가까스로 참아냈다.

알겠습니다, 라고 애써 침착한 어조로 말했다.

"지금 제가 데리러 갈게요. 다른 데 가지 말고 거기서 기다려요. 알겠죠?"

"응······. 미안해요."

레이토는 가슴이 미어지는 것 같았다. 그렇게 힘없는 치후네의 목소리를 들은 건 처음이었다.

전화를 끊자마자 책상 서랍에서 종무소 여벌 열쇠를 꺼내 유키나에게 건넸다.

"내가 잠깐 나가 봐야 해. 언제 돌아올지 모르니까 이따가 나갈 때 문단속 좀 해 줘. 열쇠는 다음에 올 때 돌려주면 되니까."

"무슨 일이에요?"

"별일 아냐. 그냥 길 안내." 그렇게 말하고 종무소를 뛰쳐나왔다.

경내를 가로질러 돌계단을 뛰어 내려갔다. 공터에 세워둔 자전거에 올라타 페달을 힘껏 굴렸다.

인지증 카페에 자원봉사자로 참석한 사람의 말이 생각났다. 증세가 진행되면 평소에 다니던 길인데도 어디가 어딘지 모르는 경우가 있다. 매번 그런 건 아니지만 이따금 그런 일이 일어난다. 그리고 그 빈도가 점점 잦아지면 어느 정도 각오하는 게 좋다는 조언도 들었다.

각오······. 치후네의 인지증이 점점 심해져서 시간이 갈수록 증상이 하나둘씩 늘어 간다는 사실을 이제는 현실로 받아들여야 한다.

각오는 단단히 했다고 레이토는 자신에게 되뇌었다. 어떤 일이 닥치더라도 결코 도망칠 수는 없다. 치후네는 유일한 친척이자 소중한 은인이다.

역에 도착했지만 치후네의 모습은 보이지 않았다. 주변을 찾아봐도 어디서도 눈에 띄지 않았다. 이상하네, 하고 애를 태우면서 전화를 걸었다.

전화가 이내 연결되면서 네, 라는 무뚝뚝한 목소리가 들려왔다.

"아, 치후네 씨! 지금 어디 있어요?"

"어디냐니, 집에 있지요."

"집? 자택 말입니까?"

"그렇지요. 조금 전에 돌아온 참이에요. 그런데 무슨 일이지요?"

"……잘 들어가셨네요."

"네, 잘 들어왔어요. 레이토, 무슨 얘긴지 모르겠군요."

레이토는 그제야 알았다. 아무래도 치후네는 역에서 기다리는 동안에 집으로 가는 길이 생각난 모양이다. 동시에 길을 잃고 레이토에게 도움을 청한 것도 까맣게 잊어버렸다. 그게 좋은 일인지 안 좋은 일인지, 판단을 내릴 능력이 레이토에게는 없었다.

"아뇨, 아무것도 아니에요. 나도 지금 들어갈게요."

"그럼 오는 길에 달걀 좀 사 오세요. 내가 이래저래 딴 생
각을 하다가 슈퍼에 들른다는 걸 깜빡했어요."

"알았어요. 달걀이라고 하셨죠? 가는 길에 사 갈게요."

전화를 끊고 레이토는 주먹으로 자신의 가슴을 토닥였
다. 언제가 됐든 각오는 되어 있다, 라고 다시금 스스로 확
인했다.

23

모토야가 예념한 날로부터 2주일이 지나 보름날 밤이 돌아왔다. 월향신사에 홀로 나타난 하류 사에코는 불안한 표정을 감추지 못했다.

"그리 어려울 건 없습니다." 레이토는 우선 수념하는 방법을 설명하기 시작했다. "녹나무 안에 들어가시면 촛대에 밀초를 꽂고 불을 붙입니다. 그다음에는 모토야에 대해 생각하시기만 하면 됩니다. 어떤 것이라도 상관없어요. 즐거웠던 추억도 좋고, 힘들었을 때의 일도 괜찮습니다. 어머님과 모토야의 마음이 이어져 있다면 반드시 염원이 쏟아져 내릴 거예요. 다만 그게 어떤 건지는 모르겠습니다. 어떤 것이 됐든 받아들일 마음의 준비만 하시면 됩니다."

설명을 듣고서도 사에코의 얼굴에는 두려움이 남아 있었다. 하지만 그녀는 마음을 정한 듯 고개를 끄덕였다. "그래요, 해 볼게요."

레이토는 밀초와 성냥이 든 종이봉투를 사에코에게 건넸다.

"그러면 잘 다녀오십시오. 하류 사에코 님의 염원이 녹나무에 전해지기를 진심으로 기원합니다."

사에코의 가녀린 몸이 어둠 속으로 멀어져 가는 걸 지켜본 뒤, 레이토는 종무소 앞에 놓인 파이프 의자에 앉았다. 하늘을 올려다보니 둥글고 하얀 달이 떠 있었다. 찹쌀떡이 연상되어서 어쩐지 좋은 예감이 들었다.

오늘 밤의 수념에 대해서도 치후네에게는 말하지 않았다. 모토야가 예념했을 때와 마찬가지로 가명으로 예약을 넣었다. 요즘 들어 치후네는 기념 일정표에 낯선 이름이 적혀 있어도 아무 말도 하지 않았다. 레이토를 믿고 맡겨 준 것이겠지만, 그보다 자신의 기억력에 자신이 없는 것이다.

치후네의 증상은 아직 경도 인지장애 수준에 머물러 있다. 하지만 거기서 몇 걸음 더 좋지 않은 방향으로 진행된 것처럼 느껴지는 일이 점점 잦아졌다. 집으로 가는 길을 모르겠다고 SOS를 보낸 건 며칠 전이 처음이었지만, 불과 하루 이틀 전에 일어난 일을 까맣게 잊어버리고 엉뚱한 대답을 해 대화가 자주 어긋나고는 했다.

만일 치후네의 인지증이 심해지면 어떻게 해야 할까. 요즘 레이토는 그 생각만 하고 있었다. 물론 할 수 있는 만큼은 최대한 대응할 작정이다. 마음의 준비는 하고 있다.

무엇보다 걱정인 건 치후네였다. 총명한 그녀는 현실을 받아들이고 자신에게 어떤 일이 일어나더라도 흐트러지지 않겠다고 마음먹고 있다. 적어도 레이토의 눈에는 그렇게 보였다. 하지만 속마음은 다를 터였다. 시시각각 다가오는 컴컴한 그림자에 공포감을 느끼지 않을 리가 없다. 그런 치후네에게 뭔가 해 줄 수 있는 게 없을까. 이상 증세를 보일 때마다 괜찮다는 말을 건넸지만, 자존심 강한 그녀에게 상처를 주기만 한다는 느낌이 들었던 것이다.

멍하니 그런 생각을 하다 보니 그새 한 시간이 지났다. 손전등을 든 사에코가 돌아오는 모습이 보였다.

레이토는 자리에서 일어나 그녀를 맞이했다. 그 얼굴을 보고는 흠칫했다. 붉게 부어오른 눈 아래쪽에 눈물 자국이 있었다.

"잘 안됐어요?" 녹나무 파수꾼이 기념에 관해 물어봐서는 안 되지만 레이토는 저도 모르게 묻고 말았다.

사에코는 고개를 가로저으며 들고 있던 손수건으로 눈가를 훔쳤다.

"잘됐어요. 수념, 해냈어요. 모토야의 속마음을 전해 받았으니까. 상상했던 것보다 훨씬 강하고 선명하게……."

"찹쌀떡 맛은요? 어땠어요?"

"맛을 알았어요. 수념으로 생각이 났어요. 아, 이런 맛이었지, 하고. 너무 그리운 맛이라서 가슴이 뭉클했어요."

"그러시다면 다행입니다."

"그 찹쌀떡, 모토야에게 얼른 만들어 주고 싶어요. 모토야에게 그토록 소중한 것인 줄은 몰랐어요. 내 손으로 꼭 그걸 해 줘야 할 텐데……."

"그렇다면 뭐, 해 보죠. 전설의 찹쌀떡을 부활시키는 거예요."

네, 하고 힘주어 대답한 뒤에 사에코는 먹먹한 눈빛을 레이토에게로 향했다. "하지만……."

"왜요, 왜 그러십니까?"

사에코는 이윽고 마음을 정한 듯 입을 열었다.

"성공을 위해 또 한 가지, 부탁 좀 해도 될까요?"

"또 한 가지?"

네, 하고 사에코는 진지한 표정으로 고개를 끄덕였다.

사에코가 수넴을 한 지 스물세 시간 정도가 지났다.

종무소 앞에서 레이토가 어젯밤과 비슷한 달을 보고 있는데, 손전등 불빛이 다가오는 게 시야 끝에 잡혔다. 두 명의 남녀가 걸어오고 있었다. 여자는 사에코, 그리고 남자는 낯선 얼굴이었다. 키가 크고 체격이 탄탄해 보였다.

안녕하세요, 하고 사에코가 인사를 건넸다.

"어서 오세요." 레이토는 그녀를 보던 시선을 옆에 선 남자에게 옮겼다. "이분이……."

"네, 모토야 아빠예요." 사에코가 말했다.

"후지오카라고 합니다." 남자가 이름을 밝혔다. 하지만 그 얼굴에 웃음기는 없었다. 눈에 오히려 의혹의 빛이 짙게 떠 있었다.

"얘기는 듣고 오셨지요?" 레이토가 물었다.

"일단 듣기는 했는데……." 후지오카가 애매하게 말끝을 흐렸다. "사실 믿어지지 않는다고 할까, 뭔가 감이 잡히지 않는다고 할까. 지금 솔직히 제대로 알지도 못하고 따라오게 되어서 몹시 당황스럽습니다."

레이토는 조용히 고개를 끄덕였다.

"당연히 그러실 거예요. 다른 분들도 모두 처음에는 당황하셨어요. 그래서 우선은 해 보시라는 말밖에 할 수 없겠네요."

후지오카는 길게 숨을 내쉬며 사에코를 돌아보았다. "당신하고 똑같은 얘기를 하시네."

"실제로도 그렇거든. 나도 마찬가지였어. 어제 이 시간까지는 반신반의였으니까." 사에코가 강한 어조로 말했다. "그러니까 부탁이야, 속는 셈 치고 일단 해 봐."

"그래, 알았어. 나한테도 모토야는 소중한 아이야."

레이토는 밀초와 성냥이 든 종이봉투를 후지오카에게 건네고 수념하는 방법을 설명했다. 어느 정도는 사에코에게 미리 들었는지 후지오카는 고개를 끄덕여 가며 들었다.

녹나무 기념 입구를 향해 걸음을 옮기는 그를 사에코와 나란히 서서 배웅했다.

"잘되면 좋겠네요." 레이토가 말했다.

"괜찮을 거예요. 저 사람도 어쨌든 모토야와는 마음이 이어져 있겠죠."

미묘한 표현이 마음에 걸렸지만 굳이 캐묻지 않고 넘어가기로 했다.

간밤에 사에코가 말했던 또 한 가지 부탁은 모토야 아빠도 수념하게 해 달라는 것이었다.

그녀가 설명한 이유는 충분히 이해할 만했다. 혼자보다는 둘이 수념한다면 좀 더 정확한 맛을 재현할 수 있다. 게다가 모토야 아버지는 현직 요리사로 맛을 기억하는 능력이 뛰어나다고 전에도 말한 적이 있다.

문제는 그를 어떻게 설득하느냐는 것이었지만, 그건 자신이 해 보겠다고 사에코가 말했다.

"화과자점에서 일하는 친구에게는 미리 얘기했어요. 매실찹쌀떡 만들기에 두 분이 도전하기로 했다고. 모토야 아버님까지 같이해 주시면 호랑이에 날개가 달린 셈이죠."

"글쎄, 어떨지 모르겠어요. 하지만 성공하기를 빌어 보는 수밖에 없겠죠."

"저기, 이런 걸 물어 봐도 될지……." 레이토는 어렵게 입을 열었다.

"뭔데요, 주저하지 말고 말해 봐요."

"후지오카 씨는 현재 재혼을……."

아, 하고 사에코가 뺨에 옅은 쓴웃음을 띠었다.

"궁금하겠죠, 역시. 나도 자세한 얘기는 못 들었지만, 사귀는 여자가 있어요. 레스토랑 공동 경영자예요. 하지만 결혼할 생각은 없는 모양이에요. 아이를 낳을 마음이 없다더

군요. 그 여자가 다른 사람과 결혼하겠다고 해도 상관없다
면서."

"아이를 원치 않는 건가요?"

"불안한 거겠죠. 모토야가 진단을 받았을 때, 의사 선생님
이 유전적 요인도 부정할 수 없다고 하셨거든요. 아무래도
그 말이 마음에 걸렸던 거 같아요."

"후지오카 씨도 내내 모토야를 걱정했군요. 하긴 그렇겠
죠, 유일한 혈육인데."

레이토의 말에 사에코는 조용히 고개를 끄덕였다.

"내가 저 사람에게 수념을 권한 건 매실찹쌀떡 때문만은
아니에요. 좀 더 큰 이유, 아니, 훨씬 더 큰 이유가 있죠."

"더 큰 이유? 그게……." 그게 뭐냐고 물으려다가 레이토
는 뒷말을 간신히 삼켰다. 사에코의 눈에 눈물이 글썽한 걸
봤기 때문이다.

"좀 더 일찍 알았어야 했어요, 모토야가 마음속에 품고 있
는 게 무엇인지. 녹나무가 알려 주기 전에 우리 둘이 미리
알았어야 했어요."

고여 있던 눈물이 뺨을 타고 주르륵 흘렀다.

레이토는 말없이 고개를 숙였다.

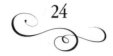

24

경내를 지나 돌계단을 내려가자 좁은 길옆에 흰색 소형
왜건이 서 있었다. 차체 측면에 '다쿠미야 본점'이라고 찍혀
있다. 운전석에 앉은 사람은 소키였다. 처음 본 흰색 상의는
유니폼인지 가슴팍에 회사 마크가 선명했다.

레이토는 인사 대신 손을 흔들고 조수석 문을 열었다.

"미안, 오래 기다렸어?"

"아냐, 나도 방금 도착했어. 그럼 출발한다?"

레이토는 안전벨트를 매고 좋아, 하고 대답했다.

"아까 남자 둘이 돌계단을 올라가는 게 보이던데?" 소키
가 피식 웃으면서 말했다. "한쪽은 점퍼, 다른 한쪽은 정장

차림이야. 너도 경내에서 봤지?"

"그런 사람들이 있었나. 참배하러 온 사람은 몇 명 눈에 띄었지만 딱히 신경 쓰지 않았어."

"점퍼 쪽은 전에 나한테 말을 걸었던 형사야. 내가 차 안에 있어서 그쪽에서는 못 알아본 거 같더라고."

"또 형사라니, 대체 뭘 킁킁거리고 다니는지 모르겠네. 지난번에는 집까지 찾아왔었어."

"집이라니, 야나기사와 저택?"

"맞아. 치후네 씨에게 이상한 질문을 했다더라고."

레이토는 며칠 전 일을 간단히 설명해 주었다.

"뭐냐, 그게? 대체 어떻게 된 거야. 구메다 고사쿠라는 아저씨가 월향신사에 숨어 있었다니까 형사들이 경내를 수색하는 건 이해가 되지만, 치후네 씨는 아무 관계도 없잖아. 레이토, 넌 정말로 짐작 가는 게 없어?" 소키는 핸들을 잡은 채 강한 어조로 추궁했다. 그 기세에 눌려 레이토는 대답을 망설였다. 그러자 이상한 낌새를 감지했는지 소키는 급히 브레이크를 밟고 차를 갓길에 세웠다.

"야, 레이토." 소키는 핸들을 탁탁 치며 이쪽을 노려보았다. "나한테 뭔가 숨기고 있지?"

레이토는 시선을 떨구었다. 아무것도 숨기지 않았다는

말은 할 수 없었다.

"레이토!"

"미안해." 레이토는 얼굴 앞에서 두 손을 맞댔다. "소키 씨에게는 털어놓자고 생각했는데 깜빡 말할 기회를 놓쳤어."

소키는 큼직한 한숨을 토해 냈다. "대체 뭘 숨겼는데? 이번 사건에 대한 거?"

"그래."

"설마 내가 범인이다, 이런 건 아니지?"

"그건 아냐. 하지만……."

"하지만, 뭐?"

"범인을 알고 있어."

소키는 어리둥절한 듯 눈이 커다래졌다. "누군데?"

레이토는 선뜻 대답할 수 없었다.

그러자 소키가 왼손을 내밀어 레이토의 멱살을 잡아챘다. "누구냐고, 얼른 불어!"

"약속할 수 있어? 아무한테도 말하지 않는다고."

소키의 눈에 당황한 기색이 떠올랐다. "혹시 나도 아는 사람?"

"만난 적은 없어. 근데 알고 있어, 내가 종종 이야기한 적

있는 사람이니까."

소키는 잠시 틈을 두고 고개를 끄덕였다. "알았어, 약속할 게. 그래서, 누구야?"

"하야카와 유키나."

"뭐라고?" 소키의 미간에 주름이 잡혔다. "하야카와 유키 나라니, 그림책을 만든다는 그 여고생?"

"응."

"자, 잠깐만." 소키가 머리에 손을 짚었다. "대체 뭔 얘긴 지 모르겠네. 우리 지금 강도 사건 얘기하고 있지 않았어?"

"그 얘기야."

"그러면 뭐야, 강도 사건의 범인이 그 여고생이라고?"

"그렇다니까."

"진짜야? 나 놀리는 거 아니지?"

"이 상황에 농담하겠어? 믿기 어렵겠지만 사실이야. 설명 하자면 얘기가 길어져."

"길어도 좋으니까 설명해 봐." 그렇게 말하더니 소키는 차 엔진을 아예 껐다.

별수 없이 레이토는 강도 사건의 진상을 알게 된 경위를 털어놓았다. 치후네와 마쓰코의 관계, 녹나무의 영험을 사 용한 일 등도 얘기할 필요가 있었다. 순서대로 말하지 못해

중간에 몇 번씩 오락가락했지만, 일단 끝까지 털어놓았다.

얘기를 들은 소키는 이마를 짚고 한참을 침묵했다. 너무 복잡해서 머릿속을 정리하는 데 시간이 걸리는 모양이었다.

"간단히 말하면 이런 얘기네." 소키가 입을 열었다. "유키나는 모리베의 머리를 내리치고 돈을 훔쳤다. 구메다 고사쿠는 그걸 목격했지만 끝끝내 입을 다물었다. 그래서 너는 구메다의 마음을 전하는 척 독후감을 위조해 유키나에게 보여 주었다. 그리고 유키나의 시집을 5만 엔에 사 줬다. 회개한 유키나는 훔친 돈 전액을 레터 팩으로 모리베에게 보냈다…… 어때, 맞아?"

"완벽해. 역시나 다쿠미야 본점의 후계자답다."

"후계자 소리 좀 작작 하라고 했지? 그보다 넌 어쩌다 그런 귀찮은 일에 휘말려 든 거야. 아니, 휘말렸다기보다 자진해서 발을 들이밀었다는 게 더 정확하겠네."

"어쩌다 보니 나도 발을 뺄 수 없게 됐어."

"매실찹쌀떡도 그렇고, 그림책도 그렇고, 넌 항상 그렇다니까. 근데 방금 들은 얘기로 보자면 경찰이 너와 치후네 씨에게 딱히 눈독을 들일 이유는 없잖아. 그자들, 대체 무슨 생각을 하는 거지?" 소키는 팔짱을 끼고 고개를 갸웃거렸다.

"뭐, 나를 의심하는 건 괜찮아."

"아니, 꼭 그렇다고는 할 수 없어." 소키가 경계하는 눈빛으로 말했다. "경찰은 너를 의심하는 게 아니라 네가 범인과 연결되었을 가능성을 눈치챘을 수도 있어. 그러니 계속 너를 감시하는 거지."

"연결되다니, 경찰이 그걸 어떻게 알겠어?"

"그거야 나도 모르지. 어쨌든 조심하는 게 좋아. 하야카와 유키나가 종무소에 드나드는 거, 당분간 중단하는 게 어때?"

"그래도 그림책을 만들어야 하는데……."

"그건 다른 곳에서도 할 수 있잖아. 어떤 일을 빌미로 경찰이 유키나를 주목하게 될지 모르는 상황이야. 내 말, 귀담아듣는 게 좋아. 당장 모임 장소를 바꾸라고 해."

"알았어, 생각해 볼게."

"넌 진짜 왜 그렇게 귀찮은 일을 줄줄이 끌어들이는지 모르겠다." 소키가 몸을 앞으로 돌리더니 엔진을 켰다.

"정말 내가 생각해도 이상해."

"뭘 남의 일처럼 얘기해?" 소키는 핸드브레이크를 내리고 액셀에 발을 얹었다.

두 사람이 탄 차가 도착한 곳은 다쿠미야 본점이었다. 옆에 나란히 자리한 소키의 본가와 똑같이 고풍스러운 품격이 감도는 전통 가옥이다. 사람들이 가게 앞에서 사진을 찍어 가는 것도 고개가 끄덕여진다.

차에서 내리자 소키는 가게 뒤편으로 들어갔다. 그쪽에 직원용 출입구가 있다.

안으로 들어가자 달콤한 냄새가 풍겨 왔다. 약간 어슴푸레한 복도로 들어가자 그 끝에 있는 통유리 너머로 작업장이 보였다. 흰 유니폼을 입은 10여 명의 종업원이 작업대를 사이에 두고 묵묵히 화과자를 만들고 있었다.

"여기는 수제 전용 작업장이야. 도라야키와 모나카 등의 생산 라인은 여기서 조금 떨어진 본사 공장에 있어. 아, 양갱도 그렇고."

"역시 규모가 굉장하네."

레이토도 식품 제조 공장에서 일했던 경험이 있지만, 그다지 좋은 추억은 아니었다. 이물질 혼입 사건이 일어났을 때는 억울한 누명을 쓰고 직장까지 옮겨야 했다.

소키가 옆에 난 공간으로 들어가 손짓했다. 문이 조금 열려 있었다.

"소리는 내지 마. 눈치 못 채게 살짝만 들여다봐."

그 말에 레이토는 조심스럽게 문 틈새로 얼굴을 가져갔다. 그쪽은 주방이었다. 흰색 작업복을 입은 세 사람이 일하고 있었다. 마스크를 썼지만 그중 한 명이 하류 사에코라는 건 금세 알 수 있었다. 다른 두 사람은 남자다. 몸집이 큼직한 쪽이 며칠 전에 만난 후지오카였다.

후지오카가 마스크를 벗고 용기에 든 것을 입에 넣었다. 찬찬히 음미해 본 뒤, 고개를 저었다.

"아니, 이건 아냐. 역시 아까 것이 더 비슷해. 단맛이 너무 진해서 매실의 풍미를 망쳤어."

"그래도 단맛을 더하는 게 좋다고 당신이 말했잖아."

"내 말은 이런 단맛이 아니야. 매실과의 조화를 얘기한 거였지. 설탕의 양 문제가 아니라고 했잖아."

"그럼 어떻게 하라는 거야!"

"지금 그걸 고민하고 있잖아. 자꾸 투덜거리지 마."

"투덜거리기는? 의견을 말한 것뿐이야."

양쪽 다 목소리가 날카로웠다. 신경이 곤두선 탓일 것이다.

"아니, 아니, 진정하세요." 다른 한 명의 남자가 두 사람을 달래려고 나섰다. "하나씩 차례차례 테스트해 보는 수밖에 없어요. 단번에 답을 찾으려고 해서는 안 된다고 어제도 말씀드렸지요? 차근차근 해 보자고요."

그러자 사에코와 후지오카는 죄송합니다, 하고 나란히

사과했다.

소키가 레이토의 어깨를 잡았다. 그만 가자는 신호였다.

"뭐, 대충 저런 분위기야." 관계자용 출입구로 향하면서 소키가 말했다.

"예상보다 힘든 거 같다. 역시 아마추어한테는 어려운 일인가."

"이제 와서 새삼스럽게 뭔 소리야. 그리고 한마디해 두겠는데, 처음에는 저 정도도 못 했어. 반죽하는 법부터 팥앙금 만들기까지 아예 기초부터 꼼꼼히 가르친 거야. 직인들도 독하게 마음먹고 악마 교관 노릇을 해 줬고. 후지오카 씨도 나름대로 프로 요리사잖아. 프라이드를 버리고 잘 버텨줬다고 직인들이 얘기하더라."

"그랬구나……."

밖으로 나오자 차에 타기 전에 레이토는 소키를 돌아보았다.

"소키 씨, 정식으로 감사 인사할게. 진심으로 고맙다."

소키가 콧잔등에 주름을 잡았다.

"그런 인사는 됐어. 나는 아무것도 한 게 없어. 초반 준비만 해 줬을 뿐이야. 상사를 설득하는 것도 별로 힘들지 않았어. 실은 신상품 개발 아이디어가 될 수도 있거든. 우린 하나도 손해 볼 게 없어."

"그 말 들으니 좀 안심이 된다만……."

"가장 힘든 건 저 두 사람이야. 단순히 완성도 높은 화과자를 만드는 거라면 얼마든지 조언해 줄 수 있지. 근데 그게 아니잖아. 모토야가 기억하는 맛은 이 세상에서 저 두 사람밖에 모르는 거야. 근데 둘이서도 각자 생각하는 맛이 맞는지 아닌지 자신이 없는 모양이야. 방금 본 것처럼 자꾸 대화가 어긋나고 있어. 곁에서 지켜보는 사람이 애가 탈 정도라니까."

"그렇겠네. 소키 씨가 아무 말이 없길래 순조롭게 진행되는 줄만 알았는데."

소키가 짐짓 얼굴을 찌푸렸다.

"그리 간단하게 될 리가 없지. 근데 난항을 거듭하면서도 여러번 하다 보니 두 사람의 마음도 서서히 맞아 가는 거 같아. 직인들이 그러더라. 같은 방향으로 나아가고 있다는 걸 그 두 사람도 느꼈을 테고, 이제 조금만 더 하면 목표 지점이 보일 거라고. 그런 얘기를 들었기 때문에 오늘 이렇게 너를 데려온 거야."

"그런 거였어? 한결 마음이 놓인다."

"꿈의 매실찹쌀떡이 완성되기를 우리도 기대해 보자." 소키가 빙긋이 웃으면서 차 문을 열었다.

레이토도 조수석에 올랐다. 월향신사로 달려가는 차창 밖 풍경을 보면서 후지오카가 사에코에게 끌려와 수념한 날 밤의 일을 떠올렸다.

녹나무에서 돌아온 그의 표정은 그 전과는 딴판이었다. 뺨이 팽팽해지고 눈가가 붉어져 있었다.

"나를 이곳에 왜 데려왔는지 이제야 그 이유를 알겠어." 후지오카는 사에코에게 말했다. "처음에 염원이 마구 쏟아질 때는 진짜 깜짝 놀랐어. 지금까지 알지 못했던, 상상도 못 했던 모토야의 내면이 마치 내 일처럼 느껴졌으니까. 기적이라고 생각했어. 하지만 금세 깨달았어, 중요한 건 그게 아니라고. 내가 진즉에 알았어야 했어, 모토야가 지금 어떤 마음으로 살고 있는지. 설마 그런…….."

갑작스럽게 말을 멈춘 후지오카는 문득 레이토 쪽을 향해 입을 열었다.

"미안하지만 그다음 얘기는 사에코와 둘이서만 했으면 좋겠는데."

"아, 그럼 저는 들어가 있겠습니다."

레이토가 몸을 돌려 종무소로 들어가려는데 "잠깐만요" 라면서 사에코가 불러 세우더니 후지오카를 향해 말했다.

"아니, 레이토 씨한테도 얘기해 드려야지."

"그래도……."

"이런 기회를 만들어 준 건 레이토 씨야. 게다가 앞으로도 레이토 씨의 도움이 꼭 필요해."

후지오카는 미간을 찌푸리고 잠시 침묵하더니 이내 고개를 끄덕였다. "뭐, 당신이 정 그렇다면……."

사에코가 레이토를 향해 말했다.

"모토야가 이미 알고 있었어요, 남은 시간이 얼마 없다는 거."

"예에? 남은 시간이라니……."

"실은 시한부 선고를 받았거든요. 수술이 끝나고 의사 선생님이 2년을 넘기기 어렵다고 하셨어요. 그때 이 사람에게 메시지로 알려 줬는데 그걸 모토야가 봤던 모양이에요. 아직 기억장애가 시작되기 전이라서 지금도 기억하고 있었어요."

깜짝 놀라 우두커니 서 버렸다. 모토야가 보여 주던 환한 모습에서는 그런 고통을 안고 있다고는 상상도 할 수 없었다.

"지금 그 아이에게는 그림책 만들기가 유일한 삶의 보람이에요. 자신이 살아 있었다는 증거를 남기려고 온 힘을 다해 뛰어들고 있죠. 그런 모토야를 위해 우리도 뭐든 해 주고 싶은 마음이 간절해요." 사에코는 후지오카를 돌아보았다. "매실찹쌀떡이 어떤 의미인지, 당신도 이제 알지? 그 찹쌀떡이 왜 그토록 소중한 추억인지."

후지오카가 깊숙이 고개를 끄덕였다.

"그 아이에게는 그게 행복을 상징했던 거야. 여기저기 재미난 곳에, 그래, 하와이에도 데려가고 도쿄 디즈니랜드에도 데려갔는데 가장 즐거웠던 시간이 그런 허름한 동네 가게에서 찹쌀떡을 먹던 때였어……."

"우리 셋이 함께였기 때문이야. 모토야에게는 그게 가장 중요했어."

"그렇더라고." 후지오카가 시선을 떨구었다. "나 만나는 날에 그런 얘기는 한마디도 없었는데."

"말을 안 한 게 아니라 못 했겠지. 모토야도 나름대로 조심스러웠을 테니까."

"그런 거 같아."

레이토는 망설이다가 저기, 하고 말을 꺼냈다.

"모토야가 그러던데, 아버지를 만난 날 일은 일기에 없었다더군요. 아마 재미없어서 그랬을 거라고 하던데, 정말 그럴까요?"

"그렇지는 않았던 거 같은데……." 후지오카가 말끝을 흐렸다.

"아, 그건 날 배려해 준 거야. 오랜만에 아빠를 만났으니까 진심으로 즐거웠겠지. 집에 돌아왔을 때의 얼굴을 보면 알아. ……그렇지?" 사에코가 후지오카에게 물었다.

"최소한 내 눈에는 그렇게 보였어." 후지오카가 조심스럽게 답했다.

"엄마 눈치를 본 거야. 일기에 써 두면 언젠가 엄마가 읽어 볼 거라고 생각해서 일부러 남기지 않았어. 그것도 이번에 수념하고 나서야 알았어. 아픈 아들에게 그런 일로 신경쓰게 하다니, 엄마로서 내가 정말 한심하다." 눈물 섞인 목소리로 말한 뒤, 사에코는 새삼 후지오카를 보았다. "매실 찹쌀떡, 꼭 만들어 보자. 어떻게든 그 맛을 재현해야지. 그리고 그걸 모토야와 함께 먹는 거야. 물론 당신과 셋이서."

후지오카는 사에코의 시선을 정면으로 마주 보며 힘주어 대답했다. "그래, 같이 해 보자."

그 순간에 한때 부부였던 두 사람의 인연의 끈이 다시 맺어졌다고 레이토는 생각했다.

월향신사에 도착했지만 소키는 차에서 내리지 않고 곧장

회사로 돌아갔다. 소형 왜건이 멀어져 가는 것을 레이토는
마지막까지 지켜보며 배웅했다. 매실찹쌀떡이 완성되면 다
시 한턱 쏘자고 마음먹었다. 그때는 비싼 무라오도 몇 잔이
든 추가 주문하도록 지갑을 두둑이 채워 두기로 했다.

종무소 문을 열다 말고 흠칫 놀랐다. 나카자토가 와 있었
기 때문이다.

"나카자토 씨, 여기서 뭐 해요?"

"그야 당연히 일하고 있지. 놀러 온 거 아냐."

레이토는 모토야와 유키나를 보았다. 놀란 탓인지 유키
나의 얼굴빛이 좋지 않아 보였다.

"여기 아이들한테 무슨……."

"그렇게 무서운 얼굴을 할 건 없잖아." 나카자토가 쓴웃
음을 지었다. "잠시 수사에 협조해 달라고 했어. 이제 다 끝
났어, 난 그만 가 봐야지."

"협조라니, 무슨 협조요?"

"그건 이 아이들한테 물어봐. 별거 아니니까 걱정할 거 없
어. 그보다 이거, 대단하다." 나카자토가 벽에 붙은 그림을
가리키며 말했다. 손에 흰 장갑을 끼고 있었다. "둘이 그림
책을 만든다면서? 깜짝 놀랐어."

"재능 있는 친구들의 선물이죠. 완성되면 한 권 기증할까

요?"

"아니, 그럴 것까지는 없고. 내가 돈 내고 살게." 나카자토
는 흰 장갑을 벗어 양복 주머니에 넣었다. 모토야와 유키나
쪽을 돌아보며 "고맙다, 덕분에 도움이 됐어"라고 인사를
건네고 종무소를 나갔다.

나카자토의 뒷모습을 지켜본 뒤, 모토야와 유키나에게
물었다.

"형사가 뭘 물어봤어?"

두 사람은 얼굴을 마주 보았다.

먼저 대답에 나선 건 모토야였다. "여기서 무슨 일을 하느
냐고 물어봤어요. 그래서 그림책을 만든다고 했죠."

"그리고 또 다른 건?"

"태블릿으로 사람들이 찍힌 사진을 보여 주면서 그중에
아는 사람이 있는지 잘 살펴보라고 하던데요."

치후네에게 했던 질문과 똑같다.

"그래서?"

"아는 사람이 있을지도 모르지만, 병 때문에 어차피 다 잊
어버려서 사진을 봐도 소용없다고 말했죠. 그랬더니 형사
아저씨가 그래도 괜찮으니까 일단 살펴보래요. 그래서 봤
는데 당연히 모르는 사람들이었어요. 그렇게 말했더니 걸

으로는 태연한 척하던데 실은 크게 실망했을걸요?" 모토야
가 고소하다는 듯이 말했다.

레이토는 시선을 옆으로 옮겼다. "유키나한테도 그 태블
릿을 보여 줬어?"

"모토야가 살펴보는 사이에 다른 태블릿을 주면서 똑같
이 얘기했어요."

"다른 태블릿? 나카자토 씨가 태블릿을 두 대나 갖고 왔
다고?"

"네⋯⋯."

레이토의 뇌리에 떠오른 건 나카자토의 흰 장갑이었다.
형사가 장갑을 휴대하고 다니는 이유는 잘 알고 있다. 증거
품에 손이 닿을 때 자신의 지문이 찍히는 걸 방지하기 위해
서다.

"왜요?" 유키나의 눈빛이 불안하게 흔들렸다.

"아니, 아무것도 아냐."

그 뒤로는 평소의 토요일과 똑같았다. 모토야와 유키나
를 배웅하고 경내 청소를 끝낸 다음에 귀갓길에 올랐다.

집에 도착하자 치후네가 거실에서 팸플릿을 보고 있었
다. 잘 다녀왔습니다, 하고 레이토는 인사를 건넸다.

"어서 와요." 치후네는 돋보기안경을 벗고 팸플릿을 정리

하기 시작했다. "저녁 차릴 테니까 옷 갈아입고 나오세요. 오늘 저녁은 고등어된장조림이에요."

"그건 무슨 팸플릿이죠?" 레이토는 테이블로 다가가며 물었다.

"별거 아닙니다." 치후네는 무뚝뚝하게 말하고는 이내 후유, 하고 한숨을 내쉬며 돌아보았다. "아니, 레이토에게도 보여 주는 게 좋겠군요."

"뭔데 이러실까?"

치후네가 팸플릿을 이쪽으로 건네주었다. 몇 가지 종류가 있는 듯했다.

맨 위에 놓인 걸 보고 가슴이 철렁했다. 간병인이 상주하는 유료 요양 시설, 이라는 큰 글씨가 눈에 띄었기 때문이다.

"나카자토 경위가 한 말이 마음에 걸리셨어요? 그 사람 어머니가 요양원에 들어갔다는 거?"

치후네는 쓴웃음을 지으며 고개를 저었다.

"아니, 이건 한참 전부터 생각해 온 일이에요. 혹시 내 앞날에 대해 내가 아무 계획도 없는 줄 알았나요?"

"그건 아니지만……."

"나이 든 사람도 나름대로 자존심이란 게 있어요. 주위에 폐 끼치는 일 없이 여생을 보내고 싶다는 것도 그중 하나지요. 내가 이대로 인지증이 심해지면 난처해질 사람은 다름 아닌 레이토예요. 공연히 고생시키고 싶지 않아요. 다시 말하지만, 이건 나의 자존심 문제예요."

경도 인지장애라는 게 전혀 느껴지지 않을 만큼 논리정연한 말에 레이토는 어떤 대꾸도 할 수 없었다. 입을 꾹 다문채 팸플릿을 들고 첫 장을 살펴보았다. 번듯한 건물과 녹음이 풍성한 주변 환경의 사진이 실려 있다. 안내문을 보니 '병설 의료 시설을 통해 상시 케어받으며 자유로운 시간을 누릴 수 있습니다'라고 쓰여 있다. 인지증 환자에 대해서도 '중증이라도 가능'이라고 따로 적혀 있었다.

사진 속 식당도 환하고 널찍했다. 일반실은 30제곱미터 이상에 화장실과 욕실이 딸려 있다. 게다가 방마다 붙박이장도 설치되었다.

이런 데라면 괜찮겠다고 레이토는 생각했다.

"거기, 나쁘지 않지요?" 치후네가 말했다. "게스트룸이 있어서 손님이 오면 숙박도 할 수 있다는군요."

"네, 괜찮네요."

"하지만 비용이 문제예요."

"비용?"

레이토는 시선을 옮겼다. 비용 내역을 확인하고 저절로

눈을 깜작였다. 입주 보증금이 최저 5000만 엔, 최고 7500만 엔이다. 거기다 다달이 드는 비용은 20만 엔이 넘는다.

"꽤 비싼 편이네요."

"그렇지요. 그래서 거기는 좀 어렵고." 치후네는 다른 팸플릿을 손에 들었다. "이 정도가 적당할 것 같아요."

그 팸플릿을 받아 펼쳐 보았다. 우선 비용부터 확인했다. 다달이 20만 엔을 내는 건 똑같지만 입주 보증금이 없었다.

그러나 서비스 수준은 조금 전에 본 곳보다 훨씬 떨어졌다. 간호조무사가 스물네 시간 상주하는 것도 아니고, 의료 케어는 외부의 병원을 이용한다. 무엇보다 일반실 크기가 15제곱미터 남짓인 게 마음에 걸렸다. 화장실은 있지만 욕실은 없다.

"아무리 그래도 이건 너무 좁잖아요." 레이토는 고개를 갸우뚱하며 말했다. "의료 체계도 충분하지 않고……. 역시 여기가 좋겠어요, 여기 '고주노사토光寿の郷'라는 데." 처음에 본 팸플릿을 가리키며 말했다.

"거기는 어렵다고 말했잖아요."

"그야 좀 비싼 편이지만, 그렇다고 감당 못 할 정도도 아니잖아요. 치후네 씨는 저금해 둔 것도 많은데."

"어떻게 레이토가 내 저금 액수를……." 치후네가 말을 멈추고 미간을 좁혔다. "아니, 전에도 비슷한 얘기를 했던 것 같은데……. 내 착각인가요?"

"아뇨, 전에도 똑같은 얘기를 했어요. 지난번에는 시치미를 뗐지만 사실 치후네 씨가 얼마나 모아 두셨는지 대충 알고 있어요. 지금은 그때보다 조금 줄었는지도 모르지만."

"그때?" 치후네는 잠시 생각하는 표정을 짓더니 이내 알겠다는 듯 고개를 끄덕였다. "그렇군요, 그때 레이토가 내 염원을 전해 받았군요. 하지만 설마 저금 액수까지 전해졌다니."

"제가 이런 말을 하는 것도 이상하지만, 재산에 대한 계획도 없이 단지 야나기사와 가문의 이념만 대대로 이어간다는 건 솔직히 어렵다고 생각해요."

"아무래도 그렇겠지요. 그러니 더욱더 잘 알겠네요, 이런 고급 요양 시설에 들어갈 여유는 없다는 건."

"왜요? 한 달에 20만 엔이면 1년에 240만 엔, 거기에 20년을 산다고 치면 4800만 엔이에요."

"그렇게 오래 살 마음은 없지만, 혹시 그럴 경우를 예로 들어 입주 보증금까지 합산해 보세요."

"보증금을 5000만 엔으로 잡는다면 다 합해서 1억 엔 남짓이에요. 그 정도 여유쯤은 있을 텐데요."

"여유가 있다? 레이토는 중요한 걸 빠뜨리고 있군요. 내가 요양 시설에 들어간 다음에도 이 집과 월향신사는 계속해서 유지 관리비가 들어요. 그런 제반 비용까지 합해 계산하면 내가 죽기 전에 저금은 바닥이 나겠지요. 그럼 그 뒤에는 어떻게 할 건가요."

"그건 그때 가서 생각하면 안 될까요?"

"안 됩니다. 레이토, 혹시 이 집을 팔아 치우면 해결된다고 생각하는 건가요?"

"그, 그건⋯⋯." 레이토는 말문이 막혔다. 딱 알아맞혔기 때문이다.

역시, 하고 치후네가 쓱 노려보았다.

"안 됩니다, 이 집을 날리는 건 용서 못 해요. 유언장에도 명기해 두었으니 애초에 그런 건 생각도 하지 마세요."

엇, 하고 레이토는 눈이 휘둥그레졌다. "유언장을? 그런 걸 어느 틈에⋯⋯."

"인지증이 심해져 버린 다음에는 때늦은 일이 되니까요."

"알았어요, 집은 절대 팔지 않겠습니다. 하지만 다른 비용은 제가 어떻게든 마련해 볼게요. 그러니까 아무 걱정하지 말고 고주노사토에 입주하세요."

"어떻게든 마련해 본다? 그런 근거 없는 말을 믿고 맡기라는 건가요. 나카자토 경위님도 말했었지요, 요양원은 신중하게 선택해야 한다고. 자, 이 일은 그렇게 결정했으니 더는 이러쿵저러쿵하지 마세요." 치후네는 팸플릿을 간추려서 반듯하게 모서리를 맞췄다.

"아 참, 그 나카자토 경위에 관해 잠깐 부탁드릴 게 있어요."

"무슨 부탁이지요?"

"인사차 집에 왔을 때 나눈 대화, 들어 볼 수 있을까요? 그때도 녹음하셨을 텐데."

"녹음은 했지만, 그걸 왜 듣겠다는 건가요?"

"아무래도 나카자토 경위가 강도 사건의 진상을 눈치챈 것 같아요. 그래서 확인해 보려고요."

"진상이라니……." 치후네가 의아하다는 표정이었다. "뭡니까, 그게?"

"유키나가 범인이라는 거예요."

"유키나?"

"모토야와 함께 그림책을 만드는 학생 말이에요."

"그 아이가 범인이라고요?"

"그러니까 그건……." 레이토는 말끝을 흐렸다. 아무래도 치후네가 그간의 경위를 또 까맣게 잊어버린 것이다.

치후네 역시 상황을 짐작했는지 입을 꾹 다물었다. 잠시 후 테이블에 있던 녹음기를 레이토 쪽으로 건네주었다.

"들어 봐도 되죠?"

"들어 보세요. 그리고 번거롭겠지만, 어떻게 된 일인지 이따가 찬찬히 얘기해 주세요. 나도 수첩에 적힌 걸 확인해 볼 테니까요."

"알겠습니다." 양손으로 녹음기를 받아 들었다.

레이토는 방에 들어가 옷도 갈아입지 않고 녹음기부터 컴퓨터에 연결했다.

금세 찾아낸 대화는 이렇게 시작된다.

'나오이 레이토 씨의 월급은 어떻게 지급하시지요? 은행 이체로? 아니면 현금으로 직접 주십니까?'

'녹나무 파수꾼에게 월급이라는 건 없습니다. 겉보기는 저렇지만 레이토는 아직 학생 신분이에요. 통신대학입니다. 그보다 왜 그런 걸 물어보시지요?'

'딱히 별 의미는 없습니다. 여기서 함께 기거하시지만, 금전적인 부분은 따로 관리하실 것 같아서 가볍게 여쭙는 겁니다. 마음에 걸리면 대답하지 않으셔도 됩니다.'

'마음에 걸릴 건 없어요. 그 아이에게는 몇 달에 한 번씩, 내가 직접 현금으로 주고 있습니다. 은행을 거치는 것도 서

로 간에 번거로우니까요.'

'가장 최근에는 언제 지급하셨지요?'

'글쎄요, 석 달 전이었나…….'

'그때는 역시 신권으로?'

'그렇지요, 세뱃돈이나 축하금처럼 역시 신권으로 챙겨 줍니다.'

'그러시군요. 이것 참, 소소한 질문만 거듭해서 죄송하네요. 흔쾌히 협조해 주셔서 고맙습니다. 그럼 이만 실례하겠습니다.'

'아뇨, 저야말로 변변히 대접도 못 하고 미안하군요.'

레이토는 음성 파일을 정지했다.

한숨을 내쉬었다. 역시 그렇구나.

나카자토는 사진 속의 누군가를 정말로 찾고 있어서 태블릿을 보여 준 게 아니었다. 그가 실제로 노린 건 지문 채취였다.

범인이 모리베의 머리를 내리칠 때 사용한 흉기는 유리 재떨이였다. 아마 거기에 지문이 남았던 것이리라. 그 지문과 대조해 범인을 찾아내려는 것이다.

그렇다면 치후네, 모토야 그리고 유키나를 점찍은 이유는 무엇인가. 세 사람의 공통점은 레이토의 주변 인물이라

는 점이다. 경찰이 월향신사에 자꾸 드나드는 건 구메다 고
사쿠가 숨었던 장소여서가 아니다. 그곳에 레이토 자신이
있기 때문이었다.

그러면 왜 레이토의 지문은 채취하지 않을까. 이유는 명
백하다. 레이토의 지문은 이미 경찰에서 확보하고 있기 때
문이다. 전에 체포되었을 때 지문 채취를 당했다. 재떨이에
남은 지문과 일치하지 않는다는 건 벌써 확인이 끝난 것이
다.

하지만 경찰은 레이토의 주변에 범인이 있다고 확신하고
있다. 그건 어째서인가.

결국 열쇠는 레이토가 유키나에게 건넨 1만 엔짜리 지폐인
가…….

"무슨 얘기지요? 다시 한번 설명해 주세요." 수첩을 손에
들고 치후네가 물었다.

"그러니까 그게……." 레이토는 혀로 마른 입을 적신 뒤
얘기를 되풀이했다. "내가 유키나의 시집을 5만 엔에 구입
했지요? 유키나는 사건 현장에서 훔쳐 온 100만 엔에는 손
도 대지 않았어요. 그리고 그날 모리베에게 받은 아르바이
트비 2만 엔은 이미 생활비로 써 버렸을 거예요. 그래서 나
한테 받은 시집 값 5만 엔 중에서 두 장을 100만 엔 다발에

더해 레터 팩으로 보낸 거예요."

"거기까지는 알겠군요. 이 수첩에도 그 전말을 적어 뒀어요. 덕분에 고사쿠가 석방된 것이지요."

"네, 그걸로 모든 게 정리된 줄 알았는데 경찰은 여전히 포기하지 않고 있어요. 포기하기는커녕 중요한 증거를 입수한 거예요. 100만 엔 다발과 함께 보낸 두 장의 1만 엔짜리 지폐였어요. 경찰은 그 지폐에 찍힌 지문을 분석했을 거예요. 신권이니 검출하기도 쉬웠겠죠."

"내가 레이토에게 신권으로 챙겨 준 게 잘못이었나요?"

"그런 건 아니에요. 요즘 같은 과학수사에 걸리면 오래된 지폐였더라도 전과자의 지문쯤은 간단히 찾아낼 테니까요."

"전과자?"

"아, 그건 제 얘기예요. 다만 오래된 지폐였다면 내가 만진 돈이 우연히 돌고 돌아 유키나에게 건너갔을 가능성도 있겠죠. 하지만 신권이었기 때문에 거기에 찍힌 지문이 많지 않았어요. 게다가 그 속에 흉기로 쓰인 재떨이에서 채취한 지문과 일치하는 게 있었고……. 그래서 경찰은 월향신사를 감시하고, 내 주변 인물들을 주목하게 된 거예요."

치후네는 관자놀이를 손끝으로 지그시 누른 채 수첩을 들여다보았다.

저녁 식사를 마친 뒤 치후네는 조금 전의 그 얘기를 다시 들려 달라고 부탁했다. 하지만 상황이 복잡해서 설명하기가 쉽지 않았다.

역시 알아듣지 못한 것 같아서 레이토가 불안해하는 참에 치후네가 입을 열었다.

"경찰은 만 엔짜리 지폐에 찍힌 지문이 세 사람이라고 파악했다는 것이지요? 그중 한 명이 레이토였다, 그렇다면 다른 두 명은 누구냐, 라는 건가요?"

"아뇨, 꼭 세 사람이라고 단정하지는 못했을 거예요. 지폐를 잡을 때, 최소 손가락 두 개를 쓰게 되고 여러 번 만지는 일도 있으니까요."

치후네는 고개를 가로저었다.

"최신 과학수사는 인간공학을 도입해 사람 손이 물건에 닿았을 때의 동작을 분석합니다. 지문 감식을 통해 손을 댄 사람은 세 명이라고 추정하는 건 어렵지 않아요. 게다가 레이토의 지문은 열 손가락 모두 채취해 둔 자료가 있었어요. 그다음은 단순한 뺄셈이 되지요."

그렇구나, 하고 레이토는 납득했다. 경도 인지장애 증세를 보이다가도 이따금 이런 명철한 논리를 펼친다. 치후네의 뇌 구조가 어떻게 되어 있는지 머릿속을 들여다보고 싶을 정도다.

치후네는 손바닥으로 뺨을 짚었다.

"아무래도 경찰의 시선이 유키나에게 향하는 건 시간문제인 것 같군요."

"저도 그렇게 생각해요. 이제 어떻게 해야 좋을까요?"

그러자 치후네는 등을 꼿꼿이 세우고 지그시 눈을 감았다. 마치 명상에 빠진 듯한 모습이었다.

이윽고 눈을 뜨더니 고개를 한 차례 끄덕였다.

"레이토는 일단 대기하도록 하세요."

"일단 대기?"

"이거 말고도 처리해야 할 일들이 많지요. 매실찹쌀떡도 그렇고, 그림책도 그렇고."

"그건 그렇지만……."

"명심해요, 경찰이 사건에 관해 뭘 물어보든 모르쇠로 일관하도록 하세요. 처음부터 끝까지 나는 아무것도 모른다는 걸로 밀어붙이면 됩니다. 여기서 레이토가 무너지면 모든 게 무너집니다."

"알겠습니다."

"그리고 또 한 가지." 치후네가 검지를 들었다. "다시는 스스로를 전과자라고 지칭해서는 안 됩니다. 기소되지 않았으니 레이토는 전과자가 아니에요. 어리석은 행동을 반성하는 건 매우 바람직한 일이에요. 하지만 비굴해져서는 안 되지요. 기소된 적도 없는 자의 지문을 데이터베이스에서 파기하지 않았다니, 그게 오히려 불합리한 일입니다. 마땅히 그 점에 대해 분개해야지요. 분개하지 않는 건 레이토가 비굴해져 있기 때문이에요. 똑똑히 기억해 두세요, 비굴해지는 건 일종의 어리광입니다. 어차피 나 같은 사람은, 이라고 생각하는 것이지요. 그렇게 해 두는 게 속 편하니까요. 하지만 그런 식으로 도망치는 게 언제까지나 허용될 만큼 이 세상은 만만하지 않아요. 녹나무 파수꾼이라면 더욱더 그렇습니다."

단호한 말투로 얘기하는 치후네의 얼굴을 레이토는 멍하니 바라보았다. 눈앞의 이모님이 이토록 힘주어 얘기하는 건 오랜만이었다. 하지만 바로 이런 게 치후네 씨의 본모습이다.

기억해 두겠습니다, 라고 레이토는 말했다.

25

　나카자토가 종무소를 찾아온 건 일단 대기하라는 치후네
의 지시 후 이틀째 되는 날 저녁 무렵이었다. 레이토가 노트
북을 앞에 두고 과제 리포트를 쓰고 있는데 나가자토가 벌
컥 문을 열고 얼굴을 내밀었다.

　레이토는 고개를 들고 과장되게 미간을 찌푸렸다. "노크
정도는 해 주시죠."

　"아차, 실례했네. 하지만 그럴 거면 문짝에 안내문을 붙였
어야지. 볼일이 있는 분은 노크해 주십시오, 라고. 아니면
종을 달아 두는 방법도 있어."

　"꼭 그래야겠네요." 레이토는 노트북을 닫았다. "그보다

오늘은 또 무슨 일입니까?"

"어라, 아주 냉랭하시네. 전에는 우롱차도 대접해 주더니만."

"아차, 깜빡했네요. 얼른 내올게요." 레이토는 의자에서 몸을 일으켰다.

"아니, 우롱차를 꼭 마시겠다는 건 아냐. 그냥 앉아, 앉아." 나카자토가 급하게 손을 내젓고 옆에 놓인 빈 의자를 끌어당겼다. "나, 여기 좀 앉아도 되지?"

"네네, 그러세요."

자리를 잡자 나카자토는 한 차례 헛기침을 한 뒤에 레이토를 마주 보았다.

"오늘 오전에 자네 이모님 야나기사와 치후네 씨가 경찰서에 나타나셨어."

"치후네 씨가?"

레이토는 흠칫 놀랐다. 아침 식사를 같이했지만, 그런 말은 전혀 없었다.

"자네는 몰랐어?"

네, 하고 고개를 끄덕였다.

나카자토는 미심쩍은 표정으로 다시 입을 열었다.

"기모노를 제대로 차려입고 민원실에 와서는 할 얘기가

있으니 서장실로 안내해 달라고 하셨어. 무슨 일이냐고 담당자가 물었더니 하루카와초에서 일어난 강도치상 사건에 관해 얘기할 게 있다고 하셨어. 근데 하필 담당자가 신입이라서 야나기사와라는 이름을 듣고도 아무 생각이 없었던 모양이야. 이상한 할머니구나, 하고 냉큼 돌려보내려고 했대. 마침 그 곁을 지나간 사람이 경무과장이었고, 당연히 야나기사와 그룹 전 명예 고문의 얼굴을 알고 있었지. 곧바로 서장에게 연락해 응접실에서 마주하게 되었는데, 야나기사와 씨의 얘기를 들은 서장이 그야말로 소스라치게 놀랐다는 거야." 나카자토는 거기서 한숨 돌리고 레이토의 얼굴을 지그시 바라보았다. "야나기사와 치후네 씨가 뭐라고 하셨을까?"

"뭐라고 하셨는데요?"

"댁들은 하야카와 유키나를 체포할 계획이겠지만 그건 잠시 보류해 주었으면 한다. 그 대신 사건의 진상은 모두 다 내가 설명하겠다……. 의연한 태도로 그렇게 말씀하셨다는 거야."

레이토는 헉하고 숨을 멈췄다. 그렇게 단도직입으로 말하는 전술을 쓸 거라고는 생각도 못 했다.

"서장이 소스라치게 놀란 것도 당연해. 왜냐면 그 사건 피의자로 하야카와 유키나에 대해 임의 조사를 검토한다는 보고를 방금 받고 온 참이었거든." 나카자토는 레이토의 얼굴을 빤히 들여다보며 덧붙여 물었다. "경찰이 왜 하야카와 유키나에 주목했는지, 자네는 알고 있나?"

"아뇨, 전혀 모릅니다." 레이토는 곧바로 답했다. 뭘 물어보더라도 모르쇠로 일관하라는 치후네의 당부가 머릿속에 박혀 있었다.

"정말이야?" 나카자토가 의심의 눈빛을 던졌다. "전혀 몰랐다는 사람이 내 얘기를 듣고도 별로 놀라지 않는 것 같네?"

"아뇨, 충분히 놀랐는데요. 너무 놀라서 미처 반응을 못한 것뿐이에요. 진짜 말이 안 되잖아요, 유키나가 강도치상 사건의 범인이라니. 그 아이는 그냥 평범한 고등학생이에요. 치후네 씨가 왜 그런 말을 했는지, 어휴, 진짜 이상하네요."

나카자토는 혀를 차고 싶은 표정이었다. "대부분 범죄는 평범하게 보이던 사람이 저지르는 거야."

"그건 그럴지도 모르지만⋯⋯."

"실은 한 가지 중요한 단서를 발견했어. 그걸로 이번 사건의 범인이 월향신사와 관계가 있는 인물일 가능성이 높다는 게 밝혀졌지. 우리 수사관이 계속 감시해 왔다는 거, 자네도 이미 눈치챘지? 불쾌했지만 우리도 그럴 만한 사정이 있었어."

"뭔데요, 그 중요한 단서라는 게?"

나카자토는 고개를 저었다. "미안하지만 그건 말할 수 없어."

"신사와 관련돼 있다면 나를 가장 먼저 의심했을 텐데요."

"그렇다고 할 수도 있고, 그렇지 않다고도 할 수 있어. 실은 중요하다고 말한 단서 말이야. 이건 물증이라고 표현해도 무방한데, 그 단서로 자네는 범행과 직접적인 관련이 없다는 게 명백해졌거든."

"물증이라니……."

"지문이야." 나카자토는 얼굴 옆으로 왼손을 흔들어 보였다. "범행에 사용한 흉기에 지문이 몇 개 찍혀 있었어. 그중에 나오이 레이토, 즉 절도로 체포되었으나 초범에 나이도 어린 데다가 피해자와 합의해서 기소유예 처분을 받은 자네의 지문은 없었어."

역시 경찰 측 데이터베이스에 여전히 레이토의 지문이 남아 있는 모양이다. 아마도 영원히 남겨 둘 것이다.

마땅히 분개해야 할 일, 이라고 치후네는 말했지만 여기서 항의할 마음은 나지 않았다.

"그래서 평소 이 신사에 자주 드나드는 사람, 특히 종무소에 드나드는 사람을 위주로 철저히 확인하게 됐어. 뭐, 한마디로 지문을 채취하는 거였지. 아니, 지금 자네가 무슨 말을 하려는지 알아. 근데 본인의 동의 없이 채취한 지문이 데이터베이스에 등록되는 일은 없으니까 그건 걱정하지 마. 재판의 증거로 채택되는 일도 없어. 어디까지나 수사에 사용하려는 것뿐이야. 아무튼 그걸로 금세 해결될 줄 알았는데, 너무 안일한 생각이었어. 어리석게도 우리는 범인을 남자라고만 특정하고 수사를 진행해 왔거든. 지문 채취도 성인 남성으로만 한정했어. 피해자 모리베의 진술을 그대로 믿었던 거지만, 애초에 기억이 혼동되었거나 의도적으로 허위 진술을 할 가능성도 고려했어야 하는데……. 그걸 놓치는 바람에 한참 멀리 돌아오는 꼴이 됐지."

"모토야와 유키나에게 태블릿을 보여 준 건 역시 남녀노소 가리지 않고 닥치는 대로 지문을 채취하기 위해서였군요."

레이토의 지적에 나카자토는 얼굴을 일그러뜨렸다.

"범인을 체포하기 위한 일이야. 우리도 하고 싶어서 한 게 아니라고. 하지만 그 덕분에 성과가 있었어."

"유키나의 지문이 흉기에 찍힌 지문과 일치했습니까?"

나카자토는 쓸쓸한 표정으로 고개를 끄덕였다.

"솔직히 깜짝 놀랐어. 설마 여고생일 줄은 상상도 못 했거든. 하지만 이렇게 된 이상, 조사하지 않을 수는 없어. 그런데 강도치상 사건의 참고인으로 여고생을 조사한다고 하면 언론에서 시끄럽게 떠들고 나설 우려가 있어. 피해자가 범인은 남자였다고 진술한 부분과의 모순도 여전히 마음에 걸렸고. 일단 신중하게 움직일 필요가 있겠다고 얘기하던 참에 야나기사와 치후네 씨가 떡하니 나타나신 거야."

"그래서 치후네 씨는 사건의 진상을 밝혔습니까?"

"그 황당한 말씀이 실제로 사건의 진상이라면, 일단 밝히시기는 했지. 어떤 얘기였는지, 어때, 알고 싶어?"

"물론이죠."

나카자토는 써늘한 웃음을 지으며 레이토를 바라본 뒤, 기분을 바꾸려는 듯 자세를 바로잡았다.

"야나기사와 치후네 씨가 밝힌 내용은 이런 거야. 하야카와 유키나는 어려운 집안 살림을 꾸려 가기 위해 모리베 도시히코와 이따금 만나 주고 돈을 받았다. 이른바 '데이트 알바'라는 거야. 다만 성관계는 없이 함께 식사하는 정도의 만

남이었어. 데이트 한 번에 2만 엔. 그런데 어느 날 모리베는 그걸 놓치는 바람에 자택으로 유키나를 데려갔다. 물론 목적은 한 가지, 강제로 성관계를 하려는 것이었다. 서랍에서 2만 엔을 꺼내 준 뒤, 갑작스럽게 덮치려고 했다. 깜짝 놀란 유키나는 순간적으로 옆에 있던 재떨이로 모리베 씨의 머리를 내리쳐 기절시켰다. 꿈쩍도 하지 않는 모리베를 보고 살인을 저지르고 말았다고 착각한 유키나는 강도의 소행으로 위장하려고 도망치기 전에 서랍에서 100만 엔 다발을 훔쳐 냈다. 그런데 모리베 씨는 죽은 게 아니었다. 뉴스를 보고 그 사실을 알게 된 유키나는 경찰이 곧 자신을 잡으러 올 거라고 각오했다. 하지만 체포된 사람은 왜 그런지 구메다 고사쿠라는 사람이었다. 얼마 뒤에 구메다가 사건의 진상을 다 알면서도 자신을 지켜 주려 한다는 것을 알았다. 죄책감에 시달리던 유키나는 훔쳐 온 돈을 레터 팩으로 모리베의 집에 보내서 구메다 고사쿠가 범인이 아니라는 걸 증명하려고 했다……."

나카자토는 영화를 해설하는 변사처럼 유창하게 설명한 뒤, 팔짱을 끼고 어깨를 흔들며 허허 웃었다.

"이게 지어낸 얘기라면 정말로 잘 짜냈다고 감탄할 수밖에 없겠지? 이 스토리라면 피해자 모리베 씨가 범인은 남자였다고 허위 진술을 한 이유도 해명이 돼. 특히 내가 혀를 내두른 건 레터 팩으로 보낸 금액이 100만 엔 플러스 2만 엔이었다는 점이야. 대체 2만 엔짜리 지폐 두 장은 뭐냐고 수사본부에서도 수수께끼였거든. 하지만 설득력 있는 답은 찾지 못했어. 그런데 야나기사와 씨의 얘기라면 모순이 완벽히 사라지지. 어쨌든 이상한 건 그게 사건의 진상이라고 쳐도 어떻게 야나기사와 씨가 그런 걸 알고 있느냐는 거야. 그에 대한 야나기사와 씨의 대답은, 어떤 사람에게서 들었다, 이 세상의 부조리를 낱낱이 지켜보는 숙명을 짊어진 인물에게서 얻은 정보다, 라는 것이었어. 그게 누군지는 밝힐 수 없다는 주석을 달아서."

나카자토에 의하면 치후네의 주장은 다음과 같이 이어졌다.

'그러므로 사건의 진범은 하야카와 유키나예요. 경찰 측에서도 사건이 미궁에 빠지는 건 원치 않으실 테니 그 아이를 체포하는 건 어쩔 수 없다고 생각합니다. 그러나 굳이 서두를 필요는 없지 않겠습니까. 체포해 본들 강도치상죄로 기소하는 건 불가능하겠지요. 기껏해야 절도와 상해예요. 하지만 상해죄도 성립할지 어떨지 심히 미심쩍어요. 변호사는 정당방위를 주장할 테니까요. 오히려 모리베 도시히코 씨가 음행이나 비동의 성교죄로 처벌받을 가능성이 더 높을 것 같군요. 이처럼 하야카와 유키나의 자백이 나올 경우, 사건의 진상은 완전히 뒤바뀌게 됩니다. 그때서야 허둥대는 것보다는 지금 이 사건을 어떻게 처리하는 게 경찰 측에 최선이 될지 숙고해 보는 편이 여러분께도 유리하지 않겠어요? 하야카와 유키나가 도주할 우려는 전혀 없습니다. 그 아이는 지금 자신의 꿈에 청춘을 걸고 있어요. 그러니 그게 일단락될 때까지는 부디 그 아이를 가만두었으면 합니다. 상황이 이러하니 잘 부탁드립니다.'

그렇게 말하고 깊숙이 머리를 숙였다는 것이었다.

"솔직히 말해서 깜짝 놀랐어. 그분은 경도 인지장애잖아. 지난번에 만났을 때, 본인 입으로 말씀하시더라고. 실제로도 비망록 수첩을 자주 들여다보셨고. 그런데 오늘은 그 정도로 긴 연설을 메모 확인도 없이 줄줄 풀어놓으셨어. 참 대단한 분이다 싶었지."

"네, 야나기사와 치후네 씨는 정말 대단한 분입니다." 레이토는 이모님의 이름을 일부러 깍듯이 말했다. "그래서, 경찰은 어떤 판단을?"

"잠시 숙고하게 해 달라면서 일단 야나기사와 씨를 돌려보냈어. 흥미로운 말씀이었지만 그걸 무턱대고 받아들일 수는 없잖아. 사실 여부부터 확인할 필요가 있어. 우선 구메다 고사쿠를 불러 누구를 두둔하려는 거냐고 캐물었어. 이름까지는 밝히지 않았지만 하야카와 유키나라는 걸 은근슬쩍 내비치면서. 그래도 구메다는 끝내 부인했지만 그 태도를 보면 거짓말이라는 게 분명했어. 그래서 서장, 형사과장과 상의해 잠시 상황을 지켜보자는 걸로 얘기가 됐지. 우리도 전도유망한 젊은이의 앞길을 가로막으려는 건 아니야. 다만 모리베가 지역 유지인 데다 경찰청 상부에 지인이 있어. 야나기사와 씨가 말한 것처럼 이 사건을 어떻게 처리하는 게 경찰 측에 최선일지, 우리도 검토할 시간이 필요해. 다만 수사의 현장 책임자로서 나도 따로 확인하고 싶은 게 있어. 그래서 이렇게 찾아온 거야."

"나한테 뭘 확인하고 싶은데요?"

"야나기사와 치후네 씨가 말했던, 이 세상의 부조리를 낱낱이 지켜보는 숙명을 짊어진 사람이 대체 누구냐는 거야. 내가 생각하기에는 녹나무의 젊은 파수꾼, 즉 자네야. 그렇지?"

"그게 왜 나예요?"

"야나기사와 씨의 주장은 무척 그럴듯하고 아주 논리 정연했어. 아마도 사실에 가까운 말씀이겠지. 하지만 그런 정보를 어디서 어떻게 입수했을까. 미안하지만 그 점에 대한 야나기사와 씨의 신비주의적인 설명은 받아들일 수 없어. 내가 내린 답은 한 가지, 하야카와 유키나가 고백했다는 거야. 하지만 그 고등학생과 야나기사와 씨는 직접적인 관계가 없어. 두 사람을 이어 주는 인물은 단 한 명뿐이지." 나카자토는 검지를 들고 그 손끝으로 레이토를 가리켰다. "하야카와 유키나는 자신이 저지른 일을 자네에게 고백했어. 어때, 내 말이 맞지?"

레이토는 난처했다. 나카자토의 추리는 미묘하게 적중했고 동시에 미묘하게 어긋나기도 했다. 이걸 어떻게 설명하면 좋을까.

"한 가지만 더 물어볼게요. 범인이 이 신사 관계자, 아니, 나와 관련된 사람이라고 단정한 이유는 뭡니까?"

나카자토가 눈썹을 치켜올리자 이마에 주름이 잡혔다.

"글쎄, 뭐였을까. 추리해 봐."

"혹시 지문입니까? 레터 팩으로 보낸 만 엔짜리 지폐에 찍힌 지문……."

나카자토는 흐뭇한 듯 크게 웃었다.

"역시 자네는 머리가 좋아. 정확히 맞혔어. 100만 엔 다발 외에 만 엔짜리 지폐 두 장이 있었는데 그 두 장 모두에서 자네의 지문이 나왔어."

레이토는 한숨을 내쉬었다. "앞으로는 장갑을 끼고 살아야겠네요."

"양심에 거리낄 게 없다면 굳이 그럴 필요가 있나?" 나카자토가 빙글빙글 웃으면서 말했다. "자네는 이번 사건의 진상을 다 알고 있었지?"

"그렇다고 하면 어떻게 됩니까?"

그리 바람직하지 않은 대답이라는 걸 알면서도 레이토는 입 밖에 내고 말았다.

나카자토의 얼굴이 갑자기 부드럽게 풀어졌다.

"그 어린 두 친구에게 얘기 좀 전해 줘. 그림책이 완성되기를 간절히 기다리는 형사가 있다고 말이지."

뜻밖의 부탁에 당황해서 레이토는 선뜻 대꾸할 말이 떠오르지 않았다. 그 반응에 만족했는지 나카자토는 씨익 웃으면서 자리에서 일어섰다. 그럼 이만, 이라고 말하고 출구로 향하다가 문득 걸음을 멈추고 돌아보았다. "《제인 에어》를 알고 있나? 영국 소설인데."

"아뇨, 모르는데요."

하긴 모르겠지, 라고 나카자토는 고개를 끄덕였다.

"우리 어머니가 요양 시설에 들어간 게 정확히 10년 전이야. 그 3년 전쯤부터 인지증이 서서히 진행됐어. 어머니 자신도 무척 괴로워하셨어. 어떻게든 진행을 막아 보려고 했을 거야. 《제인 에어》원서를 외우려고 하신 것도 아마 그 때문이겠지. 젊은 시절에 중학교 영어 교사로 근무하다 퇴직하셨거든. 처음 한동안은 정말 대단했어. 나한테 원서를 건네주고 제대로 외웠는지 확인해 달라는데 한 스무 쪽 정도까지 하나도 안 틀리고 줄줄 외우더라니까. 근데 점점 그 쪽수가 줄어드는가 싶더니 어느 날 소설 첫 문장을 버벅거리더라고. 어머니도 큰 충격을 받았는지 그 뒤로 아예 원서를 멀리하셨어. 아마 그 직후였을 거야. 내 얼굴을 보고 누구세요, 라고 물었던 게."

마치 즐거운 추억을 얘기하듯이 가벼운 말투였지만, 그래서 더욱더 사태의 심각성이 절실하게 전해져 오는 것 같았다. 듣고 있는 레이토의 마음도 먹먹해졌다.

"어머님께는 가끔 찾아가세요?"

아니, 하고 나카자토는 고개를 저었다.

"벌써 한참 동안 안 갔어. 내가 누군지도 모르시니 별 의미가 없다 싶어서."

"그렇군요……."

"오늘 야나기사와 치후네 씨의 말씀, 정말 대단하셨어. 하지만 내일도 똑같이 하실 수 있을지…….”

"네, 잘 알고 있습니다." 레이토는 상대의 말을 가로막으며 말했다. "괜찮아요, 각오는 단단히 했으니까."

"음, 그렇다면 다행이네." 나카자토는 고개를 끄덕이더니 다시 문으로 향했다.

레이토의 보고를 듣고도 치후네의 표정은 별반 달라지지 않았다.

"그렇습니까, 경찰에서 유예해 주기로 했군요. 잘됐네요." 평온한 얼굴로 나물 반찬에 젓가락을 내밀었다.

"모르쇠로 일관하라고 하셨는데 결국 실패했어요. 죄송합니다." 레이토는 밥그릇과 젓가락을 양손에 든 채 머리를 숙였다.

"뭐, 어쩔 수 없지요. 나카자토 경위님이 아마 레이토를 찾아갈 거라고 짐작은 했어요."

"그렇다면 미리 귀띔이라도 해 주셨어야죠. 내가 얼마나 당황했는데."

"그 정도 기지를 발휘하는 건 녹나무 파수꾼으로서 당연한 일이에요."

레이토는 어깨를 으쓱 들어 보이고는 가지를 입에 넣었

다.

"그나저나 요양 시설은 결정하셨어요?"

"요양 시설?"

"노인 요양 시설 말이에요."

치후네의 움직임이 멈췄다. 불안한 듯 눈동자가 흔들리더니 젓가락을 내려놓고 곁에 둔 수첩을 손에 들었다. 페이지를 넘기며 레이토의 질문을 이해할 만한 단서를 찾고 있었다. 그 모습은 길 잃은 어린아이처럼 불안해 보였다.

치후네가 수첩을 보던 얼굴을 들었다.

"그렇군요, 노인 요양 시설에 대한 것도 결정해야겠네요. 수집해 온 팸플릿을 어디에 뒀는지 모르겠네."

"저기 선반에요." 레이토는 벽 쪽의 작은 서랍장을 가리켰다.

"아……. 그럼 이따가 보도록 하지요. 어떤 시설들이 있었던가요?"

아무래도 전에 팸플릿을 본 기억이 빠져나간 모양이다. 레이토와 주고받은 얘기까지는 기록해 두지 못한 것이다.

"그게……."

"뭡니까?"

"고주노사토라는 시설이 마음에 든다고 하셨어요. 나도

거기가 괜찮다고 생각했고."

"고주노사토……. 그래요, 기억해 두지요."

치후네는 수첩을 내려놓고 젓가락을 들었다.

26

파이프 의자에 자리를 잡고 레이토는 종무소 벽을 바라보았다. 스무 장이 넘는 그림이 걸려 있었다. 한 장 한 장 아래쪽에 글씨가 적힌 종이가 달렸다. 말할 것도 없이 그림책 스토리다. 유키나와 모토야가 말하기를 이제 전체의 90퍼센트 정도를 채웠다고 한다. 그렇다면 남은 건 이제 10퍼센트, 곧 완성되겠다고 기대했는데 그게 그리 쉽지 않다고 두 사람은 말했다.

녹나무의 여신이 소년에게 어떤 미래를 보여 줄 것인가, 라는 결말 부분에서 아직도 고심하고 있었다. 아이디어가 도무지 떠오르지 않아 유키나는 여신이 미래를 보여 준다는 설정 자체를 바꿔 버리는 방법도 생각했다. 하지만 시행착오를 여러 번 거친 끝에 결국 이 설정이 가장 좋다는 결론에 이르러서 다시 출발선으로 돌아가 생각을 쥐어 짜내는 상황이었다.

등 뒤에서 미닫이문이 열리는 소리가 났다. 돌아보니 모토야가 입구에 서 있었다.

"나오이 레이토 씨입니까……." 머뭇거리며 물었다. 대화에 익숙해지기 전까지 공손한 말투는 처음 이곳에 왔을 때와 다름이 없었다.

응, 하고 레이토는 웃음을 건넸다.

모토야는 안으로 들어와 벽에 줄줄이 걸린 그림을 올려다보았다.

"이 단계에서 멈춘 지 벌써 한 달이 되었다던데요."

자기들이 하는 일을 남의 일처럼 말하는 것도 여전하다.

"스토리를 만든다는 게 여간 어려운 일이 아니더라고." 레이토는 말했다. 이쪽은 실제로 남의 일이라서 속은 편하다.

"어떤 결말이 될지는 유키나 누나에게 달렸지만, 일기를 보니까 나도 나름대로 아이디어를 낸 거 같던데요?"

"나름대로, 라기보다 아주 적극적이었어. 때로는 말싸움이 벌어지기도 했고."

모토야는 쓴웃음을 지으며 의자에 앉았다.

"건방지네요, 기억장애 주제에."

"그림책을 만드는 동안에는 너한테서 한 번도 장애를 느껴 본 적이 없어. 진짜 대단하다고 항상 감탄하는 중이야."

하하하, 하고 모토야는 마른 웃음소리를 냈다.

"어느 날인가의 일기에 적혀 있었어요. 레이토 씨는 치켜세워 주는 거, 진짜 잘한다고."

"그런 거 아냐. 진심에서 우러나온 말이지."

모토야는 다시 반박할 말을 찾다가 문득 어깨 힘을 빼는 기척을 보였다.

"일기에 이렇게도 적혀 있었어요. 레이토 씨가 은인이라고, 살아갈 의미를 알려 준."

너무도 묵직한 말에 레이토는 당황했다.

"어이쿠, 좀 봐줘라. 그렇게 말하면 나는 앞으로 바보짓도 못 하잖아. 아무 데서나 오줌도 못 싸고."

모토야는 온화한 웃음을 보이며 벽에 붙은 그림으로 시선을 돌렸다.

"미래……. 유키나 누나는 소년에게 어떤 미래를 보여 줄까……."

그렇게 중얼거린 순간, 유리창을 톡톡 두드리는 소리가 들렸다. 창 너머로 유키나의 모습이 보여서 레이토는 손끝으로 미닫이문 쪽을 가리켰다.

그 문을 열고 유키나가 들어와 인사를 건넸다. "안녕하세요."

"네 파트너가 아까부터 목 빠지게 기다렸어." 레이토가 말하며 의자를 권했다.

"안녕하세요." 모토야가 꾸벅 머리를 숙였다. 눈부신 듯이 유키나를 올려다보았다.

레이토는 냉장고에서 콜라와 우롱차를 꺼내 유리잔 두 개와 함께 테이블에 차려 냈다. 시계를 보니 오후 1시를 조금 지난 시각이었다.

그럼 천천히 얘기해, 라고 두 사람에게 말하고 레이토는 종무소를 나왔다.

경내 중간까지 나온 참에 스마트폰을 꺼냈다. 전화를 걸자 곧바로 네, 하고 사에코의 목소리가 돌아왔다.

"둘이 지금 종무소에 와 있어요."

"알았어요. 지금 갈게요."

전화를 끊고 레이토는 도리이 아래까지 내려갔다. 그러자 계단을 올라오는 세 남녀의 모습이 보였다. 사에코와 후지오카, 그리고 오바 소키였다. 후지오카는 네모난 상자를 품에 안고 있었다.

세 사람이 도착하자 레이토는 목례를 건넸다. "수고하셨습니다."

"레이토 씨, 이래저래 고마웠어요." 사에코가 말했다.

레이토는 후지오카가 안고 있는 상자에 시선을 던졌다. "이게 그거?"

후지오카가 상자 뚜껑을 열었다. "그럭저럭 완성해 냈죠."

상자 안에는 찹쌀떡 네 개가 들어 있었다. 하얀 떡살에 비취 빛깔의 옅은 초록색이 투명하게 비쳐 보였다. 그 안에 달콤한 매실조림이 들어 있는 것이다.

"그 맛이겠지요?"

"그럼요." 후지오카가 조심스럽게 뚜껑을 닫고 사에코와 얼굴을 마주 보았다. "둘이 몇 번이나 확인했어요."

사에코도 고개를 끄덕였다. "괜찮을 거예요." 조심스럽지만 자신감이 담긴 목소리였다.

"그럼 어서 가져가야겠네요. 처음에는 놀라겠지만 정말 기뻐할 거예요."

네, 하고 사에코가 대답하고 후지오카를 보며 고개를 끄덕였다. 후지오카가 걸음을 뗐다. 사에코도 그 뒤를 따라갔다.

두 사람을 배웅한 뒤 레이토는 소키를 돌아보았다.

"소키 씨, 고마워. 소키 씨의 도움이 아니었다면 이건 성공할 수 없었어. 사에코 씨와 후지오카 씨도 감사 인사를 했겠지만, 나도 정식으로 인사할게. 정말 고마워." 깊숙이 머리를 숙였다.

"그런 인사는 필요 없다고 전에도 말했잖아. 막판에 화낸다? 이제 그만하라고."

정말로 화난 듯한 목소리에 레이토는 얼굴을 들었다. 하지만 소키는 쓴웃음을 짓고 있었다.

"게다가 기뻐하기는 아직 일러. 두 분 다 매실찹쌀떡이 잘 나왔다고 흡족해했지만 모토야도 같은 생각인지는 아직 모르잖아. 의기양양하게 종무소에 들어간 것까지는 좋았는데 나올 때는 잔뜩 실망해서 어깨가 축 처져 있을 가능성도 전혀 없지는 않아."

그 말을 듣고 레이토는 저절로 입술이 삐뚜름해졌다.

"혹시 그렇게 되면 어쩌지?"

"어쩌고 말고 할 것도 없어. 다시 시도해 보는 수밖에."

레이토는 머리를 부여잡았다. "으, 상상하기도 싫은 전개야."

"근데 괜찮을 것 같긴 해." 소키의 말투에서 자신감이 엿보였다.

"진짜?"

소키는 고개를 크게 끄덕였다. "저 두 분, 실은 홋카이도까지 다녀왔어."

"홋카이도? 거긴 왜?"

"맛의 열쇠는 바로 팥앙금이었어."

"팥앙금이라니, 찹쌀떡에 든 거?"

"당연하지. 원하는 단맛이 도무지 나오지 않아서 난감해하던 참에 후지오카 씨가 어쩌면 설탕이 아니라 꿀을 썼을지도 모른다는 얘기를 꺼낸 거야. 그래서 꿀을 넣어 봤는데 단번에 원하는 맛에 가까워졌어. 하지만 그 맛과 정확히 비교하면 아직도 뭔가 좀 부족하다고 했어. 다 같은 꿀이라도 그야말로 종류가 다양하거든. 생산지에 따라서도 다르고. 그래서 둘이서 어떻게 한 줄 알아?"

"모르지. 어떻게 했는데?"

"그 단맛집 야마다를 다시 알아봤어. 예전에 가게가 있던 곳 주변을 돌아다니면서 주인이던 노부부를 아는 사람이 있는지 찾아본 거야. 마치 탐문 수사를 하는 형사처럼. 그러다가 마침내 그 노부부가 홋카이도 출신이고, 화과자 재료를 대부분 고향에 주문해서 썼다는 것을 알아냈어. 당장 홋카이도의 꿀 생산회사에 단맛집 야마다에 납품한 적이 있는지 문의했지. 그랬더니 분명하게 기록이 남아 있더라니까. 정기적으로 메밀꿀을 납품했다는 게 밝혀진 거야. 즉, 답은 메밀꿀이었어."

"우와." 레이토는 그런 꿀이 있다는 것도 몰랐지만, 지금이 상황에 그런 건 상관없었다. "대박이다. 그래서 그걸 넣었구나."

"아, 잠깐. 얘기가 그리 간단하지 않아. 안타깝게도 그 회사에서는 이제 그 꿀을 취급하지 않더라고. 출하량이 줄어든 탓이야. 다만 공장은 아직도 있어서 둘이 꿀을 구하려고 홋카이도까지 비행기를 타고 직접 날아갔어. 그렇게 어렵사리 입수한 메밀꿀로 팥앙금을 만들었는데, 과연 어떻게 됐느냐……. 그 옛날의 그리운 맛, 단맛집 야마다의 맛, 그걸 고스란히 재현해 냈지."

대단하다, 하고 레이토는 고개를 절레절레 흔들었다.

"매실찹쌀떡을 완성하기까지 그런 엄청난 노력이 있었다니."

"그 밖에도 고생한 건 일일이 말하기도 힘들어. 화과자라는 게 원래 보통 심오한 세계가 아니거든. 그런데도 둘이서 힘든 내색 한 번 없이 호흡이 척척 맞더라니까. 역시 예전에 부부였구나, 하고 새삼 실감했어."

"그건 예전에 부부였기 때문이라기보다 모토야의 아빠이고 엄마이기 때문일 거야. 어떻게든 아들에게 추억의 맛을 선물하겠다는 결심이 둘의 마음을 하나로 묶어 줬겠지."

"그럴지도 모르겠다. 자기 자신을 위해서였다면 그렇게까지 열심히 하지는 않았을 거야."

레이토는 종무소 쪽을 돌아보았다. "어떻게 됐을까……."

"잠깐 들여다볼까." 소키가 걸음을 옮겼다.

둘이서 종무소 옆으로 살금살금 다가갔다. 다행히 커튼이 열려 있었다. 조금 떨어진 곳에서 창문 너머로 안을 살펴보니, 사에코와 후지오카의 등이 보이고 그 맞은편에서는 모토야와 유키나가 웃고 있었다.

자칫 들키기 전에 레이토와 소키는 서둘러 종무소 옆을 떠났다.

"성공한 것 같은데?" 소키가 말했다.

"응, 이제야 마음이 놓인다."

"근데 유키나가 왜 저기에 있어? 매실찹쌀떡은 가족 셋이서만 먹는 줄 알았는데."

"이유는 두 가지야. 첫째는 유키나가 그림책의 공동 작가

이기 때문에, 그리고 또 하나는 가족 중 한 사람이 강하게 원했기 때문이야."

"가족 중 한 사람이라니, 누가?"

"그야 당연히 모토야지." 레이토는 웃으면서 말했다. "두 분이 수념으로 알게 됐다더라고. 지금 모토야가 가장 함께 있고 싶어 하는 사람이 누구인지. 안타깝게도 아빠 엄마가 아니었다면서도 싱글벙글 웃더라니까."

"오, 재미있네. 그보다 레이토, 완전 대성공이니 우리도 한잔하러 가야지?"

"지금? 아직 대낮이잖아."

"뭐, 어때? 축배에 낮이고 밤이고 따지지 말자. 아, 미리 말해 두겠는데……."

"알았어, 알았어, 내가 쏠게. 무라오든 모리이조*든 마시고 싶은 만큼 실컷 마셔."

"좋았어! 사양 같은 거 안 한다?"

둘이서 도리이를 지나 계단을 내려가기 시작했다.

---

* 가고시마현에 본거지를 둔 모리이조 양조장에서 제조 판매하는 고구마소주 브랜드.

내일의 나에게

오늘은 월향신사에서 두 가지 기적이 일어났다. 첫 번째
는, 아빠 엄마가 찾아온 것. 며칠 뒤에 있을 내 생일을 축하
해 주러 왔다. 둘이 나란히 앉아 있는 모습을 본 게 얼마 만
인지.

두 번째 기적은 생일 선물이었다. 아빠 엄마가 내게 건네
준 것을 보고 정말 깜짝 놀랐다.

그 찹쌀떡이었다. 푸른 매실이 들어 있는 찹쌀떡.

진짜 깜짝 놀랐다. 실제로 만들어 올 줄은 생각도 못 했다.

지난달 일기에는 내가 녹나무에 기원했다고 적혀 있었

다. 그 녹나무에는 불가사의한 힘이 있어서 내 머릿속에 있는 걸 가족에게 전해 줄 수 있기 때문이었다.

그날 밤 내가 찹쌀떡 맛을 녹나무에 맡겼다고 한다. 엄마가 그걸 수념해서 매실찹쌀떡을 재현해 보겠다고 한 것이다.

다만 나오이 레이토 씨는 그 얘기를 일기에 기록하지 않는 게 좋겠다고 말했다. 성공하지 못할 수도 있는데 괜히 기대했다가 실망하면 슬플 테니까, 라는 이유 때문이었다.

하지만 그날 밤 나는 나오이 레이토 씨의 충고를 따르지 않고 그 일을 적어 두었다.

그 마음은 오늘의 나도 이해한다.

엄마가 그 찹쌀떡을 만들려고 애쓰고 있다. 그 사실만으로도 아주 기뻐서 내일의 나에게도 꼭 알려 주고 싶었다.

하지만 기대는 하지 않았다. 그렇게 쉽게 만들어 낼 수 없을 거라고 포기했다.

그런데 그 찹쌀떡이 완성되었다. 게다가 아빠도 함께 만들었다는 말을 듣고는 눈물이 날 뻔했다.

한 입 먹어 보고 더욱더 놀랐다. 그 찹쌀떡이었다. 예전에 셋이서 같이 먹었던 그 찹쌀떡 맛이었다.

더 이상 버틸 수가 없었다. 그냥 엉엉 울어 버렸다. 엄마도 울었다. 옆을 보니 유키나 누나도 울고 있었다.

행복하다, 라고 생각했다. 이제 다른 건 아무것도 필요 없다고 생각했다.

그때 나는 갑작스럽게 깨달았다.

미래 같은 건 필요 없다. 앞으로 무슨 일이 일어날지, 그런 건 상관없다. 그런 건 몰라도 괜찮다.

중요한 건 지금이다.

그걸 유키나 누나에게도 말했다. 유키나 누나는 놀란 얼굴이었지만 금세 고개를 끄덕여 주었다. 정말 그럴지도 모르겠다, 라면서.

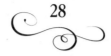

28

'만일 당신이 과거로 돌아갈 수 있다면 1930년대의 경제 정책에 대해 어떤 제안을 할지 서술하라.'

문제지를 보자마자 이게 뭐야, 하고 레이토는 고개를 갸우뚱했다. 왜 하필 1930년대인가.

그러고 보니 얼마 전 온라인 수업에서 군국주의의 영향을 논하는 내용이 나왔다. 일단 메모는 해 뒀지만 수업 내용이 도통 이해가 되지 않았다. 그때 써 둔 노트를 다시 읽어 보는 수밖에 없는 건가. 하지만 다시 읽어 본들 내가 이해할 수 있을까.

금요일 오후, 레이토는 종무소에서 노트북을 앞에 두고

있었다. 아까부터 거의 백지상태에 가까운 화면을 보면서 끙끙거리고 있었다. 〈경제정책학〉은 필수과목이지만 우선 단어 자체가 너무 어려워서 교재를 읽고 이해하는 것부터가 힘에 부쳤다. 그런 상황에서 과제 리포트 제출 기한은 코앞에 닥쳤다. 1930년대의 경제정책에 대한 제안이라니, 내가 그런 걸 알 게 뭐냐고요, 하고 내던져 버리고 싶은 심정이다.

노트북을 노려보기만 했을 뿐인데도 어깨가 결렸다. 양팔을 들고 기지개를 켜려는 참에 곁에 둔 스마트폰이 부르르 울렸다. 이 고통스러운 시간에서 벗어날 수만 있다면 누가 됐든 대환영이다. 얼른 스마트폰을 집어 들었다.

발신자 표시를 보니 모토야였다. 적잖이 놀랐다. 모토야가 먼저 전화한 건 분명 처음이다.

전화를 받아 안녕, 하고 인사했다. "레이토야."

"저는 하류 모토야인데요, 저를 아세요?"

"잘 알지. 너도 나 아는 거지?"

"그런가 봐요. 지난주 토요일에도 만났던데요."

"부모님이 오셨을 때야, 매실찹쌀떡을 들고."

네, 하고 모토야가 작은 목소리로 대답했다.

"정말 고맙습니다. 모두 나오이 레이토 씨 덕분이라고 아빠 엄마도 얘기하셨어요."

"됐어, 굳이 인사하지 않아도 돼. 혹시 그것 때문에 일부러 전화했어?"

"감사 인사를 꼭 하고 싶었어요. 근데 그것 때문만은 아니에요. 실은 부탁드릴 게 있어서요. 저기, 제가 지금 그쪽에 가도 괜찮아요?"

"부탁이라니, 그림책에 관한 건가?"

"그림책……. 네, 관계가 있을지도 모르겠어요."

"있을지도 모르겠다……."

아무래도 전화로 얘기할 내용이 아닌 모양이다.

그래, 하고 대답했다. "나는 종무소에 있으니까 언제든지 와도 돼."

"고맙습니다. 그럼 이따 뵐게요. 바쁘신데 죄송했습니다." 모토야는 전화를 끊었다. 이미 수없이 만난 사이지만 그 아이에게는 그런 기억이 없다. 그래서 전화로는 더욱더 말투가 딱딱해지는 모양이다.

삼십여 분 뒤에 모토야가 도착했다. 레이토를 보더니 반가운 눈빛을 했다. 얼굴만은 기억에 어렴풋이 남아 있기 때문일 것이다.

"우선 레이토 씨에게 사과할 게 있어요." 모토야는 종무소 테이블 앞에 앉자 온순한 표정으로 말했다.

"무슨 일이지?"

"제가 약속을 지키지 못했어요."

"우리가 뭔가 약속을 했었나?" 레이토는 고개를 갸우뚱
했다. 정말로 생각나는 게 없었다.

"녹나무에 관한 거예요. 찹쌀떡 맛을 녹나무에 기념했던
날 있잖아요. 레이토 씨가 그날 일은 일기에 기록하지 않는
게 좋겠다고 하셔서 내가 그러겠다고 약속했나 봐요. 근데
그걸 기록해 뒀더라고요. 아마 찹쌀떡은 못 만들겠지만, 그
래도 어떻게든 해 보려고 애쓰는 엄마가 고마워서 그걸 내
일의 나에게 꼭 전해 주고 싶었던 거 같아요. 이대로 잊어버
리면 엄마한테 미안하다고 적혀 있었어요."

"아, 그거?"

미안하다는 듯 어깨를 웅크리고 있는 소년에게 레이토는
웃음을 건넸다.

"그건 사과하지 않아도 돼. 일기에 그런 기록이 있다면 너
도 알겠지만, 혹시라도 매실찹쌀떡을 만드는 데 실패했을
경우를 염려해서 그렇게 말했을 뿐이야. 근데 실제로는 성
공했잖아. 아빠까지 함께 나서서 도와주셨으니까 정말 잘
된 일이지."

"아빠도 왔다고 해서 깜짝 놀랐어요. 게다가 찹쌀떡을 아

빠 엄마가 같이 만들었다니, 아직도 믿어지지 않아요. 지난
주 토요일의 그 일기를 보고 가슴이 뭉클했어요. 엄마 아빠
와 셋이서 매실찹쌀떡을 먹은 순간을 상상하면 그날의 내
가 너무 부러워요. 일기에는 적혀 있지만 지금의 나는 기억
이 하나도 안 나니까……. 그게 너무 안타까워요."

모토야의 말에는 간절한 진심이 담겨 있었다. 레이토는 조
용히 고개를 끄덕일 수밖에 없었다. 그날은 유키나도 함께
있었으니까 더더욱 그럴 거라고 마음속으로 중얼거렸다.

"그래서 제가 생각한 게 있어요. 그렇게 즐거울 때, 다시
녹나무의 힘을 빌리면 어떨까……."

"녹나무의 힘을 빌리다니, 어떻게?"

레이토가 되묻자 모토야는 자신이 생각해 낸 아이디어를
꼭 들어 달라는 듯이 코를 벌름거리며 말했다.

"앞으로 또 멋진 일이 생기면 곧바로 녹나무에 그 기쁜 마
음을 모두 다 예념해 두는 거예요. 그러면 다음 날에 다 잊
어버려도 녹나무에 들어가 수념하면 다시 그 추억을 꺼낼
수 있잖아요."

"그, 그런가?"

분명 괜찮은 방법이었다. 여태까지 그런 생각을 못 했다
는 게 이상할 정도였다.

"어때요, 기막히게 좋은 생각이죠?"

"그러네. 그런데 한 가지 문제가 있어. 녹나무에 예념하는 날짜가 정해져 있다는 거야. 초하룻날과 그 전후 이틀 정도야. 그런 멋진 서프라이즈가 반드시 그 기간에 일어난다는 보장이 없잖아."

"그건 알아요. 그래서 추억으로 남기고 싶은 일이 생기면 곧장 레이토 씨에게 연락해서 언제쯤 예념이 가능한지 물어볼 거예요. 그리고 그날까지 어떻게든 잠을 안 자면 돼요."

레이토는 눈이 휘둥그레졌다. "아니, 그건 너무 무모하지."

"그래도 일단 잠이 들면 기억이 사라지니까……."

"그건 그렇지만 며칠씩 잠을 안 자면 건강에 안 좋아. 이삼일이라면 혹시 괜찮을지도 모르지만, 초하루까지 일주일 이상 남았을 때는 어떻게 하려고?"

"그럴 때도 잠들지 않게 최대한 참아 보다가 도저히 힘들면 그냥 예념해야죠. 초하룻날이 아니더라도 포기할 수는 없으니까. 어쩌면 녹나무가 조금쯤은 염원을 받아 줄지도 모르잖아요."

"흠, 그런 방법을……." 레이토는 머리를 굴렸다. 뭔가 더 좋은 방법은 없을까.

"그래서 갑자기 기념을 예약할 수도 있어요. 오늘 그 얘기를 하려고 왔어요."

"언제든 급한 부탁을 받을 수 있게 일부러 예약을 비워 두는 날도 있어. 나도 최대한 그런 날을 많이 만들도록 해 볼게."

"고맙습니다. 잘 부탁드릴게요." 모토야가 머리를 숙였다. 평소에는 대화가 길어지면 말투가 수더분해졌는데 오늘은 내내 공손했다.

"그림책은 어떻게, 잘 되고 있어? 내일이 토요일인데."

"네, 잘될 거예요." 모토야가 고개를 끄덕이며 대답했다.

그 얼굴을 보고 의아한 마음이 들었다. 얼마 전까지만 해도 벽에 가로막혀 힘들어했는데 지금 그 표정에서는 자신감이 느껴졌다.

"드디어 벽을 돌파했어?"

"아직은 잘 모르지만 지난주에 유키나 누나와 얘기했던 게 있거든요. 아마 내일은 새로운 스토리를 들고 올 거 같아요."

"그러면 너무 좋지. 완성까지 이제 얼마 안 남았네."

"드디어 끝이 보이겠죠? 마지막 삽화를 그릴 생각을 하면

벌써부터 가슴이 두근두근 설레요. 뭔가 시원섭섭한 기분
……." 모토야는 수줍은 웃음을 보였다.

그 표정을 보고 모토야의 말투가 미묘하게 달라진 이유를
레이토는 깨달았다.

소년이 어른으로 한 걸음 나아가고 있는 것이다.

저녁에 레이토는 집으로 돌아왔다. 잘 다녀왔습니다, 하
고 거실 문을 열고 주방 쪽을 향해 인사했다. 그런데 대답이
없었다. 이 시간이면 저녁밥을 차리는 맛있는 냄새가 집 안
에 가득했는데.

주방에 가 보니 치후네가 보이지 않았다. 화장실에 간 것
도 아닌 듯했다. 뭔가 요리한 흔적이 전혀 없었다.

싱크대 위에는 슈퍼의 비닐봉지가 덩그러니 올려져 있
다. 안을 보니 무와 생선 토막 등이 들어 있다. 생선은 방
어였다. 옆에 놓인 영수증을 확인해 보니 오늘 오후에 결
제된 걸로 찍혀 있다. 슈퍼에서 돌아와 그길로 어디에 나
간 건가.

레이토는 치후네의 침실로 향했다. 방 앞에서 치후네 씨,
하고 불렀다.

"레이토예요, 지금 왔어요. 안에 계세요?"

하지만 대답이 없었다. 레이토는 가만히 문을 열었다.

불을 켜지 않아서 방 안이 컴컴했다. 하지만 이불은 깔려 있었다. 치후네가 누워 있는 것 같았다.

치후네 씨, 하고 다시 한번 불러 보았다.

이불이 들썩거리더니 베갯머리 쪽에서 치후네가 고개를 들었다.

"아, 레이토……." 쉰 듯이 가녀린 목소리가 흘러나왔다. "웬일이지요?"

"주방에 안 계셔서 무슨 일인가 하고……. 어디 몸이 안 좋으세요?"

"주방? 지금 몇 시예요?"

"7시 조금 지났는데요."

"저녁 7시?"

"네, 맞아요."

이런, 큰일이네, 라면서 치후네가 몸을 일으켰다. "저녁을 차려야 하는데."

"이제 시간도 늦었고, 뭔가 배달이라도 시키는 게 좋겠어요."

"배달? 그건 낭비지요. 내가 얼른 차릴게요." 치후네는 자리에서 일어나 블라우스 위에 카디건을 걸쳤다.

레이토는 자신의 방으로 가면서 내심 안도했다. 그리 큰

일은 아니었던 것 같다. 아마 슈퍼에서 돌아온 뒤에 좀 피곤해져서 잠깐 눕는다는 게 깜빡 잠이 든 모양이다.

평상복으로 갈아입고 거실로 나갔다. 그런데 주방에서 요리하는 소리가 들리지 않았다. 이상하다 싶어서 내다보니 치후네는 비닐봉지 속을 멍하니 들여다보고 있었다.

"왜 그러세요?"

치후네가 천천히 레이토를 돌아보았다.

"이거, 레이토가 사 온 거 아니지요?"

가슴이 덜컥했다.

"제가 사 온 게 아니라……."

"그래요, 그럼 내가 사 왔군요, 역시."

"기억이 안 나요?"

응, 하고 치후네가 힘없이 고개를 끄덕였다. "전혀 아무 기억도."

"방어무조림을 하시려고 했던 거 같은데."

"그런 거 같군요. 그렇다면 어서 해야지요."

치후네는 봉지에 든 걸 조리대에 차례차례 꺼냈다. 그러다 그 손을 문득 멈추고 멍해진 듯 시선이 초점 없이 흔들렸다.

"왜요?"

치후네는 온몸이 흔들릴 만큼 고개를 세게 저었다.

"하나도 모르겠어. 방어무조림, 어떻게 만드는지 생각이 안 나." 그러고는 무너지듯이 바닥에 주저앉았다.

레이토는 급히 달려갔다. "괜찮으세요?"

치후네는 이마에 손을 짚고 몇 번이고 심호흡을 했다.

"아까도 그랬어……."

"아까요?"

"요리를 하려고 했는데 뭐가 뭔지 아무것도 모르겠어서 내 방으로……."

레이토는 그제야 상황을 이해했다. 혼란스러워 일단 방에 들어가 자리에 누웠고 그대로 잠이 든 것이다.

"저쪽에 가서 잠시 쉬시는 게 좋겠어요."

조용히 일으켜 세우고 부축하면서 거실로 이동했다.

의자에 앉자 치후네는 어깨가 축 처진 채 깊은 한숨을 내쉬었다.

"아아, 한심해라. 요리는 머리를 쓰는 일이 아닌 줄 알았는데 치매에 걸리면 그것도 못 하게 되는군요."

"아뇨, 가벼운 인지장애예요, 치매가 아니라."

치후네는 얼굴을 들고 쓸쓸한 미소를 지었다.

"미안해, 이제 쓸모없는 할멈이야. 레이토한테 방해만 되겠지요. 어서 어떻게든 해야 하는데."

"그런 말씀 마세요. 아직 괜찮으세요."

"아직, 이라는 건 머지않아 괜찮지 않은 날이 온다는 뜻이고, 그게 바로 내일일 수도 있어. 그렇지?"

레이토가 답할 말을 찾지 못해 머뭇거리자 다시 치후네는 미안해, 하고 사과했다.

"이런 얘기, 듣는 사람은 난처하기만 하지요. 레이토, 배고프겠네. 배달, 주문 좀 해 줄래요?"

"뭐 드시고 싶어요?"

"난 뭐든 좋아요. 레이토가 먹고 싶은 걸로 주문하세요."

레이토는 호주머니에서 스마트폰을 꺼냈다. 배달로 주문할 요리라면 종류가 다양하다. 하지만 옆에서 고개를 떨구고 있는 치후네의 모습이 시야 끝에 잡히자 퍼뜩 다른 생각이 떠올랐다.

"오늘 저녁은 방어무조림을 드시고 싶었죠? 그렇다면 그걸로 해요."

치후네가 천천히 얼굴을 들었다. "그런 것도 주문이 되나요?"

"그게 아니라 집에서 해 먹자고요. 지금부터 해 보죠, 뭐."

치후네는 씁쓸한 듯 얼굴을 찌푸렸다. "글쎄, 내가 요리를 도무지 못 하겠다니까요."

"어떻게 하는지 잊어버린 거잖아요. 요리법은 검색해 보면 돼요, 인터넷에 줄줄이 올라와 있으니까. 나도 곁에서 도와드릴게요." 레이토는 벌떡 일어나 치후네의 등 뒤로 갔다. "자, 어서요."

"잠깐만, 아무리 그래도 어떻게 하는지를……."

"저도 모르거든요? 그러니까 같이 연구해 봐요. 어쨌든 일단 주방으로 가시죠."

조리대 앞에서 스마트폰으로 방어무조림 요리법을 검색했다. 그중 가장 간단해 보이는 걸 선택했다.

"나는 무와 방어를 맡을 테니까 치후네 씨는 양념장을 만드세요. 물에 간장, 술, 설탕을 섞기만 하면 된대요. 각각의 분량은 여기 적혀 있어요." 스마트폰 화면에 재료 부분을 띄워 조리대 옆에 올려놓았다.

"나는 꼭 방어무조림이 아니어도……."

"아뇨, 꼭 방어무조림이어야 돼요. 내가 먹고 싶거든요. 자자, 해 봅시다."

치후네는 머뭇거리는 표정으로 스마트폰 화면을 들여다본 뒤 싱크대 옆 선반을 열었다. 안에 조미료 병이 줄지어 있었다.

"다행이다, 조미료가 어디 있는지는 잊지 않은 거 같군요."

"그래서 제가 말했죠, 아직 짱짱하시다니까요."

스마트폰 화면을 들여다보며 치후네는 양념장을 만들어 나갔다. 그 손놀림은 평소의 그녀와는 달리 어색하기만 했다. 과학 실험에 처음 도전하는 초등학생 같았다.

약 한 시간 뒤, 방어무조림이 완성되었다. 밥도 다 됐다.

식탁에 마주 앉아서 먹었다. 치후네는 한 입 먹고는 맛있네, 라면서 눈을 반짝였다.

"항상 하던 것과는 맛이 조금 다르지만 이것도 좋군요. 아니, 오히려 더 맛있는 것 같기도 하고."

"첫 요리, 대성공이네요."

"레이토, 아까 무를 넣기 전에 미리 전자레인지에 돌렸지요?"

"그렇게 하면 무가 더 폭 익어서 좋대요."

치후네는 무를 젓가락으로 가르며 날숨을 내쉬었다.

"정말 부드러워……. 그런 비법이 있다니, 전혀 몰랐어요. 재미있네요, 요리법을 잊어버린 덕분에 더 손쉽고 더 맛있게 만드는 방법을 알게 되다니. 그리 생각하면 차례차례 잊어 가는 것도 그리 나쁜 일은 아닌지도 모르겠군요. 어차피 별로 대단한 기억도 아니니까요."

자학적인 웃음과 함께 입에 올린 그 말은 분명 진심이 아닐 것이다. 레이토는 동의도 반론도 하지 않고 조용히 흘려 넘겼다.

"아, 녹나무에 관해 한 가지 물어볼 게 있어요."

"무엇이지요?"

"예념한 사람이 그 예념을 수념해도 되나요?"

치후네는 의아한 듯 미간을 좁혔다.

"자신이 맡긴 염원을 자신이 받는다? 무엇 때문이지요?"

"추억을 남겨 두기 위해서요. 뭔가 즐거운 일이 생겼을 때, 녹나무에 예념해 두면 혹시 잊어버리더라도 수념만 하면 언제든 생생한 기억을 되찾을 수 있잖아요."

치후네는 젓가락을 내려놓고 심각한 표정으로 레이토를 보았다.

"그건 나를 위해 생각해 낸 건가요? 내가 그나마 정신이 멀쩡할 때 녹나무에 예념을 해 두고 치매기가 심해지면 수념으로 기억을 되찾게 하려고?"

"그런 게 아니라 모토야를 위해서……."

"모토야?"

"하류 모토야, 잠이 들면 기억이 사라지는 그 중학생 말이에요."

생각이 났는지 아, 하고 치후네가 고개를 끄덕였다.

"어때요, 그런 것도 될까요?"

"가능하냐 아니냐는 질문이라면 가능하다, 라고 답해야 겠군요."

"와, 가능하군요." 레이토는 저절로 얼굴에 웃음이 번졌 다.

"하지만 단 한 번뿐이에요."

"단 한 번?"

"녹나무에 맡긴 염원은 반영구적으로 남게 됩니다. 다만 두 가지 예외가 있어요. 첫째는 같은 사람이 두 번 이상 예념하는 경우인데, 먼저 맡긴 염원은 나중 것으로 갱신됩니 다. 요즘 말로는 업데이트라는 게 될까요. 또 한 가지는 예념한 당사자가 수념하는 경우인데, 그 염원은 녹나무에서 완전히 소실됩니다. 그 뒤에는 아무도 수념할 수 없어요."

"그렇군요⋯⋯."

"그러니 그 방법을 이용해 추억을 되찾더라도 기회는 단한 번이에요. 두 번은 없습니다. 예념한 당사자의 수념이 금지 사항은 아니지만, 감행할 거라면 그 점을 명심하도록 하세요. 그게 파수꾼의 역할입니다." 제자를 타이르듯이 찬찬

히 가르쳐 준 뒤 치후네는 젓가락을 들고 능숙하게 무를 집
어 올렸다.

29

다음 날, 모토야가 종무소에 나오자 레이토는 치후네의
말을 들려주었다.

"그러니까 소중한 추억을 예념해도 여러 번 수념할 수는
없어. 괜찮은 방법이라고 생각했는데 아쉽다."

모토야도 아쉽다는 표정이었지만 의외로 그리 낙담하는
기색은 아니었다.

"역시 쉬운 일은 아니었네요. 일기를 보고 나도 멋진 아이
디어다, 그게 된다면 너무 좋겠다고 생각했거든요……. 그
래도 어쨌든 한 번은 수념을 할 수 있지요?"

"그렇지, 그건 가능해."

"그거면 땡큐죠. 소중한 추억을 녹나무에 맡겼다가 마음 내킬 때 언제든 꺼낼 수 있다니……. 상상만 해도 기분이 좋아져요. 레이토 씨, 뭔가 즐거운 일이 생기면 연락할 테니까 잘 부탁드려요."

"물론이지."

잠시 뒤에 유키나가 왔다. 안녕하세요, 라는 인사와 함께 종무소 문을 연 유키나는 다른 여느 때보다 바짝 긴장한 얼굴이었다.

"스토리, 정해졌어?" 모토야가 물었다.

"응." 유키나가 고개를 끄덕였다. "지금 들어 볼래?"

"들어 볼래!"

자신은 이쯤에서 자리를 뜨는 게 좋겠다고 레이토는 판단했다. 마실 것을 내준 뒤에 청소 도구를 들고 종무소를 나섰다.

두 시간쯤 경내를 깨끗이 쓸어 낸 뒤에 종무소로 돌아갔다. 두 사람이 그림책 얘기에 푹 빠져 있다면 방해가 되지 않게 다시 나올 생각이었지만, 모토야가 레이토의 얼굴을 보자마자 목소리를 높였다.

"굿 타이밍!"

"응? 뭐가?"

"지금 레이토 씨를 데리러 가려던 참이었거든요." 유키나가 말했다. "그림책 스토리, 드디어 다 됐어요. 마지막 그림도 모토야가 스케치했으니까 다음 주에는 책이 완성될 거예요."

"잘 했네, 잘 했어."

"그러니까 마지막으로 레이토 씨가 읽어 주세요. 객관적인 의견도 듣고 싶으니까."

"나? 아니, 난 그런 거 못 해." 레이토는 급히 손을 내저었다. "의견을 내다니, 그건 내 능력 밖이야. 누군가 다른 사람한테 부탁해 봐."

"그냥 읽기만 해도 돼요." 모토야가 말했다. "레이토 씨에게 가장 먼저 보여 드리고 싶거든요. 부탁드려요."

둘이 동시에 머리를 숙이는 바람에 레이토는 곤혹스러웠다. 거절할 핑곗거리가 생각나지 않았다.

"그럼 그냥 읽어 보기만 하는 걸로……."

유키나와 모토야는 서로 마주 보며 풋 웃었다. 유키나가 원고 더미를 건네주었다. 원고지와 도화지가 섞여 있었다. 원고지에는 글씨가 빼곡하고 도화지의 그림은 색감이 선명했다.

레이토는 의자에 앉아 원고를 손에 들었다. 진지한 표정의 유키나와 눈이 마주쳤다.

"그렇게 빤히 쳐다볼 거야? 집중할 수가 없잖아."

"앗, 미안."

"유키나 누나, 우리는 밖에 나가 있을까?" 모토야가 말했다.

"그게 좋겠다. 레이토 씨, 다 읽으면 불러 주세요."

"알았어."

둘이 나가는 걸 지켜보고 나서 레이토는 다시 원고를 마주했다. 왠지 모르게 긴장되었다. 첫 장을 펼쳤다.

처음은 '햇볕이 쨍쨍 내리쬐는 가운데 한 소년이 사막을 걷고 있었습니다'라는 문장으로 시작한다. 도화지에는 하얀 사막 위에 점점이 발자국이 찍히고 그 끝에 소년의 뒷모습이 있었다.

레이토는 그림을 찬찬히 살펴본 뒤 원고지의 글자를 읽어 내려갔다.

가난에 허덕이고 소중한 사람마저 세상을 떠난다. 그런 현실이 너무도 힘겨워 꿈을 잃은 소년이 미래를 보여 준다는 여신을 찾아 긴 여행을 떠난다. 메마른 사막을 지나자 험준한 산길이, 그리고 그 끝에는 울창한 정글이 기다리고 있다.

여기까지는 전에 들은 그대로였다. 유키나의 문장은 읽기 편하면서도 박진감이 넘쳤다. 모토야의 그림도 장면이 눈앞에 펼쳐진 듯이 생생함이 느껴졌다.

레이토가 침착하게 읽어 본 건 딱 거기까지였다. 십여 분 뒤, 정신없이 마지막 장까지 다 읽은 레이토는 저도 모르게 종무소를 뛰쳐나갔다.

"유키나! 모토야!" 목청껏 두 사람을 불렀다.

도리이 옆에 있던 두 사람이 뛰는 걸음으로 돌아왔다.

"어땠어요?" 유키나가 물었다. 긴장한 듯 얼굴이 불그레했다. 옆에 선 모토야도 마찬가지였다.

굉장해, 라고 레이토는 말했다.

"이런 결말은 상상도 못 했는데 정말 깜짝 놀랐어. 놀랐고, 감동했어. 정말 대단하다, 너희는 천재야."

"스토리를 생각한 건 유키나 누나예요."

모토야의 말에 유키나는 곧바로 고개를 저었다.

"그걸 떠올리게 해 준 건 너였어. 찹쌀떡을 먹으면서 네가 해준 말이 힌트가 됐으니까."

"그랬어?"

"난 별 얘기도 안 했는데." 모토야가 수줍은 듯 얼굴을 붉혔다.

레이토는 양팔을 크게 펼쳤다.

"그런 건 상관없어. 아무튼 좋은 이야기야. 나는 문학이나

예술에는 문외한이지만, 이 그림책이라면 누가 읽더라도 감동하고 아주 흐뭇해질 거야. 그것만은 자신 있게 말할 수 있어."

"고맙습니다. 레이토 씨가 그렇게 말해 주시니 정말 뿌듯하네요. 이제 나는 아무 미련도 없어요." 유키나가 후련하다는 표정으로 말했다.

"미련이 없다니, 뭐가?"

"아, 그게⋯⋯." 유키나는 입술을 적신 뒤에 말을 이어 갔다. "나 스스로 만족할 만한 작품이라는 뜻이에요. 이보다 더 잘 쓰기는 어려울 만큼."

"회심작이라는 거네."

네, 하고 대답하고 유키나는 모토야를 돌아보았다.

"말이 나온 김에 그것도 레이토 씨와 상의해 볼까?"

"응, 좋아."

"나하고 상의할 게 있어?"

"전부터 모토야와 얘기했거든요, 그림책이 완성되면 축하 파티를 하자고. 아니, 무슨 거창한 파티는 아니고, 그동안 도와주신 분들을 초대해서 작게나마 발표회를 해 볼 생각이에요."

"발표회⋯⋯. 완성된 그림책도 나눠 주고?"

"그러면 좋겠지만, 참석자 전원에게 나눠 줄 만큼 책자를 만들려면 시간이 오래 걸리니까 우선 낭독회를 해 보면 어떨지 생각하고 있어요. 그림은 슬라이드로 상영하고."

"오, 그거 좋네."

"근데 장소는 아직 정하지 못했어요. 레이토 씨, 혹시 아는 데 있어요?"

"낭독회 장소라……."

그러고 보니 최근에 누군가 낭독에 관한 얘기를 했는데, 라고 레이토는 기억을 더듬었다. 잠시 뒤 어디서 들었는지 생각났다. 동시에 한 가지 아이디어가 머릿속에서 번뜩 떠올랐다.

"그러면 내가 한 가지, 제안해 볼까?" 유키나와 모토야를 보며 말했다.

찻잔에서 얼굴을 든 치후네의 오른쪽 눈썹이 꿈틀했다. "주민 회관에서 낭독회를?"

네, 하고 레이토는 기운차게 대답했다.

"해피 카페를 하는 그 작은 홀, 낭독회를 하기에 딱 좋은 공간이에요. 대관료도 그리 비싸지 않을 거고. 어때요?"

치후네는 시선을 숙이고 손에 든 찻잔을 내려놓았다.

"레이토가 좋다고 생각한다면 그렇겠지요. 인지증 카페로 이용할 정도니까 저렴한 비용으로 빌릴 수 있을 거예요. 일찌감치 예약하면 홀을 잡는 것도 어렵지 않겠지요."

"그렇죠? 동의하시지요?"

"내가 동의하지 않을 이유가 없지요. 어린 친구 둘이서 힘을 합해 만들어 낸 그림책 발표회라니, 참으로 훌륭해요. 그런 행사를 레이토가 맡아 준비한다는 것도 놀라운 일이에요. 내일 아침, 불단에 향불을 올릴 때 미치에에게도 보고해야겠어요. 우리 레이토가 이렇게 훌륭하게 컸다고." 치후네가 진지한 얼굴로 말했다. 미치에는 세상을 떠난 그녀의 여동생이자 레이토의 어머니다.

"실은 또 한 가지 중요한 얘기가 있어요." 레이토는 등을 반듯하게 세우고 말했다.

"무엇이지요?"

"그 어린 친구들이 부탁하더라고요. 글과 그림은 자기들이 완성했으니까 낭독은 어울리는 다른 분이 맡아 주면 좋겠다고요. 누군가 그런 분이 없겠느냐고 하던데요."

치후네가 부쩍 경계하는 눈빛이 되었다. "그래서요?"

"마침 딱 맞는 분이 계신다고 했죠. 내가 책임지고 모셔오겠다고 했어요."

"누굽니까, 그게?"

"물론 치후네 씨죠." 레이토는 양손을 무릎에 얹고 깊숙이 머리를 숙였다. "부탁드립니다. 꼭 맡아 주세요. 그 그림책을 낭독할 사람으로 치후네 씨보다 더 어울리는 분은 없어요."

치후네는 흥, 하고 코웃음을 치며 고개를 홱 돌렸다.

"무슨 소리를 하려나 했더니만. 내가 전에도 말했지요. 나는 그런 쪽에 소질이 없어요. 오히려 남들보다 서툰 편입니다. 그러니 다른 데서 알아보도록 하세요."

"하지만 해피 카페에서 요네무라 씨도 얘기하셨잖아요. 그림책 낭독은 인지증 예방에 도움이 된다고. 낭독회에 출연하는 건 치후네 씨를 위해서도 좋은 일이에요."

치후네가 차가운 눈빛을 던졌다.

"그런 걸로 인지증이 예방된다면 세상 고민할 일도 없겠지요. 요네무라 씨는 자원봉사자로서 아주 뛰어난 분이지만, 인지증에 대한 그 말은 단순히 위로 삼아 얘기한 거예요."

"그거야 실제로 해 보지 않고서는 모르잖아요. 아직 아무것도 안 해 봤으면서 단순한 위로라고 단정하는 건 치후네 씨답지 않아요."

"나답지 않다?" 곧바로 치후네의 얼굴빛이 바뀌었다. "아주 시건방진 말이로군요. 나에 대해 뭘 얼마나 알고 있지요? 함부로 넘겨짚어서는 안 됩니다."

"의사 선생님도 얘기하셨다면서요, 사회 활동을 많이 하라고. 단순한 위로라고 생각한다면 뭐, 그것도 좋잖아요? 아무튼 찬찬히 생각해 보고 결정해 주세요. 이렇게 부탁드릴게요. 그 책은 다른 누구도 아닌 이모님이 꼭 읽어 주셔야 해요."

하지만 치후네는 고개를 가로저었다.

"거절합니다. 싫어요."

"왜요? 그냥 책을 읽기만 하면 돼요. 남들보다 서툴다니, 그럴 리가 없어요. 오랫동안 큰 회사의 요직에서 활동하셨으니 사람들 앞에 서는 것도 익숙하시잖아요. 경찰서에서도 당당하게 연설하셨다고 들었어요. 왜 그렇게 질색하시는지 모르겠네."

"요직에서 활동하셨다? 레이토도 이제 제법 그럴싸한 단어를 구사하는군요. 그러고 보니 원래부터 말솜씨가 청산유수였지요. 오히려 레이토가 낭독을 맡으면 좋겠군요."

"내가 하는 건 아무 의미도 없어요."

"내가 해도 마찬가지예요. 인지증이 두려워 벌벌 떠는 노인네가 주책없이 발버둥을 치는 것으로 보일 뿐이에요. 그런 비참한 추태를 어느 누가 보고 싶어 할까요. 그림책을 만든 아이들도 반기지 않을 겁니다."

"아무도 주책없는 발버둥이라고 생각하지 않아요. 왜 그런 이상한 말을……. 치후네 씨를 위한 일이라고 나도 나름대로 애를 쓴 건데……."

"나를 위한 일?" 치후네가 눈을 부릅떴다. "아주 잘났군요. 애써 준 건 고맙지만 괜한 오지랖이에요. 더 이상 번잡스럽게 하지 마세요!"

치후네는 자리에서 일어나 거실을 나가 버렸다. 문을 닫는 소리가 쾅, 하고 울렸다. 복도를 지나 발소리가 멀어져 갔다.

레이토는 멍해진 채 닫혀 버린 문을 쳐다보았다.

물론 한두 마디에 치후네가 흔쾌히 승낙할 거라고 생각하지는 않았다. 노인네가 나설 자리가 아니라면서 사양할지도 모른다고 예상은 했다. 그래도 진심으로 설득하고 부탁하면 어떻게든 될 거라고 낙관했다. 그런데 설마 화까지 낼 줄은 몰랐다.

무엇이 치후네의 기분을 상하게 한 걸까. 레이토는 자신의 말을 되짚어 보았다.

역시 조금 오만한 말투였다는 걸 깨달았다. 인지증 예방이라는 말 따위, 꺼내지 말았어야 했다. 병에 대해서는 누구보다 치후네 본인이 가장 깊이 고민하고 있을 게 틀림없다. 게다가 단지 그 이유 때문에 치후네에게 낭독을 부탁한 것도 아니었다.

제 머리를 툭툭 치면서 자리에서 일어섰다. 실수했다. 다시 하자.

방으로 돌아와 봉투를 들고 치후네의 침실로 향했다. 그림책 원고와 그림의 복사본이 들어 있는 봉투다.

방 앞에서 치후네 씨, 하고 말을 건넸다.

"레이토예요. 잠깐 들어가도 될까요?"

잠시 기다리고 있었더니 "안 됩니다"라는 대답이 돌아왔다. "이미 잠자리에 들었어요."

"그럼 여기 문 앞에 그림책 복사본을 놓고 갈게요. 시간 날 때 읽어 보세요. 낭독해 달라는 말은 안 할 테니까요. 무리한 부탁을 해서 죄송해요. 그래도 정말 멋진 이야기니까 치후네 씨도 꼭 읽어 보시면 좋겠어요. 그냥 그것뿐이에요. 안녕히 주무세요."

레이토가 복도에 봉투를 내려놓자 "아니, 잠깐만"이라는 목소리가 들렸다.

"그런 곳에 놔두면 방에 드나들 때 거치적거려요. 화장실에 가다가 걸려 넘어질 수도 있고. 읽어 볼 생각이 없으니 그냥 가져가세요."

"그래도……."

"그만 가 보세요."

"네……."

어떻게 달라붙어 볼 여지도 없었다. 별수 없이 다시 봉투를 들고 물러섰다.

어떻게 해야 할지 궁리하다 순간 생각난 게 있었다. 레이토가 향한 곳은 불단이 있는 방, 거실 옆이다. 장지문을 살짝 열고 안으로 들어갔다.

조금 전에도 얘기가 나왔지만, 치후네는 거의 매일 아침마다 불단을 마주한다. 향불을 올리는 참에 어쩌면 손에 들고 읽어 볼지도 모른다고 기대하며 불단 앞에 원고 봉투를 내려놓았다.

불단의 작은 문이 열려 있어서 그 안의 액자가 눈에 들어왔다. 미치에의 사진이다. 레이토가 딱 한 장 보관하고 있던 것을 치후네에게 내준 것이다.

"엄마, 도와줄 거지?" 레이토는 입속으로 중얼거리면서 사진 속 어머니를 향해 두 손을 맞댔다.

다음 날 아침, 스마트폰 알람이 울리기 전에 눈이 떠졌다. 맞춰 놓은 시각보다 한 시간이나 일찍 일어났다. 다시 좀 더 잘까 했지만 오줌이 마려워서 슬슬 이불 속에서 기어 나왔다.

화장실에서 볼일을 보고 방으로 돌아오는 참에 누군가의 나직한 목소리가 귀에 들어왔다. 발소리를 죽여 복도 안으로 들어갔다. 목소리는 불단 방에서 흘러나오고 있었다.

"소년은 말했습니다. 부탁이 있습니다. 나의 미래를 보여 주세요. 내가 어떤 모습이 되어 있을지 알고 싶습니다. 그러자 여신은 물었습니다. 미래라면 아주 여러 개가 있단다. 너는 그중에 어떤 미래가 보고 싶은 것이냐. 1년 후? 10년 후? 아니면 한참 지나서 100년 후의 미래인가?"

그림책이다, 라고 레이토는 알았다. 치후네가 읽고 있는 것이다.

"소년은 생각했습니다. 몇 년 후의 미래를 보여 달라고 해야 할까. 1년 후라면 미래라고 할 수 없다. 100년 후라면 이미 세상을 떠났을 것이다. 그렇다면 10년 후인가. 좋아, 그걸로 하자. 소년은 여신님, 10년 후의 미래를 보여 주세요, 하고 말했습니다."

진짜 잘 읽잖아, 하고 레이토는 감탄했다. 치후네의 허스키한 목소리가 신비한 분위기의 이야기와 너무도 잘 어울렸다. 남들보다 서툴다고 하더니, 역시 거짓말이었어, 라고 생각했다.

"여신은 크게 고개를 끄덕였습니다. 알았다, 그러면 10년 후의 너의 모습을 보여 주마. 똑…… 똑똑히 그 눈에……."

갑자기 목소리가 뚝 끊겼다.

잠깐 쉬는 건가. 하지만 그렇다고 하기에는 어중간한 대목에서 끊겼다.

치후네가 한 차례 기침을 했다.

"좋아, 그걸로 하자. 소년은 여신님, 10년 후의 미래를…… 미래를…… 보여 주세요, 하고 말했습니다. 여…… 여신은 크게 고개를 끄덕였습니다. 알았다, 그러면 10년…… 10년 후의 너의 모습을 보여 주마. 똑똑히 그 눈에 새겨…… 새겨 두도록 하여라……."

뭔가 상태가 이상했다. 레이토는 장지문 가장자리에 손끝을 대고 살그머니 열어 보려고 했다. 하지만 문짝이 부드럽게 밀리지 않아서 덜커덕 소리를 내고 말았다.

걸음을 옮기는 기척과 함께 장지문이 드르륵 열렸다. 레이토는 잔뜩 목을 움츠렸다. 슬쩍 눈을 들어 그 앞에 우뚝 버티고 선 치후네를 올려다보았다.

"몰래 엿듣다니, 품위 있는 행동이라고는 할 수 없군요."

"죄송해요. 말을 걸면 방해가 될까 봐……."

"언제부터 듣고 있었지요?"

"조금 전부터요. 그보다, 정말 잘하시던데요. 아무 문제 없이 줄줄 읽으셨어요."

치후네는 입가를 일그러뜨리며 한숨을 내쉬었다.

"줄줄 읽었다고요? 대체 뭘 들은 건가요, 이 정도의 문장을 몇 번씩이나 틀리고……."

"아뇨, 그래도 중간까지는 부드럽게 흘러갔어요."

"중간까지는, 이겠지요." 치후네는 천천히 몸을 낮춰 무릎을 반듯하게 맞추고 앉았다. 그 손에 그림책 원고가 있었다. "한번 틀리기 시작하면 그걸로 끝이에요. 제대로 말이 나오지 않아요. 초조하면 그게 더 심해지지요. 얼마 전부터 그렇더군요. 아주 간단한 문장도 턱턱 막히고……."

"그래서 낭독회를 거절하셨어요?"

"폐를 끼치고 싶지는 않으니까요. 어린 친구들이 온 정성을 다해 만든 그림책인데 서툴기 짝이 없는 낭독으로 발표회를 망쳐서야 되겠어요?"

"그래도 연습해 보려고 하셨잖아요."

치후네는 들고 있던 원고에 시선을 떨구었다.

"불단 앞에 두고 가는 얍삽한 수법에 넘어가는 건 신경질이 났지만, 그 아이들이 어떤 이야기를 써냈는지 궁금해서 한번 읽어 본 것뿐이에요."

"어땠어요?"

치후네는 그제야 입가를 풀고 실눈이 되어 웃었다.

"참 좋은 이야기였어요. 감동했다기보다 허를 찔렸다고 해야 할까. 레이토가 나한테 꼭 읽어 보라고 한 이유를 충분히 알겠더군요. 설마 그런 결말을 생각해 내다니."

"다른 누구도 아닌 유키나와 모토야였기 때문에 생각해 낼 수 있는 결말이었어요."

"그렇겠지요. 나이만으로는 가늠하기 어려운 고통이 그런 경지까지 이끌어 갔을 거예요. 둘 다 참으로 대단한 아이들이에요."

"그러시면 그들을 축하하는 행사도 도와주셔야죠. 연습하면 좋아질 거고, 조금쯤 막히거나 틀려도 상관없어요."

치후네는 고개를 갸우뚱했다. "나 같은 사람이 자격이 있겠어요?"

"치후네 씨가 자격이 없다면 이 세상에 자격 있는 사람은 아무도 없을걸요."

레이토는 정좌하고 다시금 부탁드립니다, 하고 머리를 숙였다.

30

주민 회관 입구에 세워 둔 간판은 그야말로 번듯했다. 붓 글씨로 '그림책《소년과 녹나무》발표 낭독회'라고 큼직하게 적혀 있다. 이 표제는 서예 사범 자격증을 가진 치후네가 써 주었다.

그 간판을 배경으로 가장 먼저 유키나와 모토야가 기념 촬영을 했다. 셔터는 레이토가 눌렀다. 모토야는 바짝 긴장 해서 제대로 웃지 못하고 있었다.

유키나의 어머니와 남동생 쇼타, 여동생도 왔다. 어머니는 안색이 좋아 환자로는 보이지 않았다. 그들도 가족끼리 따로 기념 촬영을 했다.

사에코와 후지오카도 함께 찾아왔다. 후지오카는 양복 차림에 넥타이도 맸다. 둘 다 레이토에게 정식으로 감사 인사를 건넸다.

"모토야는 아마 지금까지 사는 동안 가장 행복한 몇 달이었을 거예요." 사에코는 벌써 눈물이 글썽해져 있었다. "이런 날을 맞이하다니, 꿈만 같네요."

"축하드립니다. 이 책이 완성된 건 두 분 덕분이에요."

레이토의 말에 그림책에는 관여한 적이 없는데, 하고 사에코와 후지오카는 의아한 듯 얼굴을 마주 보았다.

"매실찹쌀떡." 레이토는 말했다. "그게 모토야와 유키나에게 큰 영감을 줬거든요."

"그 찹쌀떡이?" 사에코의 눈이 둥그레졌다. "어떻게요?"

"그 얘기는 낭독회가 끝난 다음에 해드릴게요."

레이토의 말에 사에코는 알겠다는 얼굴로 후지오카를 돌아보았다. "기대할 게 또 하나 생겼네."

응, 하고 후지오카도 만족스러운 듯 고개를 끄덕였다.

오바 소키도 왔다. 그의 곁에는 30대 중반으로 보이는 여성이 있었다. 출판사에서 아동 서적을 만드는 사람이라고 소키가 소개했다.

"전에 취재에 협력한 적이 있어. 이번 낭독회 얘기를 했더

니 꼭 보고 싶다고 해서 같이 왔어. 그림책이 괜찮으면 출판
을 고려해 보고, 그게 무리라면 자비 출판이라도 도와줄 수
도 있다고 하셨어.”

“오, 좋은데요?”

소키는 유키나와 모토야에게도 그녀를 소개했다. 출판사
라는 말을 듣자마자 두 사람은 아연 긴장한 모습이었다. 갑
작스럽게 꿈이 현실감을 띠고 다가왔기 때문이다.

낯익은 노인들도 하나둘 모여들었다. 인지증 카페에서
치후네와 친해진 사람들이다. 요네무라의 모습도 보였다.

뜻밖의 인물도 나타났다. 나카자토 형사다. 양복 차림에
넥타이까지 매고 있었다. 레이토를 보더니 손을 번쩍 들며
인사를 건넸다.

“낭독회 얘기는 어디서 들으셨어요?” 레이토가 물었다.

나카자토는 코 밑을 쓱쓱 비비더니 쓴웃음을 지었다. “그
야 뭐, 부하한테 들었지.”

“부하라니요?”

“부하라니까, 부하 직원, 경찰의.”

아, 하고 레이토는 그제야 알아들었다. 그들이 유키나의
움직임을 확인하지 않을 리는 없다.

“그럼 낭독회 참석도 업무 때문에?”

"그건 아냐. 내가 여기 온 건 개인적인 관심 때문이야. 불쾌하다면 돌아갈게."

"아뇨, 그냥 가시면 안 되죠. 즐거운 시간 되시기를 바랍니다."

나카자토는 씩 웃으며 행사장 안으로 들어갔다.

낭독회 시작까지 십여 분이 남았다. 레이토가 대기실에 가 보니 치후네는 원고를 들고 마지막 연습을 하고 있었다.

"어떠세요?"

치후네는 암울한 얼굴로 고개를 가로저었다.

"완전히 망했어요. 한 번도 제대로 끝까지 낭독하지 못했습니다. 이래서는 도저히 사람들 앞에 나설 수 없는데…….
그야말로 절망적인 기분이에요."

레이토는 웃는 얼굴로 두 손을 맞댔다.

"괜찮거든요? 애초에 치후네 씨는 지나치게 완벽주의예요. 하지만 아무도 그런 건 바라지 않아요. 중요한 건 치후네 씨 스스로 즐기는 거예요. 그렇게 무서운 얼굴 하지 마시고, 조금만 더 다정한 얼굴로 읽어 주세요."

치후네는 손바닥으로 자신의 뺨을 더듬었다. "내 얼굴이 그렇게 무서운가요?"

"그렇다니까요. 말레피센트 같아요."

"말레피…… 뭐지요, 그건?"

"디즈니 영화에 등장하는 마녀예요. 엄청 강하고 무서운 마녀. 녹나무는 마녀가 아니라 여신이잖아요. 그 점을 잊지 마세요."

"여신이라……. 알았어요, 명심하도록 하지요."

그럼 잘 부탁드린다고 말했을 때, 문이 열리고 유키나가 얼굴을 내밀었다. "이제 나가실 시간이에요."

줄지어 앉은 청중 앞에 가장 먼저 나온 사람은 유키나와 모토야였다. 유키나가 마이크에 대고 인사말을 했다. 그림책을 만들게 된 과정을 모토야가 앓는 병 얘기와 섞어 가며 설명했다. 그 말투는 담담해서 감동을 자아내려는 계산 따위 털끝만큼도 느껴지지 않았다.

"자, 오래 기다리셨습니다. 저희가 만든 《소년과 녹나무》를 마음껏 즐겨 주세요. 낭독해 주실 분은 야나기사와 치후네 님입니다. 잘 부탁드립니다."

유키나의 소개를 받아 뒤쪽에 있던 치후네가 자리에서 일어섰다. 중앙으로 걸어 나오더니 한 차례 목례를 하고 노트를 들었다. 옆 스크린에는 모토야의 그림이 영상으로 펼쳐졌다. 거대한 녹나무 그림에 《소년과 녹나무》라는 제목이

겹쳐 있었다.

치후네가 노트를 펼쳤다. 그 표정은 온화해서 굳이 애쓰는 느낌은 없었다. 이 정도면 괜찮다고 레이토는 확신했다.

"햇볕이 쨍쨍 내리쬐는 가운데 한 소년이 사막을 걷고 있었습니다." 고요히 가라앉은 행사장에 치후네의 허스키한 목소리가 울렸다. "소년이 찾고 있는 건 신비한 영험을 가진 여신이었습니다. 그 영험이란 미래를 보여 준다는 것입니다. 소년은 왜 미래가 보고 싶은 걸까요? 그건 지금까지 너무도 힘겹고 고통스러운 나날이었기 때문입니다. 전쟁이 일어나고 전염병이 퍼져 사랑하는 사람들과 헤어지지 않으면 안 되었습니다. 연달아 재해가 닥쳐 소중하게 여겨 온 것들을 모두 잃고 말았습니다. 이토록 끔찍한 일들뿐이라니, 내 인생은 대체 앞으로 어떻게 되는 걸까, 하고 불안에 떠는 나날이었습니다. 그때 미래를 보여 준다는 여신의 이야기를 들었습니다. 그래서 소년은 여신을 찾아 긴 여행을 떠났습니다."

치후네의 낭독은 막힘없이 부드럽게 흘러갔다. 청중은 벌써 이야기에 빠져든 것처럼 보였다. 물론 치후네의 낭독뿐만이 아니라 유키나의 스토리와 모토야의 그림이 매력적이라서 가능한 일이었다. 한없이 드넓게 펼쳐진 사막과 험준한 산, 위험한 정글을 떠도는 소년의 운명이 과연 어떻게 될지, 결말을 이미 아는 레이토도 그 전개에 가슴이 두근거렸다.

이윽고 소년은 깊은 숲속에 우뚝 선 녹나무를 만난다. 그 나무가 바로 미래를 보여 주는 여신의 화신이다.

"소년은 말했습니다. 부탁이 있습니다. 나의 미래를 보여 주세요. 내가 어떤 모습으로 살고 있을지 알고 싶습니다. 그러자 여신은 물었습니다. 미래라면 아주 여러 개가 있단다. 너는 그중에 어떤 미래가 보고 싶은 것이냐. 1년 후? 10년 후? 아니면 한참 지나서 100년 후의 미래인가? 소년은 생각했습니다. 몇 년 후의 미래를 보여 달라고 해야 할까. 1년 후라면 미래라고 할 수 없다. 100년 후라면 이미 세상을 떠났을 것이다. 그렇다면 10년 후인가. 좋아, 그걸로 하자. 소년은 여신님, 10년 후의 미래를 보여 주세요, 하고 말했습니다. 여신은 크게 고개를 끄덕였습니다. 알았다, 그러면 10년 후의 너의 모습을 보여 주마. 똑똑히 그 눈에 새겨 두도록 하여라."

며칠 전에 자꾸 막혔던 부분도 아무 문제 없이 읽어 내려갔다. 자, 드디어 클라이맥스다.

여신이 신비한 주문을 외우자 소년의 눈앞에 길이 나타난다. 언젠가 지나온 듯한 기나긴 길이었다. 그곳을 한 남자가 걷고 있다. 찬찬히 바라보니 그는 어른이 된 소년의 모습이었다. 10년 후인 것이다.

"소년은 10년 후의 자신에게 물었습니다. 당신은 지금 무엇을 하고 있습니까? 그러자 남자는 대답했습니다. 응, 지금 나는 미래를 보여 주는 여신을 찾고 있어. 지금까지 살아오는 동안 좋은 일이라고는 하나도 없었어. 어떻게 살아가야 할지 알 수 없어서 미래를 알고 싶은 거란다. 그러자 소년은 깜짝 놀랐습니다. 대체 어떻게 된 건가. 이래서야 지금의 나와 완전히 똑같지 않은가. 아무것도 변한 게 없지 않은가. 여신님, 좀 더 나중의 미래를 보여 주세요. 이번에는 20년 후를 보여 주세요. 그러자 눈앞의 풍경이 바뀌었습니다. 험준한 바위산을 한 남자가 올라가고 있었습니다. 그건 20년 후의 소년이었습니다. 소년은 다시 물었습니다. 당신은 지금 무엇을 하고 있습니까? 남자는 대답했습니다. 열심히 산다고 살아왔으나 고통에 허덕일 뿐, 내가 어디로 나아가면 행복해질 수 있는지 도무지 알 수 없구나. 그래서 좀 더 나중의 미래를 보여 달라고 부탁하기 위해 여신을 찾고 있단다. 소년은 놀랐습니다. 20년 후에도 여전히 제대로 된 길을 찾지 못하고 있는 것입니다. 소년은 여신에게 빌었습니다. 부탁입니다. 좀 더, 좀 더 나중의 미래를 보여 주세요. 나는 답을 알고 싶습니다."

소원을 빌자 소년의 눈앞에 여러 풍경이 차례차례 나타난다. 그곳에는 30년 후, 40년 후, 50년 후로 이어지는 소년의 미래가 있었다. 하지만 상황은 언제나 똑같았다. 여전히 길을 헤매고 여전히 여신만을 찾으며 방황했다. 소년은 탄식하며 대체 어떻게 된 일이냐고 묻는다.

"이제 알겠느냐, 하고 여신은 말했습니다. 몇 년이 흘러도, 아무리 미래로 나아가도 인간은 언제나 길을 찾아 헤매는 것이니라. 곧 다가올 앞날에 대한 불안이 사라져 없어지는 날은 영원히 오지 않는 것이니라. 너뿐만이 아니다. 모두가 그러하다. 하지만 그래도 괜찮지 않으냐, 인간에게는 미래를 아는 것보다 더 중요한 것이 있으니. 소년은 물었습니다. 그것은 무엇입니까? 그러자 여신은 대답했습니다……."

거기까지 읽었을 때 갑자기 치후네의 목소리가 뚝 끊겼다. 레이토는 가슴이 철렁해서 그녀의 얼굴을 살펴보았다. 갑작스럽게 말이 나오지 않는 건가. 지금까지는 순조롭게 읽었는데.

이윽고 치후네의 눈가가 붉어진 채 눈물이 차오른 걸 깨닫고 흠칫 놀랐다. 말이 나오지 않는 게 아니었다. 감동으로 뭉클해져서 목이 멘 것이다.

힘내요, 하는 격려가 쏟아졌다.

치후네는 심호흡을 하더니 다시 노트를 들었다.

"그러자…… 그러자 여신은 대답했습니다. 미래를 아는 것보다 더 소중한 건 바로 지금이니라. 너는 지금 살아 있지 않으냐. 풍족하지 않을지도 모른다. 하지만 살아 있지 않으냐. 병들어 고통스러워할지도 모른다. 하지만 살아 있지 않으냐. 먹을 것이 있고 잠잘 곳이 있고 꿈꿀 수 있지 않으냐. 그 모든 게 누구의 덕분이더냐. 너 혼자만의 힘으로 거둔 것인가. 그럴 리 없다. 무엇이 오늘 너의 삶을 받쳐 주었는지 생각해 보아라. 한 그릇의 밥이 되는 곡식을 짓는 이, 사냥감을 잡기 위해 거친 들판을 뛰어다니는 이, 그들이 아니었다면 너의 식탁에 음식이 차려지는 일은 없었으리라. 양털을 깎고 천에 솜을 누벼 주는 이들이 아니었다면 너의 잠자리는 차갑기만 했으리라. 살아 있는 한, 너는 그 모든 이들에게 감사해야 한다. 어제 일 따위 돌아보지 말라. 그때 그렇게 했더라면, 그때 그렇게 하지 않았더라면, 후회하는 것에 아무 의미도 없다. 그것은 모두 지나간 일이기 때문이다. 마찬가지로 내일의 일을 염려할 필요도 없다. 앞으로 어떻게 될지, 어떻게 해야 할지 염려해도 아무 의미가 없다. 그러한 것은 아직 일어나지 않았기 때문이다. 소중한 것은 바로 지금이니라. 지금 건전한 마음을 가질 수 있다면 그로써 행복한 것이니라. 지금 네가 존재하는 것을 고마워하고 감사하라. 그리하면 어제의 일이 마음에 걸리지 아니하고 내일의 일 또한 불안하지 않으리라."

거기까지 읽은 치후네가 노트에서 얼굴을 들었다. 그 시선을 지그시 레이토 쪽으로 향한 채, 그다음부터는 외워서 말하기 시작했다. 그녀의 뺨을 타고 눈물이 흘러내렸다.

"여신의 말을 듣고 소년은 깨달았습니다. 여태까지 나는 참으로 어리석은 생각을 하고 있었구나. 지금 살아 있다는 기쁨에 조금도 감사하지 않았구나. 앞으로는 이 마음을 잊지 않고 살아가야지. 그렇게 마음에 새기고 소중한 깨달음을 주신 여신에게 감사 인사를 올리려고 했습니다. 하지만 여신은 어느새 자취를 감추고 눈앞에는 거대한 녹나무가 서 있을 뿐이었습니다."

낭독을 마치자 치후네는 손등으로 눈가를 훔치고 청중에게 깊숙이 인사를 건넸다. "여러분, 고맙습니다……."

한순간의 정적 끝에 우레 같은 박수 소리가 터져 나왔다.

내일의 나에게

　오늘 밤은 기록하고 싶은 게 산더미같이 많다. 그만큼 멋
진 하루였다. 아니, 오늘이라는 건 정확하지 않다. 날짜가
바뀌었으니 이제 어제가 되었다. 어제저녁, 주민 회관에서
《소년과 녹나무》의 낭독회를 열었다.

　모두가 참석해 주었다. 엄마는 물론이고 아빠도 왔다. 그
리고 유키나 누나의 어머니와 남동생 쇼타, 여동생도. 처음
만났지만 둘 다 정말 귀여웠다.

　모르는 사람들도 많았지만, 모두 하나같이 즐거운 마음
으로 찾아와 준 것을 생각하면 기쁘다.

책을 읽어 주신 분은 야나기사와 치후네 씨였다. 나오이 레이토 씨의 이모님이다. 레이토 씨의 말에 따르면, 전에 병원에서도 만난 적이 있다고 한다.

야나기사와 치후네 씨는 경도 인지장애가 있어 처음에는 낭독에 나설 생각이 전혀 없었다고 한다. 하지만 《소년과 녹나무》를 읽어 보고 마음을 돌려 낭독을 맡아 주셨다는 얘기를 들었다.

분명 우리가 그림책에 담은 마음을 알아주신 것이다.

아빠와 엄마가 찹쌀떡을 들고 온 날의 일기에 나는 아주 중요한 걸 깨달았다고 썼다.

미래에 대해 이래저래 고민하는 건 너무 바보 같은 일이다, 라고.

미래의 일 따위, 어떻든 상관없다. 중요한 건 바로 지금, 좋아하는 사람들과 같이 있고, 내가 살아 있다고 실감할 수만 있다면 그걸로 충분히 행복하다.

유키나 누나에게 그런 얘기를 했더니 깊이 공감해 주었고, 그걸로 그림책의 결말이 정해졌다고 한다.

아마 낭독해 주신 야나기사와 치후네 씨도 그 의미를 알아보셨을 것이다. 그래서 마지막에 눈물을 흘리셨다.

나도 좀 울었다. 물론 기뻐서 흘린 눈물이다. 감사와 감동의 눈물이랄까.

낭독회가 끝난 뒤에 많은 사람이 내게 다가왔다. 다들 정말로 좋았다고, 그림이 무척 아름다워서 감동했다고 말해 주었다.

엄마는 손수건이 흠뻑 젖었다. 아빠도 눈이 빨개졌다.

정말 행복하다고 생각했다. 찹쌀떡을 먹었던 날의 나도 행복했겠지만, 아마 오늘의 내가 더 행복한 하루를 보냈을 것이다.

오늘의 일을 내일 아침에 잠에서 깨어난 나는 까맣게 잊어버리겠지만 분명 이 행복감만은 남아 있을 것이다. 왜 이렇게 기분이 좋지, 라는 생각에 일기를 펼쳐 보고 아, 그런 멋진 일이 있었기 때문이구나, 라고 고개를 끄덕일 것이다.

그리고 내일의 나에게 전해 주고 싶은 게 있다.

오늘의 기억을 모두 되찾을 방법이 있다.

낭독회가 끝난 뒤 레이토 씨가 다가와 오늘 밤에 어떻게 할 거냐고 물었다. 무슨 말인지 몰라 어리둥절하고 있었더니 이렇게 설명해 주었다.

낭독회를 하기로 정해졌을 때, 내가 레이토 씨에게 부탁했다는 것이다. 그날은 분명 최고로 멋진 하루가 될 테니까 그 기억을 녹나무에 맡기고 싶다고. 그 말을 들은 레이토 씨는 그렇다면 낭독회를 다음 달 음력 초하루에 하자고 제안했다. 그런 얘기를 며칠 전 일기에 분명히 써 뒀는데 막상 낭독회 날에는 이래저래 바빠서 깜빡 확인하지 못했다.

어떻게 하겠느냐고 레이토 씨가 다시 물었다. 물론 해야죠, 라고 나는 대답했다.

밤 11시, 엄마의 허락을 받아 월향신사에 갔다. 종무소 앞에서 레이토 씨가 기념 준비를 해 놓고 기다리고 있었다.

레이토 씨는 예념 절차를 알려 주었다. 녹나무 안에 들어가 오늘 일을 머릿속에 떠올리면 된다고 했다. 찹쌀떡 맛을 무사히 엄마 아빠에게 전할 수 있었으니 이번에도 분명 잘될 거다.

무엇보다 오늘 밤 내가 녹나무에 맡긴 염원은 다름 아닌 내가 받을 것이다. 당연히 실패할 리가 없다.

다만 레이토 씨가 미리 다짐해 둔 게 있었다. 수념할 기회는 단 한 번뿐. 그다음에는 나는 물론이고 다른 어느 누구도 수념은 할 수 없다.

그래도 나는 예념하기로 했다. 앞으로 오늘만큼 눈부시도록 행복한 날은 다시 오지 않을 거라고 생각했기 때문이다.

오늘 밤, 녹나무에 맡겨 둔 염원을 어느 날의 내가 수념하게 될지는 알지 못한다. 1년 후의 나일 수도 있고, 어쩌면 다음 달 보름날 밤에 일찌감치 수념을 하게 될지도 모른다.

어쨌든 그때의 나에게는 분명 아무 여한도 없을 것이다. 하지만 너무 깊이 생각하지 않기로 했다. 미래의 일은 미래의 나에게 맡길 수밖에 없으니까.

32

낭독회 다음 날, 레이토가 녹나무 주위를 청소하고 있는
데 누군가 말을 건네 왔다.

"여기 있었어? 내내 찾아다녔는데."

얼굴을 들자 나카자토가 서 있었다.

"나한테 또 볼일이 있어요?"

"아니, 그리 급한 건 아닌데 그래도 얼른 알려 주는 게 좋
을 거 같아서." 나카자토는 녹나무 주위를 빙 돌면서 우러
러보았다. "새삼 바라보니 정말 훌륭한 나무야. 여신의 화
신이라는 발상이 그야말로 공감이 된다니까."

"낭독회에서 느낀 점을 말씀하시려는 거라면 종무소에

가서 찬찬히 들려주시죠. 우롱차도 드릴게요."

"아냐, 그건 나중에 얘기하기로 하고, 우선 중요한 소식부터."

"뭔데요?"

"오늘 아침에 하야카와 유키나가 어머니를 따라 경찰서에 자진 출두했어."

레이토는 가슴이 덜컥 내려앉는 듯했다. "유키나가……."

"자신이 하루카와초 사건의 범인이라고 자백했어. 모리베 도시히코의 머리를 재떨이로 내리치고 서랍에서 100만 엔을 훔쳐 도주했다고."

그 말이었구나, 라고 레이토는 이제 새삼 되짚어 생각했다. 스토리가 완성된 날, 유키나는 이제 아무 미련도 없다고 후련한 표정으로 말했다. 분명 그때부터 낭독회가 끝나는 대로 자수하기로 결심했을 것이다.

"유키나의 자백이 치후네 씨가 얘기한 것과 동일했습니까?"

끙, 하고 나카자토는 신음 소리를 냈다.

"아직 발설해서는 안 되지만, 자네라면 별문제 없겠지. 단 외부에 말이 새어 나가는 건 금지야. 약속할 거지?"

"물론입니다."

"결론부터 말하면, 야나기사와 치후네 씨에게서 들은 얘기와 큰 차이는 없었어. 데이트 알바라면 이런 것도 해야 한다면서 모리베가 강제로 덮치려고 했다, 그래서 저항하기 위해 내리쳤다, 라고 했으니까. 다만 그다음부터 얘기가 약간 다르더라고."

"어떻게 다른데요?"

"쓰러진 모리베를 보고 죽었다고 생각하지는 않았어. 숨을 쉬고 있어서 기절한 것뿐이라고 생각했지. 100만 엔을 훔친 건 단순히 돈이 필요했기 때문이었다고 진술했어. 이런 일이 드러나면 모리베도 난처해질 테니까 경찰에 신고는 못 할 거라고 예상했대. 그자와는 데이트 알바 사이트를 통해 만났기 때문에 집 주소가 알려진 건 아니라서 앞으로 두 번 다시 마주치지 않으면 된다고 낙관했던 모양이야. 야나기사와 씨의 얘기와 미묘하게 어긋나는 게 약간 마음에 걸리지만, 이건 본인의 진술이 더 신빙성이 높다는 게 경찰 측의 생각이야. 야나기사와 씨가 호의적으로 각색했다는 건 충분히 이해할 만하지."

나카자토의 말을 듣고 레이토는 놀랐다. 유키나가 100만 엔을 훔친 건 단지 돈이 필요했기 때문이었던가. 하지만 그런 이상한 알바까지 할 정도였으니 경제적으로 어지간히

힘들었던 모양이다. 돈다발을 보고는 한순간 눈이 뒤집힌
것도 전혀 이해 못 할 일은 아닐 것이다.

"유키나는 체포됐습니까?"

"아니, 오늘은 그냥 돌려보냈어. 도주할 우려는 없으니
까. 내일부터 몇 차례 취조는 하겠지만, 무리하게 오라 가라
하지는 않을 거야. 다만 무죄방면은 어려워. 머지않아 체포
해서 검찰에 송치되겠지. 문제는 죄목이야."

"설마 강도치상?"

"그건 아니지, 자네도 잘 알잖아. 뭐, 각 방면으로 협의해
서 조정해 봐야지. 서장도 골치가 아픈 모양이야." 나카자
토는 손목시계로 시선을 떨구었다. "엇, 벌써 시간이 이렇
게 됐어? 서에 들어가 봐야겠다. 방금 말했듯이 이 사건과
관련해 처리할 일이 산더미야. 아 참, 중요한 걸 깜빡했네."
겉옷 안쪽에 손을 넣어 흰 봉투 하나를 꺼냈다. "하야카와
유키나의 편지야. 자네한테 전해 달라고 했어. 미안하지만,
우리가 내용을 확인했어. 뭔가 좀 기묘한 내용이지만 별문
제 없다고 판단해서 전해 주는 거야."

레이토는 봉투를 받아 들었다. 토끼가 그려진 예쁜 봉투
였다. 티 나지 않게 조심스레 개봉한 흔적이 있었다.

"걱정하지 마, 불기소 처분이 나올 테니까." 나카자토가

말했다. "그 탁월한 재능을 썩혀서야 쓰나. 우리 어른들이 지켜 줘야지."

"어제 낭독회, 어땠어요?"

"거참, 왜 그런 걸 자꾸 묻나, 촌스럽게? 어머니가 나 어릴 때부터 사내는 함부로 눈물을 보여서는 안 된다고 입이 닳도록 가르쳤어. 그것만 아니었으면 아마 펑펑 울었을 거야." 나카자토는 어딘가 먼곳을 응시하는 눈빛이 되었다. 낭독회를 다시 떠올리는 건가. "오랜만에 어머니가 보고 싶더라고. 이번 쉬는 날에 가 볼 생각이야." 레이토에게 시선을 돌렸다. "만나서 말씀드리려고. 어머니, 오늘 살아 계시는 것만으로도 충분히 행복합니다, 라고. 그게 전해질지 어떨지는 모르지만."

"잘 생각하셨어요."

나카자토는 겸연쩍은지 한 차례 코를 훌쩍이더니 그럼 또 보자, 라면서 발걸음을 돌렸다.

그 뒷모습이 보이지 않을 때까지 배웅한 뒤에 레이토는 봉투에서 편지지를 꺼냈다. 동글동글 귀여운 글씨로 이렇게 적혀 있었다.

나오이 레이토 님께

갑작스러운 소식에 무척 놀라셨을 거예요.

전에 제게 건네준 구메다 고사쿠 아저씨의 독후감, 실제로
는 레이토 씨가 쓴 거였죠? 첫 문장을 읽자마자 알았어요.

레이토 씨는 모든 걸 다 알고 있구나, 라고 그때부터 생각
했어요. 내가 저지른 일, 다 알고 있구나. 그래서 《헤이, 녹나
무》시집을 뭉텅이로 사 줬구나.

레이토 씨가 어떻게 알게 되었는지는 모르겠어요. 하지만
모토야한테 녹나무에 신비한 힘이 있다는 얘기를 듣고, 그 파
수꾼이니 그런 것쯤은 뻔히 아는지도 모른다고 생각했어요.

그래서 내가 저지른 일을 감추고 있기가 몹시 괴로웠어요.
레이토 씨에게 부끄럽기도 했고. 그래서 결심한 거예요. 그림
책을 다 만들고 나면 모든 걸 고백하자고.

그림책 작업은 꿈처럼 즐거웠습니다. 레이토 씨가 모토야
를 만나게 해 주지 않았다면 그런 시간은 제게 찾아오지 않았
겠지요. 그렇게 생각하니 오싹해지네요. 다음에도 또 같은 일
을 할 수 있는 날이 올지 어떨지…… 하지만 그런 날이 올 거
라고 믿고 싶어요.

정말 고마웠어요. 진심으로 감사드립니다.

항상 건강하시기를.

하야카와 유키나

33

　모토야의 입원 소식을 들은 것은 낭독회가 끝나고 두 달
쯤 지났을 때였다. 그 멋진 하루 이후로 레이토는 모토야를
만나지 못했다. 어떻게 지내는지 궁금하던 참에 하류 사에
코에게서 연락이 온 것이다. 몇 주 전부터 모토야가 갑자기
팔다리를 쓰지 못하고 게다가 시각과 청각에도 이상이 나
타났다. 의사도 더는 손쓸 방법이 없어서 그저 상태를 지켜
보는 수밖에 없다고 했다.

　"그래도 우리 모토야는 씩씩해요." 전화로 사에코는 말했
다. "날마다 일기장과 그림책을 넘겨 보면서 지내요. 그러
면 행복하다면서."

그 말에 레이토는 가슴이 먹먹해져서 아무 말도 하지 못했다. 아침에 눈을 뜰 때마다 기억이 사라지는 모토야에게는 어제까지의 일기가 인생의 모든 것이고 그 그림책은 큰 격려인 것이다.

레이토 씨를 보고 싶다고 하니 한번 와 줄 수 있겠느냐고 사에코는 말했다. 물론 가겠습니다, 라고 답했다.

병실에 가 보고는 놀랐다. 침대에 누운 모토야는 딴사람처럼 야위어 있었다. 그래도 레이토는 표정에 드러내지 않고 "오, 좋아 보이는데?"라고 말했다.

"일기에 나온 그대로네요." 모토야는 뺨이 움푹 패고 눈이 우묵해진 얼굴로 웃었다. "치켜세우는 거 진짜 잘하고, 항상 친절하다, 스타워즈 에피소드 7 이후는 싫어한다, 좋아하는 캐릭터는 한 솔로."

"모토야가 사랑해 마지않는 캐릭터는 아소카 타노였지?" 그렇게 레이토는 병실 안을 둘러보다가 작은 테이블에서 시선이 멈췄다. 눈에 익은 것이 접시에 놓여 있었다. 그 매실찹쌀떡이다.

"오전에 모토야 아빠가 가져왔어요." 곁에 있던 사에코가 레이토의 시선을 알아보고 말했다. "괜찮으시면 먹어 봐요."

"제가 먹어도 될까요?"

"그럼요, 아직 많아요."

후지오카는 언제든 매실찹쌀떡을 만들 수 있게 레스토랑 주방에 따로 조리 도구와 재료를 챙겨 둔다고 사에코가 말했다.

"단골에게 대접하기도 한대요. 의외로 평이 좋다네요."

"프렌치 레스토랑에서 찹쌀떡을? 재미있네요."

잘 먹겠습니다, 라고 말하고 매실찹쌀떡을 집었다.

한 입 먹어 보니 팥앙금의 달콤함과 함께 매실 향이 입안에 퍼졌다. 떡은 부드럽고 적당히 쫄깃했다. 이게 모토야의 추억의 맛이구나, 하고 적잖이 감격했다.

"어때요?" 사에코가 물었다.

"맛있는데요. 담백하면서도 매실 향이 입안에 오래 남아서 질리지 않는 맛이랄까."

다행이네요, 라면서 사에코가 실눈이 되어 웃었다.

"이 찹쌀떡을 만든 것도 레이토 씨 덕분이지요?" 모토야가 말했다.

"난 아무것도 한 게 없어. 엄마 아빠가 힘을 합쳐 부활시키셨지."

"그래도 내가 기억한 맛을 엄마 아빠에게 전하지 못했다

면 만들 수 없었어요. 역시 레이토 씨 덕분이에요." 모토야
는 옆에 둔 노트를 집어 들었다. "녹나무에 대한 거, 일기에
적혀 있었어요. 기묘한 얘기지만, 진짜 굉장해요. 내가 써
둔 거니까 사실일 텐데 선뜻 믿어지지는 않던데요."

"응, 그럴 거야. 근데 모두 다 사실이야."

모토야는 고개를 끄덕이더니 노트를 지그시 들여다보면
서 말했다.

"그 녹나무에 내 보물을 맡겼다면서요. 지금까지 살아오
면서 가장 행복했던 날의 추억. 그렇죠?"

응, 하고 레이토는 짧게 말했다.

모토야가 노트에서 얼굴을 들었다. "레이토 씨에게 부탁
이 있어요."

"뭐지?"

"녹나무의 수념은 보름날 밤에만 할 수 있다고 했어요. 다
음에 보름달이 뜨는 건 언제예요?"

"다음 주 화요일인데……."

모토야는 고개를 끄덕였다.

"역시 내가 확인한 게 맞네요. 그럼 그날 수념을 해도 될
까요?"

레이토는 순간 숨을 멈추고 사에코를 흘끗 쳐다본 뒤에

모토야에게로 시선을 돌렸다.

"그야 괜찮지만, 왜 그날이지?"

왜냐면, 이라고 모토야가 입가를 풀며 빙그레 웃었다. "이제 시간이 다 된 거 같아서."

"시간이……."

"그날을 놓치면 다음 보름달은 4주 뒤에나 뜨잖아요. 그때는 늦을지도 몰라요."

그럴 리 없다, 라는 말을 레이토는 간신히 삼켰다. 근거 없이 던지는 위로는 이 아이를 답답하게 만들 뿐이라는 건 잘 알고 있었다.

"하지만 그건 오늘의 모토야가 한 생각이야." 레이토는 신중하게 단어를 골랐다. "내일의 모토야는 생각이 다를 수도 있어."

"그럴지도 모르죠. 근데 괜찮아요." 모토야는 노트를 가볍게 툭 쳤다. "요즘 매일같이 적어 두거든요. 돌아오는 보름날 밤에 수념을 하겠다고. 어제도 썼어요, 오늘 밤에도 쓸 거고. 아, 오늘은 레이토 씨와 약속했다는 것도 덧붙여야겠네. 괜찮죠?"

응, 하고 레이토는 웃음을 지으며 대답했다. 뺨이 일그러지려는 것을 꾹 참았다.

"안타까운 건……." 모토야가 미간을 찌푸리며 말을 이어 갔다. "수념을 하는 게 오늘의 내가 아니라 그날의 나라는 거예요. 정말 너무 부러워요."

"뭐, 어때? 오늘의 모토야에게는 오늘의 행복이 있는데. 그걸로 충분하잖아?"

"그건 그렇죠." 모토야는 노트를 곁에 내려놓고 레이토를 지그시 바라보았다. "고마워요. 그 말, 큰 힘이 돼요. 레이토 씨는 나한테 캡틴 렉스예요."

"캡틴 렉스……."

"아차, 미안. 캡틴 렉스가 누구냐면……."

"누군지는 알아. 아소카 타노가 항상 든든하게 생각하던 원 팀 멤버지."

모토야의 눈이 둥그레졌다. "어떻게 알아요?"

"실은 얼마 전에 밤새도록 애니메이션 시리즈를 다 봤거든."

"와, 최고! 그럼 오늘은 얘기할 게 많겠네요. 스타워즈 축제가 될 거 같아요." 환해진 얼굴로 모토야가 말했다.

그다음 주 화요일, 보름날 밤이었다.

오후 11시경, 레이토는 돌계단 밑에서 기다렸다. 종무소 앞에서 기념자를 기다리는 게 규칙이지만 오늘 밤은 특별한 사정이 있었다.

외등이 없어서 주위가 어두웠다. 그래서 왼손에 LED 랜턴을 들고 나왔다.

잠시 뒤 원 박스 왜건 한 대가 찻길에서 공터로 들어왔다. 레이토는 정자세로 서서 랜턴 불빛을 비춰 주었다.

차가 서고 운전석 문이 열렸다. 다운재킷 차림의 후지오카가 먼저 내렸다.

뒤쪽 슬라이드 도어가 열리고 하류 사에코도 모습을 드러냈다. 그 너머에 누군가 있었다. 모토야였다. 뒷좌석에 있는데도 움직이는 기척이 없었다.

레이토는 차 옆으로 다가가서 말했다. "안녕하세요."

사에코도 레이토를 향해 머리를 숙였다. "안녕하세요. 오늘 밤, 잘 부탁드려요." 달빛을 받은 얼굴에는 긴장한 기색이 완연했다.

후지오카가 다가왔다. "맑은 날씨라서 다행이에요."

레이토도 고개를 끄덕였다. "네, 그렇죠."

"그럼 어서 옮겨 볼까." 후지오카가 차 안을 돌아보았다.

"모토야는 상태가……." 레이토는 조심스럽게 물었다. 만일 의식이 없다면 지금부터 시도하려는 일이 과연 의미가

373

있을지 애매해진다.

"의식은 있어요. 조금 전에도 잠깐 얘기를 나눴으니까."

사에코가 슬라이드 도어 안으로 몸을 밀어 넣어 안쪽에 앉은 모토야의 어깨를 가만가만 흔들었다. "모토야, 깨어 있지? 월향신사에 도착했어. 레이토 씨도 여기 있어."

작은 얼굴이 천천히 돌아보았다. 병원에서 봤을 때보다 더욱더 야윈 것 같았다. 하지만 그 눈빛은 온화해서 비장한 느낌은 감돌지 않았다.

"레이토 씨다!" 작게 중얼거리는 목소리가 귀에 들렸다.

"안녕? 내 얼굴, 기억하는구나."

모토야는 가느다란 목소리로 다시 한번 말했다. "레이토 씨다!"

"옮길 수 있을까?" 후지오카가 사에코에게 물었다.

"글쎄, 어떨지……. 모토야, 일어나 볼래? 너무 힘들면 지금 돌아가도 돼."

사에코가 팔을 내밀어 모토야를 조심조심 일으켰다. 모토야도 스스로 일어나려고 애쓰는 게 보였다. 후지오카가 그 앞에 등을 대고 허리를 숙였다. 아들을 업어 주려는 것이다.

레이토도 거들어서 모토야를 후지오카의 등에 올렸다.

소년의 몸은 깜짝 놀랄 만큼 작아 보였다. 품이 넉넉한 플리스 패딩을 입은 모습은 그가 좋아하는 스타워즈의 요다 캐릭터를 떠올리게 했다.

사에코가 왜건 짐칸에서 접이식 휠체어를 꺼냈다.

"그건 제가 들고 갈게요. 어머님은 이걸로 길을 비춰 주세요." 레이토는 랜턴을 사에코에게 내밀며 말했다.

"고마워요." 사에코가 랜턴을 받아 들었다.

"그럼 가 볼까요." 후지오카에게 말하면서 등에 업힌 모토야의 얼굴을 확인해 보았다. 소년은 살짝 눈을 감고 있었지만 잠들지는 않은 것 같았다.

사에코가 앞장서고 모토야를 업은 후지오카가 그 뒤를 따랐다. 레이토는 맨 뒤에서 휠체어를 들고 걸음을 옮겼다.

돌계단에서도 후지오카는 꿋꿋이 올라갔다. 네 사람의 그림자가 리드미컬하게 흔들리며 이동해 갔다. 오늘 밤은 바람도 잦아들어 나뭇잎 흔들리는 소리조차 들리지 않았다. 귀에 들리는 건 숨소리뿐이었다.

돌계단을 다 오를 때까지 아무도 입을 열지 않았다. 레이토도 침묵했다. 어떤 말을 해야 할지 알 수 없었기 때문이다. 아마 사에코와 후지오카도 똑같은 마음이었을 것이다.

경내에 도착하자 휠체어를 조립해서 모토야를 앉혔다.

레이토는 도리이 옆에 준비해 둔 종이봉투를 가져왔다. 그 안에 밀초와 성냥이 들어 있다.

레이토는 사에코에게 다시 랜턴을 받아 앞에서 길을 안내하기 시작했다. 두 사람은 모토야를 태운 휠체어를 밀면서 따라왔다.

녹나무 기념 입구를 지나서도 모두 함께 이동했다. 휠체어가 수월하게 지나가게 레이토가 낮에 최대한 풀을 베어내고 길을 닦아 두었다. 바닥 높이가 다른 곳은 휠체어를 번쩍 들어서 옮겼다.

이윽고 녹나무 앞에 도착했다. 후지오카가 잠시 모토야를 품에 안고 있는 사이에 레이토는 휠체어를 녹나무 안으로 옮겼다. 그리고 그 휠체어에 다시 모토야를 앉혔다.

촛대는 미리 준비해 두었다. 이제는 절차에 따라 의식을 치르는 일만 남았다.

"두 분은 먼저 종무소로 내려가 계세요. 밀초에 불을 켜고 저도 내려가겠습니다." 레이토는 사에코와 후지오카에게 말했다.

"우리도 여기서 지켜보면 안 될까요?" 후지오카가 물었다.

"그건 안 됩니다." 레이토는 고개를 가로저었다. "염원에 혼란이 생길 수 있어서 기념 중에는 혈연관계가 있는 사람이 근처에 있거나 녹나무 안에 들어가는 건 금하고 있어요.
양해 바랍니다."

"내려가요." 사에코가 후지오카의 옷자락을 잡아당겼다.
후지오카는 미련이 남은 얼굴이었지만, 이내 알았다고 고
개를 끄덕이고 목례를 건넨 뒤 사에코와 함께 자리를 떴다.

레이토는 종이봉투에서 꺼낸 밀초를 촛대에 꽂고 성냥으
로 불을 붙였다. 그리고 휠체어 앞에서 몸을 낮춰 그의 이름
을 불렀다. "모토야."

소년이 레이토의 얼굴을 보고 있었다. 초점이 어긋나지
않았다.

"지금부터 뭘 해야 하는지 알고 있지?"

모토야의 속눈썹이 파르르 떨리고 입술이 달싹였다.

"레이토 씨가……." 힘없는 목소리가 흘러나왔다. "나한
테…… 정말 좋은 꿈을…… 보여 주는 거예요."

"꿈이 아니야. 실제 있었던 일이야. 네가 직접 체험한 거
야. 그리고 그걸 보여 주는 건 내가 아니라 너 자신이야. 모
두 다 모토야, 너의 추억이야."

"나의 추억……."

"응, 너의 추억을 마음껏 즐길 시간이야."

아이의 어깨를 한 차례 다독이고 레이토는 일어섰다. 녹

나무 밖으로 나오자 다시 돌아서서 입속으로 기원을 올렸다. "하류 모토야 님의 염원이 녹나무에게 가닿기를 진심으로 기원합니다……."

종무소 앞에 가 보니 사에코와 후지오카는 안에 들어가지 않고 입구 앞에 우두커니 서 있었다.

"날이 춥습니다. 안에서 기다리시죠."

두 사람의 등을 밀어 실내로 데려갔다. 전기 포트로 물을 끓여 녹차를 우렸다. 사에코는 찻잔을 두 손으로 감싸고 혼잣말처럼 중얼거렸다. "따뜻하네요……."

"밀초는 한 시간용이니까 조금만 더 기다리시면 돼요." 레이토는 두 사람에게 말했다.

후지오카가 녹차를 한 모금 마시고 얼굴을 이쪽으로 향했다.

"레이토 씨는 항상 기념이 끝날 때까지 여기서 기다리다가 녹나무 쪽에 올라갑니까?"

"네, 뒷정리가 있어서요. 촛불을 켰으니 불단속도 해야 하고."

"힘들겠어요."

"별거 아니에요."

"저기, 레이토 씨." 후지오카가 정색을 한 어조로 말하며 고개를 숙였다. "오늘 밤은 정말 고맙습니다. 모토야에게 인생 최고의 밤이 될 거예요. 진심으로 감사드립니다."

"아뇨, 아닙니다. 도와드릴 수 있어서 제가 오히려 감사하죠."

"레이토 씨에게는 이래저래 신세만 지는군요. 그래서 말인데, 오늘은 뒷정리를 우리한테 맡기시는 게 어때요?"

"예?" 레이토는 그의 얼굴을 마주 보았다. "맡기다니, 무슨 말씀이신지."

"기념이 끝나면 모토야를 데려와서 곧장 돌아가려고요. 그러니 레이토 씨는 이제 가셔도 돼요. 뒷정리나 불단속은 우리가 할 테니까. 아, 문단속도 할게요."

아뇨, 아뇨, 하고 레이토는 손을 저었다.

"그럴 수는 없어요. 기념이 끝난 뒤에 확인할 게 많아요. 무엇보다 이건 제 업무라서요."

"그래도 오늘 밤에는 우리끼리만 있게 해 주시죠. 걱정할 거 없어요. 절대로 레이토 씨에게 폐가 될 일은 없을 테니까. 내가 약속할게요."

레이토는 후지오카가 평소와 다르게 뭔가 부자연스럽다고 느꼈다. 왜 갑자기 이런 말을 하고 나서는 건가. 내심 의아해하면서 사에코를 돌아보다가 흠칫했다. 얼굴이 창백하고 눈 주위는 붉게 물들어 있었다.

"무슨 다른 사정이라도 있습니까?" 레이토는 목소리를 낮췄다. "그렇다면 저한테 얘기해 주세요."

"아니, 그런 거 없어요. 그냥 우리끼리 있고 싶어서. 아주 특별한 밤이잖아요. 그래서 가족끼리만……. 부탁합니다."

후지오카의 말은 급하게 둘러대는 변명처럼 들렸다. 분명 뭔가를 숨기고 있었다.

"어머님." 레이토는 사에코에게로 시선을 옮겼다. "두 분이 뭘 하시려고요?"

사에코가 레이토를 돌아보았다. 망설임이 교차하는 표정 끝에 머뭇머뭇 입을 열었다. "실은……."

"안 돼." 곁에서 후지오카가 낮은 목소리로 제지했다. "쓸데없는 말은 하지 마. 우리 둘이서 결정한 일이잖아."

"나는 아직 결심한 게 아니야."

"이제 와서 무슨 소리야?" 후지오카가 화난 목소리를 냈다. "그 아이를 위한 일이야. 당신도 이미 동의했다고."

"그래도……." 사에코는 말을 마치지 못한 채 입을 꾹 다물고 고개를 떨궜다.

레이토는 미간을 좁혔다. 그 아이를 위한 일이라고? 물론 모토야에 관한 얘기일 것이다. 하지만 모토야를 위한 일이라니, 그게 대체 무엇인가.

"말해 보세요. 뭘 하려는 겁니까?" 레이토가 물었다. "모토야를 어떻게 하려고요?"

"아무것도 아니라니까. 댁은 상관할 거 없어요." 후지오카가 툭 던지듯이 말했다. 조금 전과는 다른 말투였다.

"그럼 방금 두 분이 나눈 얘기는 뭐죠? 왜 나를 내보내려고 합니까, 설명해 보세요."

후지오카가 고개를 홱 돌렸다. "얘기할 일이 아니에요. 레이토 씨는 모르는 게 좋다니까." 신음하듯이 내뱉었다.

"나는 모르는 게 좋다니, 그건 또 무슨 말이죠?"

하지만 후지오카는 대답하지 않았다. 어두운 눈빛으로 벽만 바라보고 있었다.

레이토는 사에코 옆으로 다가갔다.

"어머님, 얘기해 보세요. 왜 나는 모르는 게 좋다는 겁니까."

사에코의 얼굴에 고뇌와 망설임이 번져 갔다. 뺨을 파르르 떨면서 중얼거렸다. "공범이 될 수 있으니까……."

"사에코!" 후지오카가 소리쳤다.

"그래도……."

"공범? 그게 무슨 말이에요, 내가 알게 되면 공범이라니……." 되뇌는 사이에 레이토의 머릿속에 퍼뜩 떠오르는 게 있었다. 숨을 헉 삼키며 두 사람을 번갈아 보았다. "두 분은 설마 모토야를……."

후지오카가 천천히 레이토 쪽으로 얼굴을 향했다.

"녹나무의 영험이 사실이라면 지금 그 아이는 최고의 행복을 누리고 있어요. 지금까지 살아오면서 가장 좋은 날의 추억, 그 낭독회 날의 추억에 젖어 있겠죠. 하지만 다시 잠이 들고 의식을 잃으면 그 소중한 추억은 모조리 사라져요. 그때 모토야가 어떤 마음일지, 생각하면 가슴이 무너집니다. 지난번에 모토야가 그런 얘기를 했어요. 낭독회의 추억을 다시 누릴 수만 있다면 아무 여한이 없다고, 죽어도 좋다고. 레이토 씨, 부모의 마음이 되어 보세요. 이게 답입니다. 어차피 얼마 남지 않았어요. 모토야의 마지막 밤만큼은 인생 최고의 시간이 되게 해 줘야지요. 그게 부모로서 할 수 있는 최선이에요. 제발 모른 척 눈감고 돌아가요. 부탁합니다."

두 손을 맞대고 눈물 젖은 목소리로 애써 호소하는 후지오카의 표정에는 절실함과 광기가 뒤섞여 있었다. 레이토는 생각지도 못한 두 사람의 계획을 듣고 멍해졌다. 그러면서도 부모란 자식을 위해서라면 이렇게까지 제정신을 잃는 건가, 하고 머릿속 한 귀퉁이에서 생각했다.

"아들을 주, 죽일 생각이에요?"

후지오카는 고개를 저었다.

"죽이는 게 아니에요. 편히 잠들게 해 줘야죠. 고통은 없을 거예요. 주사를 놔 주는 것뿐이니까. 편히 잠들 수 있는 약으로."

"그런 약을, 어디서 구했어요?"

"인터넷에서……."

레이토는 눈을 질끈 감았다. 안락사 불법 사이트인가. 세상에 광기를 부추기는 수단과 방법이 넘쳐 나고 있다.

"레이토 씨가 무슨 말을 할지, 나도 알아요." 후지오카가 말했다. "어떤 이유가 됐든 사람이 사람의 목숨을 빼앗는 건 옳지 않다, 더구나 제 자식의 목숨을, 용서받을 수 없는 일이다, 안락사에 대한 끝없는 논쟁과 똑같은 얘기죠. 그래서 처벌받을 각오는 했어요. 교도소에 가더라도 나는 상관없어요. 모토야가 가장 행복한 순간에 하늘로 보내 주려는 것뿐입니다."

"보내 주다니……." 레이토는 사에코에게로 시선을 돌렸다. "하지만 어머님은 아직 망설이고 있잖아요."

"사에코가 거부한다면 나 혼자서라도 할 겁니다. 모든 책임은 내가 질 테니까."

"책임? 난 그런 것 때문에 망설이는 게 아니야." 사에코가 날카로운 목소리를 내며 후지오카를 노려보았다. "어떻게 하는 게 모토야에게 좋을지, 나는 아직 답을 내지 못했어."

"살아갈 보람을 잃어버린 내일의 모토야를 생각해 봐. 당장 답이 나오지."

레이토는 이마를 손으로 짚었다. 후지오카의 심정은 이해가 안 되는 건 아니었다. 비뚤어지기는 했어도 어쩌면 그게 부모 마음인지도 모른다.

하지만 이건 아무래도 잘못된 일이다. 어떻게 하면 설득할 수 있을까.

그때 책상 귀퉁이의 그림 한 장이 눈에 들어왔다. 《소년과 녹나무》에 들어간 삽화의 밑그림이었다. 간단한 스케치지만 소년이 새로운 길을 떠나는 마지막 장면이었다.

그 그림을 본 순간, 한 가지 답이 떠올랐다.

"두 분은 가장 중요한 걸 잊어버린 거 아닙니까?" 레이토는 말했다. "그림책의 주제를 다시 떠올려 보세요. 중요한 건 바로 지금 살아 있다는 거였잖아요. 낭독회에서 그 얘기를 듣고 감동하셨지요? 그렇다면 내일의 모토야를 미리 걱정할 필요는 없어요."

"내일의 모토야에게는 아무것도 없어요." 후지오카가 고개를 저었다. "인생의 가장 즐거운 추억도 내일 아침에는 깨끗이 사라진다니까요."

"그렇다면 다시 만들어 주면 되죠. 오늘 밤이 모토야의 인생 최고의 날이라고 어떻게 단정하십니까? 그게 내일이 될 수도 있어요. 모레가 될 수도 있어요. 그날이 언제가 될지 아무도 모르잖아요. 제발 그런 슬픈 생각은 거둬 주세요. 내가 도와드릴게요, 모토야가 다시 행복한 추억을 만들도록 두 분께 힘을 보탤게요. 그러니 제발……." 레이토는 선 채로 깊숙이 머리를 숙였다.

침묵의 시간이 흘렀다. 레이토는 자세를 바꾸지 않았다.

"나도……." 이윽고 사에코가 말했다. "레이토 씨와 같은 생각이야."

레이토는 얼굴을 들었다. 붉게 충혈된 사에코의 눈과 마주쳤다.

후지오카는 긴 한숨을 내쉬며 얼굴을 손바닥으로 문질렀다. "모토야를 위해 나도 정말 어렵게 결심한 일이야. 어중간한 마음으로 그런 얘기를 했던 게 아니라고."

"당신 마음은 잘 알아." 사에코가 말했다. "고통스러운 결심이었겠지. 그래서 나도 지금까지 망설였어. 당신이 그런 각오까지 했다면 나도 마음을 굳게 먹어야 한다고. 하지만 레이토 씨 얘기를 듣고 보니 역시 잘못된 생각이었어. 모든 기억이 사라지더라도 모토야에게 마지막까지 즐거운 시간을 만들어 주고 싶어."

"즐거운 시간을 만들어 줄 수만 있다면 내가 이러지도 않아. 근데 모토야가 고통에 허덕이는 모습을 그냥 지켜보기만 해야 한다고."

"그래도 상관없어. 그것 또한 부모의 의무야. 외면해서는 안 돼. 모토야가 먼 길을 언제 어떻게 떠날지는 그 아이 스스로 정해야 해. 그걸 부모가 정하다니, 그건 용서받을 수 없는 일이야."

후지오카는 양손으로 머리를 부여잡고 한참 동안 아무 말이 없었다.

"나도 옳은 일이라고는 생각하지 않아. 용서받을 수 없는 일이지. 부모가 아니고서는 아무도 할 수 없어. 그래서 내가 해 주려는 거야."

가슴속에서 쥐어짜 낸 그 말은 레이토에게도 슬프게 울렸다. 모토야를 사랑해서 내린 결정인 걸 잘 알기 때문에 상투적인 비난을 하기가 망설여졌다.

"나는 부모가 아니라서 입바른 소리는 못 하겠어요. 하지만 부모가 아니고서는 할 수 없는 일이라면 그거 말고도 많지 않습니까. 모토야가 가장 행복할 때 배웅해 주고 싶은 그 심정은 잘 알겠지만, 분명 그런 행복이 또 찾아올 거예요."

레이토의 말에 후지오카가 납득했는지 아닌지는 알 수 없었다. 하지만 그는 더 이상 아무 말도 하지 않았다. 머리를 부여잡은 채 지그시 견디고 있었다.

문득 생각나서 시계를 확인해 보니 자정을 넘긴 시각이었다.

"기념이 끝났을 시간이에요. 서두르세요."

셋이 종무소를 나왔다. 녹나무 앞으로 가니 동굴 안쪽이 캄캄했다. 후지오카가 바로 들어가려고 해서 레이토가 가로막았다.

"촛불이 완전히 꺼졌는지 확인하겠습니다. 그때까지 여기서 기다리세요."

두 사람을 남겨 두고 레이토만 랜턴을 든 채 녹나무 안으로 들어섰다.

밀초 타는 냄새가 떠돌았다. 하지만 촛불은 이미 꺼진 것 같았다. 그걸 확인한 후 레이토는 휠체어로 고개를 돌렸다. 모토야, 하고 조용히 불렀다.

"어땠어? 염원이 느껴졌어?"

하지만 대답이 없었다. 이상하다 싶어서 랜턴 불빛을 비춰 보았다.

모토야는 눈을 감은 채 미동도 없었다. 입가에는 행복한 미소가 떠 있었다.

차가운 기운이 레이토의 등 뒤를 훑고 내려갔다.

모토야, 하고 다시 불러 보았다. 하지만 마찬가지였다. 아무 반응도 없었다. 손을 만져 보니 싸늘하게 식어 있었다.

온몸의 힘이 스르륵 빠져나가는 것 같았다. 레이토는 두 무릎에 손을 짚고 덜컥 고개를 떨궜다.

이러면 안 되잖아, 라는 말이 튀어나왔다.

내일은 좀 더 좋은 추억을 만들어 주려고 했어. 스타워즈 얘기도 더 많이 나누고 싶었어. 그러려고 공부도 했어. 애니메이션 시리즈도 다 봤다고.

그랬는데, 그랬는데…… 이러면 안 되잖아.

34

　역 앞에서 버스를 탔다. 여기서부터 세 번째 정류장에서 내리면 된다. 승객이 많지 않아서 레이토는 중간쯤의 일인용 좌석에 앉았다.

　주택가를 지나 버스는 나지막한 언덕을 올라갔다. 레이토는 버튼을 누르고 세 번째 정류장에서 내렸다.

　그 건물은 도로에서 멀지 않다. 한 차례 심호흡을 하고 정면 현관으로 향했다.

　로비 왼편에 접수대가 있고 유니폼 차림의 직원이 대기하고 있었다. 레이토는 인사를 하면서 그쪽으로 다가가 말했다.

　"야나기사와 치후네 씨의 조카예요."

직원은 앞에 놓인 컴퓨터를 살펴보며 대답했다.

"치후네 씨는 지금 방에 안 계시네요."

"외출하셨어요?"

"아뇨, 산책하러 나가셨어요. 아마 정원에 계실 거예요."

"산책을……."

레이토는 면회인 명부에 이름을 적고, 건물 안쪽으로 들어갔다. 복도와 벽은 흰색으로 칠해져 있어 청결한 느낌이다. 벽에는 사진이며 그림 액자가 걸려 있다. 입주자가 그린 작품이라고 한다.

치후네는 8개월 전에 이 요양 시설에 입주했다. 몇 군데 받아 둔 팸플릿 중에 그녀가 직접 골랐다. 레이토는 참견하지 않았다. 몇 번이나 면회를 왔지만 체계가 잘 잡혀 있고 대우도 나쁘지 않다. 깔끔한 방에 화장실과 욕실도 딸려 있다. 조금만 더 넓었으면 하는 아쉬움은 있지만, 치후네가 만족하는 눈치였기 때문에 레이토가 불평을 할 이유는 없었다.

정원으로 나가자 곧바로 치후네의 모습이 눈에 띄었다. 연보랏빛 카디건을 걸친 채 혼자 벤치에 앉아 어딘가 먼 곳을 바라보고 있었다.

레이토는 천천히 다가가며 안녕하세요, 하고 말을 건넸

다. "몸은 좀 어떠세요?"

치후네의 얼굴이 천천히 이쪽으로 향했다. 안녕하세요, 하고 그녀도 말했다. 그 표정은 온화했다.

레이토는 백팩을 내려놓고 그녀의 옆자리에 앉았다.

"오늘은 멋진 선물을 가져왔어요." 백팩에서 책 한 권을 꺼냈다. "드디어 출간됐거든요."

《소년과 녹나무》였다. 오바 소키가 낭독회에 데려온 편집인이 출판사를 설득해 정식 간행까지 이끌어 주었다. 발행 부수는 많지 않지만 다음 주부터 서점에 진열될 예정이다. 표지 그림은 여신과 소년이 대치하는 장면이다. 물론 하류 모토야가 그린 것이다.

치후네는 그림책을 받아 무릎 위에 놓더니 애처롭다는 듯이 몇 번이고 쓰다듬었다.

"모토야가 이 책을 못 보고 떠난 건 안타깝지만, 분명 하늘에서 흡족해할 거예요. 그리고 유키나는 기뻐서 어쩔 줄 모르더라고요. 취업도 정해졌다고 하니까 정말 다행이에요."

나카자토가 예상했던 대로 유키나는 불기소 처분을 받았다. 그리고 구메다 고사쿠도 처벌을 면했다. 모리베 측에서 항소를 준비한다는 소문이 잠시 들렸지만, 진위는 알려지지 않았다.

치후네는 아무 말 없이 그림책을 들여다보았다. 그 모습에서 뭔가 위화감이 느껴졌을 때, 직원이 이쪽으로 다가왔다.

"치후네 씨, 무슨 일이에요?" 웃는 얼굴로 물었다. "기분이 좋으신 것 같네. 어머, 그 책은 뭐예요?"

"이거." 치후네가 웃는 얼굴로 그림책을 두 손으로 들어 올렸다. "여기 이 서점 아저씨가 주셨어요."

가슴이 철렁해서 레이토는 제 귀를 의심했다. 서점 아저씨? 분명 치후네가 방금 그렇게 말했다.

직원도 이상함을 느낀 모양이었다. 하지만 겉으로 드러내지 않고 차분한 말투로 대답했다. "그래요? 정말 좋으시겠네." 그러고는 레이토에게 슬쩍 고개를 끄덕였다.

그림책을 들여다보며 치후네가 말했다. "재미있겠지요? 어떤 이야기일까." 그 표정은 어린 소녀처럼 순진했다.

눈물이 나려는 것을 꾹 참으면서 레이토는 말했다. "네, 멋진 책이에요."

"그렇구나. 고마워요." 치후네는 흐뭇한 듯이 응했다.

"예전에……." 말을 끊고 레이토는 한 차례 심호흡을 했다. "이 책을 수많은 사람 앞에서 읽어 주신 분이 있었어요.

낭독을 너무 잘하셔서 청중들이 모두 감동했어요."

"아하." 치후네는 몸을 흔들며 고개를 끄덕였다. "읽어 보면 행복해지는 책이구나."

"그렇습니다." 레이토는 목소리에 힘을 실어 말했다. "모든 사람을 행복하게 해 주는 책이에요. 세상에서 가장 멋진 그림책이에요."

그리고 레이토는 마음속으로 그다음 말을 이어 갔다.

치후네 씨, 당신 이야기예요.

녹나무 여신의 품은 넓다

히가시노 게이고의 작가 생활 35주년을 기념하는 새로운 시리즈의 첫 번째 소설 《녹나무의 파수꾼》이 전 세계에 동시 출간된 게 2020년 3월입니다. 신비한 영험을 가진 녹나무를 배경으로 세대를 뛰어넘어 연면히 전해지는 진심에 관한 이야기로 단번에 베스트셀러에 이름을 올려 수많은 독자의 사랑을 받았습니다. 그리고 4년 만에 드디어 두 번째 소설 《녹나무의 여신》이 나왔습니다. 이번에도 전 세계 동시 출간입니다.

소설 속 녹나무가 실제로 어디엔가 있기를 바라는 마음 때문일까요, 이번에 번역을 하면서 검색해 보니 일본의 한 사찰에 있는 나무가 '그 나무'와 흡사하다는 얘기가 올라와 있었습니다. '다케오 녹나무'로 검색해 보면 우리 여행자들의 사진이 꽤 많이 나옵니다. 규슈 사가현 다케오시의 사찰인데, 뒤쪽으로 울창한 대나무 숲길을 걸어 들어가면 문득 주위의 공기마저 서늘해지면서 거대한 나무가 나타난다고 합니다. 추정 수령은 3천

년, 높이는 27미터, 나무뿌리 둘레는 26미터에 달한다고 하네요. 가장 중요한 나무 기둥 아래쪽 동굴은 넓이가 20제곱미터라고 합니다. 이 소설에서 예념과 수념이 이루어진 곳, 그리고 구메다 고사쿠 씨가 하룻밤을 보내며 이런저런 궁리를 했던 장소가 이런 곳이겠지요.

사진을 보니 나무 기둥의 동굴로 들어가는 작은 계단까지 있었습니다. 기회가 닿는다면 꼭 한번 가 보고 싶은 마음이 듭니다. 미처 전하지 못한 '진심'을 그곳에서 오래오래, 깊이, 생각해 볼 수 있으면 좋겠습니다. 다만 그곳이 어디든 엄청난 시간을 견뎌 온 자연의 신비를 마주하면 인간은 압도적인 경외감을 느낍니다. 사람의 힘으로는 어찌할 수 없을 때, 두려움 속에서 원래의 여린 심성으로 돌아가 두 손을 맞대고 기도하게 되는 걸까요.

주인공 나오이 레이토는 불우한 처지의 청년입니다. 아버지를 알지 못한 채 외할머니와 어머니 밑에서 자랐으나 그 어머니마저 병으로 사망합니다. 취직을 한 회사에서는 바른말을 했다가 억울한 누명을 쓰고 퇴직금도 없이 해고당합니다. 젊은 혈기에 자신이 당연히 받아야 할 몫을 되찾겠다고 밤에 몰래 회사에 침입해 기계를 훔쳐 내려다 실패하고, 불법 침입과 절도죄로 경찰에 잡혀가 재판을 받는 신세가 됩니다. 사방이 꽉 막힌 절체절명의 순간에 그를 찾아온 사람이 있었습니다. 이와

모토 변호사입니다. 그를 레이토에게 보낸 의뢰인은 누구인가. '만일 자유의 몸이 되기를 원한다면 내가 보내는 변호사에게 모든 것을 맡겨라. 그리고 무사히 석방되면 신속히 나를 찾아 오라. 너에게 명할 것이 있다'라는 단서가 있었습니다.

야나기사와 치후네는 외동딸로, 어린 나이에 어머니를 병으로 잃었고, 데릴사위였던 아버지는 아내가 세상을 떠나자 이윽고 재혼합니다. 야나기사와가의 호적은 취소되고 아버지는 원래 성씨 '나오이'를 쓰게 됩니다. 그 뒤에 낳은 딸이 '나오이 미치에', 즉 치후네의 배다른 여동생입니다. 레이토는 그 미치에의 아들이니까 치후네에게는 조카인 셈이지요. 하지만 치후네와 미치에 가족은 왕래가 거의 없었고, 그래서 레이토는 손위 이모님의 존재조차 알지 못했습니다. 결혼도 하지 않은 채 야나기사와 가문이 대대로 이어 온 녹나무 파수꾼 역할을 해 온 치후네는 이제 대기업 임원에서도 은퇴한 나이입니다. 유일한 핏줄인 조카 레이토가 범죄자가 될 위험에 처하자 변호사를 보내 그를 곤경에서 구해 줍니다. 그리고 자신의 뒤를 이어 '녹나무의 파수꾼'이 되라는 명을 내립니다. 시리즈 두 번째 이야기에는 그러한 배경이 있습니다.

음력 초하루 무렵의 기념과 보름 무렵의 수념은 녹나무 동굴 안에서 특별 제조한 밀초에 불을 붙이면서 이루어집니다. 혈육

간의 진심을 전달하는 의식이고, 이 의식을 주재하는 자가 녹나무 파수꾼입니다. 매일매일 월향신사 경내를 청소하고 관리하며 엄격한 규칙을 지켜야 하는 역할입니다. 기념의 내용에 대해 알려고 해서는 안 된다는 것은 철칙입니다. 그것을 지키려는 선대 파수꾼 치후네와 깨뜨리고 나아가려는 후대 파수꾼 레이토의 알력이 이야기의 재미를 더해 줍니다. 하지만 이 대립은 지향점이 동일하므로 마침내 접점을 찾고, 그것이 독자에게 자연스럽게 삶의 지혜로 다가오지 않을까 합니다. 치후네 씨는 단호한 결기를 가진 분이지만, 나이 어린 사람일수록 깍듯한 존댓말로 대하고 그들의 무모한 시도도 받아 안아 줍니다. 넓은 품을 가진 지혜로운 녹나무의 여신인 게 틀림없습니다.

레이토와 치후네를 비롯해 이 소설에 등장하는 유키나와 고사쿠, 모토야와 그의 부모는 모두 조금씩 아프고 이지러지고 부족한 보통 사람들입니다. 그런데도 마침내 삶의 지혜를 도출해 냅니다. 이 세상은 우등생이 이끌어 가는 게 아니구나, 라고 새삼 생각하게 됩니다. 그런 지혜는 어디에서 나오는가. 인간을 성선설의 입장에서 새롭게 바라본 사상가 뤼트허르 브레흐만의 《휴먼카인드》에는 이런 말이 나옵니다. '선함은 전염된다. 그것은 대단히 전염되기 쉬워서 단지 멀리에서 바라볼 뿐인 사람에게까지 전염된다.'

악하고 독하기만 한 스토리에 혹해 있던 눈에 《녹나무의 여신》의 잘 짜인 선한 이야기는 순한 물처럼 마음을 씻어 주는 영험한 힘이 있습니다. 우리의 내면에 전염된 선의를 찾아내게 합니다. 조금 더 덧붙이자면, 선의를 위해서는 절망하지 않는 것이 꼭 필요한지도 모릅니다. 레이토는 치후네를 위해 이렇게 생각합니다. 짧지만 힘이 나는 명대사입니다.

'실수했다. 다시 하자.'

히가시노 게이고는 1985년 《방과 후》로 등단하여 이제는 일본은 물론 세계적으로 유명한 작가로 손꼽힙니다. 하지만 등단 후 10여 년 동안은 무명작가의 기간을 거쳤습니다. 작품을 알아본 눈 밝은 이들이 서서히 마니아층을 형성해 가는 가운데, 해마다 문학상 후보에 오르면서도 열다섯 번을 낙선한 진기록을 갖고 있기도 합니다. 인기에 불을 붙인 것은 1998년에 발표한 《비밀》입니다. 화제의 배우 히로스에 료코의 영화로도 널리 알려진 작품이지요. 히가시노의 젊은 감성과 필력이 생생하게 뛰노는 감동적인 스토리로 기억합니다. 2012년에 발표한 《나미야 잡화점의 기적》은 특히 이 작가의 이름을 널리 알린 작품으로 유명합니다.

일일이 열거하기도 어렵지만, 추리 기법과 범죄 심리에 주력

한 《졸업》《악의》《둘 중 누군가 그녀를 죽였다》와 《거짓말, 딱한 개만 더》의 가가 형사 시리즈, 과학과 의학을 소재로 한 《위험한 비너스》와 《라플라스의 마녀》 시리즈, 호텔에서의 살인을 추적한 매스커레이드 시리즈, 그리고 스노보드와 스키를 소재로 한 설산 시리즈 《연애의 행방》《눈보라 체이스》《백은의 잭》 등은 특기해 두고 싶은 작품입니다. 히가시노 씨는 취미 이상의 스노보드 실력자로 알려져 있어서 그에 대한 일화도 많이 들려옵니다. 이번 이야기에서는 레이토가 헬멧에 매다는 액션 캠에 관해 농담처럼 얘기했다가 치후네에게 핀잔을 듣지만, 이 또한 작가의 겨울 설원에서의 경험에서 나온 장면입니다.

　매우 성실한 작가여서 데뷔 이후 38년 동안 1년에 두 권, 이따금 세 권씩 출간이라는 일정한 페이스를 변함없이 유지해 오고 있습니다. 2023년에 드디어 100권을 기록했다고 하니 저절로 머리를 숙이지 않을 수 없습니다. 동시대를 살면서 그의 작품을 번역하고 독자들과 함께해 온 것이 더할 수 없이 흐뭇해집니다.

　이 책을 통해 많은 분의 염원이 녹나무에 가닿기를 진심으로 기원합니다.

양윤옥

녹나무의 여신 무선특별판

2024년 12월 10일 1판 1쇄 발행

지 은 이	히가시노 게이고
옮 긴 이	양윤옥
발 행 인	유재옥

이 사	조병권
출 판 본 부 장	박광운
편 집 1 팀	박광운
편 집 2 팀	정영길 조찬희 박치우
편 집 3 팀	오준영 이소의 권진영 정지원
디 자 인 랩 팀	김보라
디지털사업팀	김경태 김지연 윤희진
라이츠사업팀	김정미 이윤서
영업마케팅팀	최원석 윤아림 이다은
물 류 팀	허석용 백철기
경 영 지 원 팀	최정연
발 행 처	(주)소미미디어
인 쇄 제 작 처	코리아피앤피
등 록	제2015-000008호
주 소	서울시 마포구 토정로 222, 502호(신수동, 한국출판콘텐츠센터)
판 매	(주)소미미디어
전 화	편집부 (070)4164-3960 기획실 (02)567-3388
	판매 및 마케팅 (070)8822-2301, Fax (02)322-7665

ISBN 979-11-384-8366-7 (03830)